Als Cordell Carmel seine langjährige Freundin Jo mit einem anderen Mann erwischt, steht seine Welt Kopf. Plötzlich ist im ruhigen Lebensalltag des New Yorker Übersetzers nichts mehr wie es war. Die Bilder eines Pornovideos treiben ihn in eine tiefe Identitätskrise. Er löst alle bisherigen beruflichen und privaten Bindungen und lässt sich auf eine Begegnung mit Sisypha ein, der Domina aus dem Video, die ihn auf eine finstere Odyssee in die verschwiegensten erotischen Clubs von New York führt ...

Walter Mosley ist Autor zahlreicher Romane, die in über zwanzig Sprachen übersetzt wurden. Unter anderem erschienen von ihm auf Deutsch seine Serien um Leonid McGill und Easy Rawlins. Er erhielt mehrere Preise und lebt in New York.

Walter Mosley

RACHE AN JOHNNY FRY

Roman

Aus dem Amerikanischen
von Michael Zauner

Berlin Verlag Taschenbuch

MIX
Papier aus verantwortungsvollen Quellen
FSC® C083411
www.fsc.org

Januar 2013
Die Originalausgabe erschien 2007 unter dem Titel
Killing Johnny Fry
bei Bloomsbury, New York

Umschlaggestaltung: Rothfos & Gabler, Hamburg,
unter Verwendung des Designs der englischen Ausgabe mit einer
Fotografie von © Getty Images.
Druck und Bindung: CPI – Clausen & Bosse, Leck
Printed in Germany
ISBN 978-3-8333-0872-7

www.berlinverlag.de

für dich

Es war ein Mittwoch, als ich mich entschloss, Johnny Fry zu töten, aber bereits eine Woche zuvor bekam ich den Grund dafür. Mein Entschluss, ein Leben zu beenden, ist mir fast peinlich. Die Sache war so banal.

Es fing alles an dem Tag an, als ich mit Lucy Carmichael im Café Petit Pain an der Amsterdam Avenue, nicht weit von der 80. Straße, zu Mittag aß. Lucy wollte mir ihre Mappe zeigen, weil sie hoffte, dass ich sie mit Brad Mettleman zusammenbringen würde. Mettleman ist ein Kunstagent, der mit Vorliebe strohblonde, blauäugige junge Frauen ausnutzt.

Ich hatte Lucy auf einer Tagung für Übersetzer aus dem Französischen kennengelernt. Sie war mit ihrer Mutter da. Mrs Helen Carmichael importiert Stoffe und brauchte Hilfe bei ihrer Korrespondenz mit dem französisch sprechenden Afrika. Sie hatte zwar kaum Geld, aber Lucy war sehr schön, und so erklärte ich ihrer Mutter, wie sie es an der Uni mit Studenten versuchen könnte. Zwischendurch schielte ich immer wieder zu der hübschen jungen Frau hinüber.

Nach einer Weile stellte sich heraus, dass Lucy gerade aus Darfur zurückgekommen war, wo sie Fotos von leidenden Kindern gemacht hatte. Darauf ließ ich ganz nebenbei einfließen, dass ich schon für Brad Mettleman gearbeitet hätte.

»Den Fotoagenten?«, sagte Lucy. »Der hat mal einen Vortrag über Kunst als Business an der New York University gehalten. Den würde ich gerne persönlich kennenlernen. Es ist wichtig, dass die amerikanische Öffentlichkeit erfährt, was mit den Menschen dort geschieht.«

»Ich könnte Sie ihm vorstellen«, sagte ich.

Ich meinte es nicht ernst, doch Lucy schrieb sich meine Nummer auf und lud mich ein, mit ihr und ihren Eltern abends zur Eröffnung einer Galerie zu gehen.

Als wir uns verabschiedeten, küsste Lucy mich auf die Wange, direkt neben den Mund.

Brad würde begeistert von ihr sein, das wusste ich. Sie war zierlich, wohlproportioniert, und ihr blondes Haar leuchtete wie ein Sommertag. Ihre blauen Augen strahlten einen Ernst aus, der bei einer schönen Frau wie ihr auf ein ausgesprochen leidenschaftliches Naturell schließen ließ.

Ich habe gesagt, dass Brad junge Frauen ausnützt, aber die, an die ich dabei denke, haben sich nie darüber beklagt. Natürlich traf ich mich mit Lucy zum Essen, so blond und hübsch, wie sie war. Sie hatte die Angewohnheit, einem beim Sprechen die Hand auf den Arm zu legen und dazu tief in die Augen zu schauen.

Während ich mir die Fotos der Kinder aus dem Sudan ansah, dachte ich an den Kuss, den sie mir geben würde, wenn ich sie später ins Taxi zurück ins East Village, nach Dumbo oder was für ein Künstlerviertel auch immer setzen würde.

»Politik und Kunst sind nicht voneinander zu trennen«, sagte die junge Frau, während ich durch die Mappe mit den Bildern von Leiden und Tod blätterte.

Die großäugigen Kinder schienen am Ende ihrer Kräfte zu sein. Ich fragte mich, wie viele von ihnen wohl noch lebten, und gleichzeitig auch, warum mich ihr Schicksal so kaltließ. Natürlich war es schrecklich, was in Darfur geschah. Diese Kinder starben, weil ihnen die einfachsten, elementarsten Dinge verweigert wurden. Sie wurden vertrieben, hingemetzelt, versklavt, vergewaltigt. Was mein Herz jedoch schneller schlagen ließ, war nicht ihr Leiden, sondern die Aussicht auf einen feuchten Kuss von Lucy Carmichael gleich neben den Mund.

»Diese Bilder sind äußerst kraftvoll«, höre ich mich noch sagen. »Ich bin sicher, Brad wird begeistert sein.«

Genauso sicher war ich mir, er würde mehr von ihr wollen als nur einen aufreizenden Kuss, sollte er versuchen, sie in einer von dem Dutzend Galerien in Midtown unterzubringen, mit denen er zusammenarbeitete.

»Glauben Sie?«, sagte Lucy und legte mir ihre Hand auf den bloßen Unterarm.

Ich betrachtete die fast porzellanweißen Fingerspitzen auf meiner dunkelbraunen Haut.

Wenn ich zurückdenke, war es nicht zuletzt diese Berührung, die zu Johnny Frys Todesurteil führte. Mein Mund wurde völlig trocken, und egal wie viel Mineralwasser ich auch trank, mein Durst war nicht zu löschen. Dieser Durst und was ich tat, um ihn zu stillen, waren die ersten beiden Nägel in Mr Frys Sarg.

Mein Atem ging flach, aber mein Herz schlug wild. Ich lehnte mich etwas vor. Lucy wich nicht zurück, und ich war so gut wie sicher, dass sie in diesem Moment meinen Kuss erwidern würde.

Ich war doppelt so alt wie sie, nur ein Jahr fehlte, und doch zog sie weder Hand noch Gesicht zurück. Sie lächelte und sah mich an.

Ich atmete durch die Nase aus, ziemlich laut, wie mir schien, und alle möglichen Bedenken gingen mir durch den Kopf. Ich hatte Lucys Vater bei der Galerieeröffnung in NoLita kennengelernt. Der kleine, weißhäutige Mann mit dem schütteren Haar war ein Jahr jünger als ich. Seine Tochter bat mich um Hilfe, und sie hatte einen Freund namens Billy, der in Boston lebte und für eine Theatergruppe arbeitete.

Und dann war da noch Joelle, meine Freundin – Himmel, wir waren so gut wie verheiratet. An den Wochenenden wohnte ich bei ihr. Wir waren seit acht Jahren zusammen. So lange – zusammengenommen – hatten nicht einmal meine beiden Ehen gehalten.

Zwischen Joelle und mir bestand das Einvernehmen, einander treu zu sein. Dazu brauchten wir nicht zu heiraten oder uns materiell aneinander zu binden. Joelle war freiberufliche Marketingexpertin für Mode- und Designfirmen und verdiente ziemlich gut. Ich übersetzte aus dem Französischen und Spanischen für kleine Unternehmen, oft aus der Technologiebranche, und für private Auftraggeber.

»Wir leben getrennte Leben, das aber zusammen«, erklärte Joelle ihrer jüngeren Schwester August, als die meine hehren Absichten infrage stellte.

»Er ist ein Mann, und Männer sind wie Hunde«, sagte August.

»›Ich kenne ihn besser als du‹, habe ich darauf geantwortet«, sagte Joelle. »Er ist ein guter Kerl und würde mir niemals wehtun.«

Während mir all dies durch den Kopf ging, blieb Lucys Hand auf meinem Arm liegen. Sie lächelte immer noch. Ich wollte mich die fehlenden zwanzig Zentimeter weiter vorbeugen und mit meinem hungrigen Mund ihre jungen Lippen berühren. Ich wollte es, tat es aber nicht.

Ich hatte meine Abmachung mit Jo bereits ignoriert, als ich ihr sagte, ich würde mittags nach Philadelphia fahren, obwohl mein Zug doch erst um fünf ging. Zwar hatte ich zunächst eine Reservierung für den Mittagszug gehabt, dann aber mein Reisebüro gebeten, auf erste Klasse umzubuchen, und das ging erst mit dem Fünfuhrzug. Als klar wurde, dass ich später fahren würde, hatte ich Joelle längst gesagt, dass ich den Mittagszug nähme. Und dann rief Lucy an, um mich an mein Versprechen zu erinnern, sie mit Brad bekannt zu machen. Dabei hatte ich ihr das nur angeboten, damit sie nicht gleich wieder ging. Dennoch fühlte ich mich verpflichtet – und es gab die Aussicht auf einen Abschiedskuss.

Ich zog meine Hand zurück, goss mir ein weiteres Glas Mineralwasser ein und leerte es mit einem gierigen Zug.

Die blauen Augen mir gegenüber funkelten, Lucys Schulter schob sich ein paar Zentimeter vor. *Schade*, sagte ihre Haltung. *Vielleicht beim nächsten Mal.*

Ich brachte sie hinaus und setzte sie in ein Taxi. Als sie gerade einsteigen wollte, versprach ich ihr, Brad anzurufen. Schnell küsste sie mich auf die Lippen und strahlte mich an.

So stand ich an der Ecke 80. und Amsterdam und sah dem Taxi nach, das sich in Richtung Westen durch den dichten Verkehr wand. Ich erinnere mich, wie ich dachte, dass ich zu Fuß mit dem Taxi Schritt halten könnte. Fast wäre ich ihr hinterhergelaufen und hätte ihr zugewinkt.

Als sie schließlich meinen Blicken entschwunden war, merkte ich, dass ich unbedingt zur Toilette musste. Kein Wunder bei all dem Mineralwasser, das ich getrunken hatte, während ich den Blick nicht von Lucys lila Bluse mit den zitronenfarbenen Knöpfen wenden konnte.

Ich hatte den Schlüssel zu Joelles Wohnung stets bei mir. Die Portiers kannten mich. Joelle selbst war bei einem Treffen mit einem Modejeans-Großhändler aus Newark auf der anderen Seite des Flusses. Ich würde hinauffahren, zur Toilette gehen und sie dann auf ihrem Handy anrufen und raten lassen, wo ich war. Es würde meine Schuldgefühle lindern, wenn ich sie wissen ließ, dass ich noch in der Stadt war.

Ihr Haus liegt an der Ecke 91. Straße und Central Park West. Robert, der Tagesportier, war nicht auf seinem Posten. Ich lief zur dritten Reihe Aufzüge und nahm die Nummer sechzehn hinauf in den dreiundzwanzigsten Stock.

Joelle hat die Wohnung von ihrer Großmutter geerbt, die vor zwölf Jahren gestorben ist. Joelle war damals gerade zwanzig. Die Wohnung ist riesig. Ein langer Flur führte in ein tiefer liegendes Wohnzimmer mit großen Fenstern, durch die man auf den Park hinaussieht. Ich war sehr gern in Joelles Wohnung.

Und ich war froh, dass ich bei Lucy nichts versucht hatte.

Sie waren so leise, dass ich fast zu ihnen hineinmarschiert wäre. Jo saß auf der Rückenlehne des Sofas. Ihre schwarze Bluse war über die Brüste hochgeschoben, bis unter die Achseln, und ihre schwarze Hose hing nur noch am linken Bein. John Fry trug nichts als ein graues Seiden-T-Shirt. Er stand zwischen ihren Beinen, und sein erigierter Penis glitt kurz in sie hinein. Sie sah ihm in die Augen, ihre kupferbraunen Hände hielten seine blasse Brust und die linke Schulter gefasst. Er sah aus, als konzentrierte er sich auf etwas tief in seinem Innern. Vielleicht hielt er sich zurück. Vielleicht wollte er mit ihr spielen.

Sie spielten das Spielchen eine ganze Weile.

Wie ich sah, hatte er sich ein Kondom übergezogen. Ein rotes. Aus irgendeinem Grund ärgerte mich die Farbe. Manchmal drang er tief in sie ein. Nur dann ließ sie einen Laut hören. Eine Art Stöhnen, das mal als »oh« aus ihr herauskam, mal als »bitte nicht«.

Ich stand untätig da und fragte mich, ob sie mir später erklären würde, dass sie versucht hätte, ihn aufzuhalten: dass sie nein gesagt hätte.

Schließlich wandte ich mich ab, weil ich nicht denken konnte, während ich die beiden beobachtete.

Ich sah den Flur hinunter zur Tür und wusste, dass ich gehen sollte. Es hatte keinen Sinn, sie jetzt zur Rede zu stellen. John Fry war doppelt so groß wie ich (in jeder Hinsicht), und ich hatte keine Waffe, mit der ich ihm hätte zu Leibe rücken können. Und am Ende war Joelle auch nicht meine Frau. Wir waren viel zusammen, aber es war ihre Wohnung.

Ich entschied mich zu gehen und lief zur Tür.

Ich war bereits draußen auf dem Gang und machte die ersten drei Schritte in Richtung Aufzug, als Jo einen lauten, schmerzerfüllten Schrei ausstieß. Ohne nachzudenken, drehte ich mich um und eilte zurück in die Wohnung. Es war fast so, als hätte ich vergessen, was ich eben gesehen hatte. Mein einziger Gedanke war, dass meine Freundin, meine Geliebte vor Schmerzen schrie.

Als ich die beiden sah, erkannte ich meinen Irrtum. Jo lag bäuchlings auf dem Teppich, John Fry schwebte über ihr und drückte langsam die Hüften nach unten. Ich konnte sehen, wie sein roter Schaft tiefer und tiefer in ihr Rektum drang. Dazu flüsterte er ihr Worte ins Ohr, die nur als Raunen bis zu mir drangen. Sie nickte heftig und rief: »Ja, ja. Oh, ja doch, Daddy.«

Daddy.

Ich schaffte es zurück auf den Gang. Wieder ertönte ein ekstatischer Schrei. Aber diesmal drückte ich den Aufzugknopf und fuhr mit der Nummer achtzehn hinunter in die Eingangshalle.

»Hallo, Mr Carmel«, sagte Robert, der Portier, als ich auf seinen Tisch zukam.

In seinem Blick lag etwas Abwartendes. Ich sah, dass er von Johnny Fry und Jo wusste. Er ist Jos Portier. Zu Weihnachten bekommt er zweihundert Dollar Trinkgeld. Diese Brücke würde er nicht einreißen. Nein, Sir.

Ich holte meine Geldbörse aus der Tasche und sagte: »So was Komisches. Ich hatte gedacht, ich hätte mein Portemonnaie in der Wohnung liegen gelassen, aber im Lift dann, als ich schon halb oben war, habe ich einen Blick in meine Aktentasche geworfen, und da war es. Ich tue es da nie rein, aber diesmal offensichtlich doch. Tut mir leid, dass ich mich nicht eingetragen habe, aber Sie waren nicht da.«

Ich wusste nicht, wie lange der Portier weg gewesen war, doch das machte nichts. Wenn er nicht musste, würde er Joelle nichts von meinem Besuch sagen.

Damit war zwischen uns eigentlich alles gesagt, und doch verharrte ich noch einen Moment. Robert (seinen Nachnamen kannte ich nicht) hatte hellere Haut als ich. Seine schmalen Augen mochten etwas Asiatisches haben, und sein Akzent war eindeutig nicht amerikanisch.

»Interessieren Sie sich für Boxen?«, fragte ich und dachte, dass Jo da oben wahrscheinlich immer noch schrie. Mit leichtem Schrecken fiel mir ein, dass ich die Wohnungstür nicht zugemacht hatte.

Würden sie und Johnny Fry über die offene Tür lachen? Malten sie sich aus, wie die Nachbarn davor stehen geblieben waren, um ihrem Lustschreien zu lauschen?

»Nein«, sagte Robert. »Ich mag Football. Sie wissen schon, Fußball.«

»Bis dann«, sagte ich.

Ich verließ das Gebäude und ging die Central Park West hinunter.

Rechts erhoben sich monumentale Apartmentgebäude, links lag der Central Park. Ich lief bis zum Museum of Natural History. Auf eine Toilette hoffend, kaufte ich eine Eintrittskarte, ging hinein, erleichterte mich und wanderte anschließend durch die Räume mit den Säugetieren Nordamerikas.

Die ausgestopften Wölfe waren großartig. Früher einmal waren diese Tiere blutdürstige Räuber gewesen, die fern vom Menschen mit seinen unbedeutenden Sorgen lebten. Ich starrte sie an und spürte eine Leere in meiner Brust, die einem Gefühl von Betörung und Vernarrtheit gleichkam. Ihre Freiheit beschwingte mich.

Ich verbrachte einige Zeit in den Ausstellungsräumen, voller Neid auf die Tiere und ihr instinktgesteuertes Dasein. Hin und wieder kam ein Pulk Kinder vorbei, lachte, staunte ehrfurchtsvoll und spielte herum. Ich hörte sie, aber meine Augen folgten ihren Bewegungen, als herrschte völlige Ruhe um mich herum. Es war genau die Ruhe, die in Jos Wohnzimmer geherrscht hatte, während sie Johnny Fry in die Augen sah und er in sie eindrang, sich zurückzog und wieder in sie eindrang.

Zwei junge Mädchen sahen verstohlen zu mir herüber und kicherten. Eine der beiden war kräftig gebaut und trug einen meergrünen Pullover. Sie hatte rotbraune Haut wie Robert, aber ihr Haar war blond. Ihre Freundin trug ein rosafarbenes, enges schulterfreies Top ohne BH und brauchte auch keinen. Sie war weiß, aber nicht europäischer Herkunft, flüsterte und kicherte und starrte auf meinen Schritt.

Da merkte ich, dass ich über die Gedanken an Jo und Johnny eine Erektion bekommen hatte.

Ich drehte mich weg, lief einen langen Gang hinunter und bog in einen Saal voller Fische, wo ich mich mit einer wenig eleganten Bewegung so hinstellte, dass mein steifes Glied nicht so gut sichtbar war.

Danach verließ ich das Museum, ging zum Columbus Circle und anschließend die Seventh Avenue mit ihren Delis, Elektronikgeschäften, Hotels und Touristenläden hinunter.

Irgendwo zwischen der 50. und der 42. Straße kam ich an

einem Sexshop vorbei. Ich war fast schon vor dem nächsten Laden, drehte aber noch einmal um. Ich ging hinein und lief an den Regalen voller Porno-DVDs entlang. Die Filme waren nach Themen geordnet. Es gab *Schwarz, Gemischtrassig, Amateur, Asiatisch, Sado-Maso, Anal, Abspritzen, Bi, Tierfreunde, Transo, Gay, Lesbisch* und etliche Meter mit einfachem, gewaltfreiem »weißem« Sex. Direkt über dem Blümchensex stieß ich in der kleinen Rubrik *Features* auf einen Film, in dem es um eine Frau namens Sisypha Seaman ging. Es war die Geschichte einer Frau, die eine Affäre mit einem jungen Kerl anfing und von ihrem Ehemann in flagranti ertappt wurde.

Ich hatte noch nie so einen Film gekauft. Was nicht daran lag, dass ich nicht gewollt hätte, aber ich hatte mich immer geschämt, mit so etwas zur Kasse zu gehen. Ich hatte Angst, dass da womöglich eine Frau stand, die mich höhnisch angrinste, weil ich mir solche Filme ansehen musste, statt mir eine Freundin zu suchen und eine echte Liebesbeziehung zu haben. Ich hatte eine Freundin, aber das würde sie nicht wissen, und wie konnte ich es ihr erklären, ohne wie ein erbärmlicher Lügner zu klingen?

An diesem Tag hatte ich keine Angst. Ganz und gar nicht. Ich ging mit der *Sisypha-Sage* zur Kasse, wo ein Inder hoch über allem thronte, damit er sehen konnte, was zwischen den Regalen vorging.

»Ja, Sir«, sagte er mit einem leichten Singsang in der Stimme. »Ist das alles, Sir?«

»Ja, das ist alles. Wie viel macht das?« Ich wurde nun doch nervös. Hoffentlich kam niemand herein, der mich kannte.

Statt mir zu antworten, griff der Angestellte nach einem Mikrofon und rief etwas, auf Hindi, wie ich annahm. Er las eine Nummer vor, die auf der Hülle stand, und blickte erwartungsvoll den breiten mittleren Gang hinunter.

Die gläserne Vitrine vor der Kasse lag voll mit pornografischen Leckerbissen: bananenfarbenen Plastikdildos, Schachteln voller Kondome und Tuben mit Gleitmitteln für den Analverkehr. Ich fragte mich, ob Johnny seine Kondome und Gleitmittel in einem Laden wie diesem kaufte.

Während ich darüber noch nachdachte, kam ein junger Mann, ebenfalls Inder, aus dem hinteren Teil des Ladens gelaufen und hielt eine silberglänzende, unbeschriftete DVD in der Hand.

Der junge Mann war klein und dünn. Er trug eine schwarze Baumwollhose, schwarze Tennisschuhe und ein weißes Hemd, das bis oben zugeknöpft war. Er reichte die DVD seinem Kollegen hinter der Vitrine.

»R-321-66-a«, sagte der junge Mann.

Der auf seinem Podest stehende Angestellte tippte die Nummer in die Kasse und sagte: »Achtunddreißig Dollar und einundfünfzig Cent, Sir.«

Ich bezahlte bar, passend.

Der Kassierer schob die DVD in die Hülle und wickelte sie in eine braune Papiertüte. Das Päckchen steckte er in einen dünnen Plastikbeutel, auf dem beidseitig I LOVE NEW YORK gedruckt war. Den Beutel gab er mir.

»Danke.«

»Danke.«

Ich trat aus der Tür ins helle Sonnenlicht und sah mich unauffällig um, weil ich befürchtete, es könnte mich jemand beim Verlassen des Sexshops beobachtet haben. Aber niemand sah zu mir herüber, weder die Hausfrauen noch die Kinder, die gerade aus der Schule kamen, weder der Obdachlose, der um Kleingeld bettelte, noch die französischen Touristen, die ihren Stadtplan studierten.

Niemand sah die dreifach verpackte *Sisypha-Sage* an meiner linken Hand baumeln, derselben Hand, die auch die Aktentasche voller Fotos von sterbenden afrikanischen Kindern hielt.

An der 18. Straße betrat ich den Schnapsladen Dionysus's Bounty.

»Haben Sie Cognac?«, fragte ich den düster dreinblickenden Verkäufer.

»Was für einen wollen Sie?«, antwortete der Mann mit spöttischer Miene.

»Welcher ist gut?«

»Wie viel wollen Sie anlegen?«

»Hundert Dollar?«, schlug ich vor, und er lächelte. Wahrscheinlich gehörte ihm der Laden selbst.

Er verschwand im Hinterzimmer, und ich stand da und dachte einen Moment lang nicht an Jo und Johnny. Aber dann quietschte irgendwo eine Tür oder etwas anderes, und ich hörte Jo wieder, wie sie den weißen Mann mit dem roten Kondom »Daddy« nannte.

Daddy.

»Das hier ist der beste, den ich habe«, sagte der Besitzer. »Er kostet hundertachtzig Dollar, ist aber auch achtzig Jahre alt und weich wie die Haut eines jungen Mädchens.«

Ich bezahlte bar.

Nein, ich bräuchte keine Tüte, sagte ich, legte meine Aktentasche auf die Ladentheke und öffnete sie. Ich schob den I LOVE NEW YORK-Beutel in eines der Fächer und wollte gerade auch die Flasche hineinstecken, als der Schnapsverkäufer eine Hand hob.

Ich dachte, er wollte etwas zu der DVD sagen, aber stattdessen deutete er auf eine von Lucys Fotografien, die aus ihrer blauen Mappe hervorlugte.

Ich zog das oberste Bild heraus, auf dem ein sehr dunkelhäutiges, vielleicht acht Jahre altes Kind zu sehen war. Es war ein Mädchen, unglaublich dünn, die Stirn voller Wunden, an denen dicke Fliegen saugten.

»Was ist das?«, fragte der Mann.

Erst jetzt sah ich ihn genauer an. Er war weiß, und sein schütteres graues Haar ließ an einigen Stellen die rosafarbene, sommersprossige Kopfhaut durchschimmern. Er mochte sechzig sein und war früher einmal ein kräftiger Kerl gewesen. Das sah ich an seinen muskulösen Unterarmen und der Größe seiner Hände.

»Ein Mädchen im Sudan«, sagte ich. »Da ist Krieg. Tausende sterben.«

»Ist das lange her?«, fragte er, vielleicht ein wenig hoffnungsvoll.

»Nein. Jetzt. Heute«, erklärte ich ihm.

»Wie können Menschen sich so etwas antun?«, sagte er. »Das sind Ungeheuer.«

Ich nickte, legte das Bild zurück in die Mappe und schloss die Aktentasche. Auf dem Weg nach draußen fragte ich mich, wen er da wohl verdammte.

Bis zu meiner Wohnung in Tribeca war es ein weiter Weg. Als ich die Canal Street an der Ecke Washington überquerte, fiel mir ein, wie Joelle mir erklärt hatte, dass wir in der perfekten Entfernung voneinander wohnten.

»Auf die Weise ist die Anwesenheit des anderen nie selbstverständlich«, sagte sie. »Wir müssen etwas dafür tun, zusammen zu sein.«

Vielleicht ging das mit Johnny Fry damals schon. Aber nein. John Fry kam später. Sie hatte ihn auf einer Party bei Brad Mettleman in dessen Wohnung in Brooklyn Heights kennengelernt. Brad nannte es eine Gartenparty. Ich war eingeladen, weil ich eine Reihe Briefe übersetzt hatte, die er im

Laufe des letzten Jahres aus Spanien und Paris bekommen hatte. Jo hatte ich mit zur Party gebracht, weil ich sie überallhin mitnahm. Zu Anfang unserer Beziehung hatte sie mir erklärt, sie müsse zwar nicht verheiratet sein oder mit jemandem zusammenleben, wolle sich aber nicht außen vor fühlen.

Johnny war auch da. Ich kannte ihn bereits. Er hing eine Weile bei Brad herum, und so traf ich ihn des Öfteren. Er hatte einen von Brads Fotografen trainiert, einen gewissen Tino Martinez, im Crunch Gym. Johnny war angehender Musiker und Tinos Vater Musikproduzent, allerdings in Argentinien. Vater Martinez brachte Johnny mit einem Musiklabel in Chicago zusammen, das Popjazz produzierte, und obwohl Johnny eigentlich klassische Gitarre spielte, schien Sun and Moon Records, so hieß das Label, ein erstes Album mit ihm machen zu wollen. Das Ganze klappte dann nicht, wie ich mich erinnerte, und Johnny versuchte sich mittlerweile darin, Volkskunst zu importieren.

Auf der Party lag er Jo damit in den Ohren, sie solle das Marketing für sein noch nicht produziertes Album übernehmen.

»Ich habe ihm meine Karte gegeben, damit er mich endlich in Ruhe lässt«, sagte sie mir, nachdem er abgezogen war, um jemand anderen zu nerven.

Hatte es da angefangen? Ich erinnerte mich, dass sie Kopfschmerzen bekommen hatte und allein nach Hause fahren wollte. Wie lange war das jetzt her? Sechs Monate, länger nicht. Hatte er ihr in jener ersten Nacht schon rote Kondome und Gleitmittel gebracht?

Ich schlug mit der Faust gegen eine Hauswand, was absolut nicht zu mir passte. Eine ältere Frau mit einem Boxer, der so groß war, dass sie ihn kaum bändigen konnte, lief an mir vorbei und sagte: »Oje.«

Der Hund bellte mich an, aber die Schmerzen in meiner Hand waren lauter. Ich fasste meine Faust und ging in die Knie, während die ältere Frau, die ein preiselbeerfarbenes Hauskleid trug, an ihrem Hund zerrte.

»Axel! Hör auf!«, rief sie. »Bei Fuß! Axel!«

Endlich stand ich wieder auf und nahm die letzten beiden Blocks nach Hause im Laufschritt. Dort angekommen, lehnte ich mich an die Wand neben der Tür und konzentrierte mich die nächsten fünf Minuten darauf, meine verletzte Hand Zentimeter um Zentimeter zu öffnen. Mittel-, Zeige- und Ringfinger begannen anzuschwellen, und der Schmerz strahlte bis in den Unterarm. Als die Hand schließlich geöffnet war, hatte ich Angst, sie wieder zu schließen. Aber ich tat es. Nach zehn Minuten hatte ich meine Hand dreimal geschlossen und wieder geöffnet.

Gebrochen war nichts, da war ich mir ziemlich sicher, aber eine Zeit lang würde die Hand nicht zu gebrauchen sein.

Ich lachte über mich selbst, als ich mit der Linken den Schlüssel aus der rechten Hosentasche zu fischen versuchte. Endlich hatte ich ihn und mühte mich, ihn ins Schloss zu bekommen, da ging die Tür plötzlich von selbst auf.

Es war Sasha Bennett, die etwas über dreißig Jahre alte Jurastudentin aus dem fünften Stock.

»Hi, Cordell«, sagte sie und lächelte komisch. »Was ist denn mit dir?«

»Ich bin gestolpert«, sagte ich. »Irgendwie habe ich mich mit der geballten Faust abzufangen versucht, frag nicht, warum, und jetzt bekomme ich nicht mal mehr die Tür auf.«

Ich lachte. Mein Grinsen glich womöglich dem finsteren Starren eines Wahnsinnigen.

»Ich helfe dir«, sagte sie und nahm meine Aktentasche.

Sasha hatte sehr breite Wangenknochen, und ihre mandelförmigen Augen waren noch dunkler als braun. Sashas Vater war dunkelhäutig und asiatisch. Ihre Mutter kam aus Indiana. Wir hatten ein paarmal zusammen Kaffee getrunken. Einmal hatte sie mich eingeladen, mit ihr und ein paar Freunden in ein Wochenendhaus auf Fire Island zu fahren, aber ich sagte ihr, dass meine Freundin das nicht verstehen würde.

Ich folgte ihr die schmale Treppe hinauf. Sie trug eine enge graue Baumwollhose und eine gelbe Bluse. Trotz der Schmerzen bewunderte ich ihren herrlich wiegenden Gang.

Die Wände, die eiserne Treppe, die Decke, alles war grau gestrichen. Das Klackern unserer Schuhe auf den Metallstufen hallte in meiner Hand wider.

»Gib mir den Schlüssel«, sagte sie, als wir vor meiner Tür im dritten Stock standen.

Unser Haus war einmal das Bürogebäude eines Lebensmittelgroßhändlers gewesen. Das Lagerhaus stand gegenüber und wurde ebenfalls längst für andere Zwecke genutzt. Unser Haus war groß und schmal und hatte auf jeder Etage nur Platz für eine Wohnung.

Ich gab ihr mein Schlüsselbund und sagte: »Der mit dem blauen Rand ist für das untere Schloss, der rote für oben.«

»Was ist mit dem mittleren?«, fragte sie.

»Das schließe ich nie ab.«

Aus irgendeinem Grund musste sie darüber lächeln, dann lachen.

Nachdem sie aufgeschlossen hatte, stemmte sie sich gegen die Tür, aber die gab nicht nach.

»Das Ding klemmt«, sagte ich und wand mich vor Schmerz. »Du musst kräftig drücken.«

Grunzend stieß sie mit der Schulter gegen die Tür, die sich daraufhin mit einem schrillen Quietschen öffnete. Dieses

Quietschen würde mich von diesem Tag an immer an Joelle und Johnny erinnern.

Sasha legte meine Aktentasche auf den kleinen Nussbaumtisch in meiner winzigen Diele. Ich schob mich an ihr vorbei, um die Vorhänge vor den Fenstern aufzuziehen. Das Tolle an meiner Wohnung ist das Licht. Vom Wohnzimmer aus kann ich westwärts auf den Hudson hinaussehen, während mein Schlafzimmerfenster nach Osten geht. Ich habe morgens und abends Sonne, kann sie aufgehen und wieder untergehen sehen.

»Möchtest du etwas trinken?«, fragte ich Sasha.

Sie legte den Kopf schief, als hätte ich etwas Merkwürdiges gesagt.

»Ich habe einen sehr alten Cognac gekauft und würde ihn gern probieren.«

»Warum lädst du deine Freundin nicht dazu ein?«, fragte sie.

»Ich würde ihn lieber mit dir trinken.«

Wieder dieser Blick.

»Ich muss ... ich muss lernen«, sagte sie. »Wenn ich jetzt was trinke, ist der ganze Tag dahin.«

Ich ging zu ihr und küsste sie auf die Lippen.

»Danke, dass du mir geholfen hast, Sasha.«

»Okay.« Sie machte einen halben Schritt zurück.

»Vielleicht könnten wir ein andermal ein Glas zusammen trinken«, schlug ich vor.

»Ja.« Ihr Lächeln wurde wärmer. »Das wäre schön.«

Ich nahm drei Ibuprofen und schluckte sie mit dreimal zwei Fingerbreit Cognac. Ich schwitzte, mir war kalt und meine Hand schmerzte, aber wenn mich jemand gefragt hätte, dann hätte ich gesagt, ich wäre okay.

Mein einziger Luxus ist mein Sechzig-Zoll-Plasmafernseher mit DVD-Rekorder, CD-Spieler, Computeranschluss, Verkabelung und Satellitenempfang. Er steht vor der fensterlosen Wand meines Wohnzimmers, und meist schlafe ich abends auf meinem Futonsofa ein, während ich mir einen Film oder Late-Night-Cartoons für Erwachsene ansehe.

Als die Schmerztabletten zu wirken begannen, zog ich die Vorhänge zu und legte die *Sisypha-Sage* in den DVD-Spieler.

Ich hatte noch nicht viele Pornos gesehen, und nur einen einzigen von Anfang bis Ende, bei einem der seltenen Junggesellenabende, zu denen ich eingeladen gewesen war. Ich erinnerte mich an jede Menge Genitalien, grelles Make-up und desinteressierte Männer und Frauen, die ihren Job machten. Aber der hier schien anders zu sein.

Die Geschichte begann damit, dass Sisypha, eine Schwarze, und ihr ziemlich dickbäuchiger weißer Mann Mel beim Abendessen saßen. Aus den Schüsseln auf dem Tisch dampfte es. Es gab keinen Vorspann, keine Musik, nur die Geräusche, die die beiden machten, so dass man das Gefühl hatte, die Kameras beobachteten den Alltag zweier normaler Leute.

Die beiden unterhielten sich über das, was sie tagsüber erlebt hatten. Sie schienen ein sehr enges Verhältnis zu haben. Irgendwann fragte Mel Sisypha, ob sie unglücklich sei, weil sie nicht schwanger werde. Sie sagte, dass sie sich liebten, und das sei das Wichtigste.

Später im Bett gaben sie sich einen Gutenachtkuss und umarmten sich, als wollten sie miteinander schlafen, aber dann kam ein Schnitt, und es war Morgen.

Ich begann mich zu fragen, ob es in dem Sexshop zu einer Verwechslung gekommen war. Vielleicht hatten sie mir die falsche DVD gegeben. Vielleicht gab es entschärfte Versionen der XXX-Filme, und ich hatte aus Versehen eine davon bekommen. Ich dachte, dass ich die DVD zurückbringen sollte. Aber die Geschichte interessierte mich. Sie glich meiner Geschichte mit Joelle. Jo sagte immer, dass sie mich liebe und mit unserer Situation glücklich sei. Sie war jung genug, um noch Kinder zu bekommen, bestand aber darauf, keine zu wollen.

Es war Morgen, Mel ging zur Arbeit und Sisypha begann ihren Tag. Irgendwann nachmittags klopfte ein Handwerker an die Tür. Er war jung, ein mediterraner Typ mit reichlich Muskeln unter Overall und T-Shirt. Seine Adlernase und sein höhnisches Grinsen ließen auf einen unangenehmen Zeitgenossen schließen, aber Sisypha schien ihn zu mögen.

»Hi, Ari«, sagte sie. »Kommen Sie wegen der Wasserleitung?«

»Ja, Miss«, sagte er mit einem starken griechischen Akzent.

Ich wusste längst, was als Nächstes passieren würde. Die zwei würden sich ein-, zweimal küssen, dann würde die Handlung ins Schlafzimmer verlegt werden, mit den beiden nackt im Bett. Ich wollte den Film schon ausschalten, als der Handwerker Sisypha den Rock herunterriss, sich auf die Knie fallen ließ und anfing, ihr mit seiner großen, spitzen Zunge die Klitoris zu lecken.

Sisyphas Atem steigerte sich zum Orgasmus. Die Art, wie ihre Beine dabei zuckten und ihre Augen den leckenden Ari verschlangen, bewies, dass sie entweder eine vollendete Schauspielerin war oder es wirklich genoss, sich von diesem Mann lecken zu lassen. Ihre Lust war mindestens so überzeugend wie Jos, als Johnny Fry in ihr Rektum eindrang.

Der Sex zwischen Sisypha und Ari wurde immer leidenschaftlicher. Sein erigierter Schwanz war lang, hart und krumm. Er stand leicht nach unten, bog sich zur Spitze hin aber in die Höhe. Sie ritt ihn, rieb ihn zwischen ihren schön geformten hellbraunen Brüsten und schob sich das enorm große Ding bis zur Hälfte in den Rachen. Die ganze Zeit über stöhnte Sisypha, und Ari knurrte wie ein Hund, der einen Eindringling verscheuchen will.

Dennoch kam es nicht zum obligatorischen Abspritzen auf die Brüste oder den Arsch der Frau. Ari wurde immer erregter. Seine Hände zitterten und seine Augen schienen um etwas zu betteln. Auf Sisyphas Gesicht machte sich ein Lächeln breit.

»Willst du, dass es dir kommt?«, fragte sie.

»Ja.« Das Wort drang tief aus seiner Kehle.

Sie fasste seinen Schwanz, grinste und schlug heftig gegen den Schaft. Ari schrie vor Schmerz auf.

»Immer noch?«, fragte sie.

»Ja«, antwortete er unterwürfig.

Wieder schlug sie ihn, diesmal noch fester.

»Immer noch?«

Mit meiner Linken machte ich mir die Hose auf, und mein steifer Schwanz schaffte sich Platz.

»Bitte«, bettelte Ari.

»Sisypha, was soll das?«, sagte jetzt jemand.

Einen Moment lang dachte ich, es wäre Ari, der seine Dominanz wiederherstellen wollte. Aber die Kamera schwenkte zur Tür, wo Mel in seinem zerknitterten Anzug stand, in der Hand seine Aktentasche.

Mel war ein gedrungener Typ mit Hang zur Glatzenbildung und einem Kugelbauch. Er war weiß und hatte graue Augen, und wir glichen einander in keiner Weise, dennoch sah ich klar, dass er in dieser Geschichte meine Rolle spielte.

Mel fing an zu brüllen und wild zu gestikulieren. Wieder und wieder schrie er, er werde die Polizei rufen. Sisypha versuchte ihn zu beruhigen, doch er stieß sie zur Seite und griff nach dem Telefon. Darauf schlug Ari, dessen Penis immer noch mehr als halb erigiert war, Mel zu Boden und fesselte ihn mit einer zufällig daliegenden Rolle Klebeband an einen Stuhl. Bevor Mel wieder wach genug wurde, um zu schreien, klebte ihm Ari den Mund zu.

Sisypha versuchte Mel zu beruhigen, aber er kämpfte gegen seine Fesseln an und stieß gedämpfte Schreie aus.

Jetzt stellte Ari einen Stuhl direkt vor Mel, und zog Sisypha zu sich auf den Schoß. Er drehte sie so, dass sie ihren Mann ansah, und stieß seinen enormen Schwanz bis zum Anschlag in sie hinein.

Kein Zweifel, Sisypha war tatsächlich eine begnadete Schauspielerin. Jedes Mal, wenn Ari in sie eindrang, antwortete sie mit einem lustvollen Stöhnen. Gleichzeitig aber sah sie ihrem Mann mit einem Blick in die Augen, der voller ebenso überzeugender Scham war. Schließlich verlor Ari die Kontrolle und fickte Sisypha völlig hemmungslos. Sie konnte nicht anders, sondern kam heftig und unkontrolliert zum Höhepunkt. Als Ari so weit war, drückte er sie vor sich auf die Knie, damit sie die dicke weiße Flüssigkeit aufleckte, die den Schaft seines erigierten Penis herunterrann.

Ich versuchte meinen eigenen Ständer zu reiben, aber meine rechte Hand schmerzte zu sehr, und so konnte ich mich nicht zum Orgasmus bringen, sosehr ich es wollte. Mein Atem kam schnell, und als ich Mel in seine flehenden Augen sah, wollte ich mit ihm zusammen heulen. War ich denn nicht in der gleichen Lage wie er? Gezwungen zuzusehen, wie sich meine Geliebte stöhnend in der Umarmung eines anderen wand?

Als Ari von den letzten Nachbeben seiner Ekstase durchzuckt wurde, ließ Sisypha von ihm ab und bat Mel um Vergebung. Sie habe ihn nicht verletzen wollen.

Aber Ari ging dazwischen und verhöhnte ihr Flehen.

»Es gefällt ihm, Sissy. Sieh doch nur«, sagte er und riss die Knöpfe von Mels Hose auf.

Mels kräftiger, erigierter Schwanz sprang hervor.

»Siehst du?«, sagte Ari. »Er mag es. Es macht ihn an, zu sehen, wie du von meinem großen Schwanz gevögelt wirst. Er will, dass du dich vor ihn hinkniest und mit ihm genau das machst, was du mit mir gemacht hast.«

Sisypha starrte Mel an. Sein Blick war voller Angst und Unsicherheit. Zögernd ließ sie sich auf die Knie nieder und fing an, seinen mächtigen steifen Schwanz zu streicheln und zu lutschen. Er sah zärtlich auf sie hinab und zuckte mit den Hüften, um ihr zu zeigen, wie gut es sich anfühlte.

Ich goss mir ein Glas Cognac ein, trank es aus und schenkte mir nach. Ich war Mel. Machtlos, verhalten, unterwürfig.

Aber wenigstens liebt sie ihn. Wenigstens kommt sie zu ihm zurück.

Jetzt kniete sich Ari hinter Sisypha. Als er in sie eindrang, ließ sie ein lustvolles Stöhnen hören, das mich erneut versuchen ließ, meinen Schwanz zu reiben. Aber der Schmerz in meiner verletzten Hand war zu groß. Ich konnte mich nicht befriedigen, und so sah ich hilflos zu, wie der mächtige griechische Hengst Sisypha fickte. Sie wand sich und presste sich gegen ihn. Wieder und wieder nahm sie die Lippen vom steifen Schwanz ihres geknebelten Mannes und schrie: »Fick mich! Fester, fester!«

Tränen strömten mir über das Gesicht. Mein Schwanz war so hart, dass die stramme Haut im Leuchten des Plasmabildschirms wie dunkles Glas glänzte.

Endlich richtete sich der große Grieche hinter der dunkelhaarigen Frau auf. Sein Schwanz stand trotz aller Krummheit lang und mächtig nach vorn, tropfnass von den Säften seiner

Geliebten. Ari stellte sich über die Frau und bewegte seinen Penis vor Mels Gesicht hin und her.

»Riechst du ihre Möse auf meinem Schwanz?«, fragte er ihn. »Erregt dich das?«

Mel versuchte, den Kopf wegzudrehen, aber da fing Sisypha an zu wimmern und arbeitete immer schneller mit Hand und Zunge. Mel konnte nicht anders. Er kam, während ihm Ari mit seinem Geschlecht vor dem Gesicht herumwedelte. Und obwohl ihm Tränen in den Augen standen, war klar, dass Mel ein äußerst starkes sexuelles Erlebnis hatte.

In diesem Moment stellte ich mir sein Leben vor. Jeden Morgen stand er auf und fuhr mit dem Bus zur Arbeit. Später kam er zurück, lachte über die immer gleichen Geschichten, sah die immer gleichen Fernsehshows, schlief einmal in der Woche in den immer gleichen Positionen mit seiner Frau und beglückwünschte sich für seine Liberalität und Freiheit, obwohl er sich doch bei genauerer Betrachtung kaum von einer Sardelle unterschied, die mit Dutzenden Artgenossen in eine flache Dose gesperrt war. Seine Frau liebte ihn so, wie man einen Sechsjährigen liebt, und belächelte seine Unschuld, während er so tat, als sei er ein Mann.

Ari lachte auch dann noch über Mels Schwäche, als Sisypha aufsprang und ihn wegstieß. Ihre Wut war mit Händen zu greifen. Der starke Mann begriff, dass er zu weit gegangen war, und zog sich an.

»Du hast meine Nummer. Ruf mich an, wenn du wieder mal einen richtigen Mann brauchst«, sagte er, knöpfte sich das Hemd zu und ging hinaus.

Ich war so erleichtert, ihn gehen zu sehen, dass ich seufzen musste, schüttete mir noch einen Cognac ein und stürzte ihn hinunter, wobei ich mich fast verschluckte.

Meine Erektion ging zurück.

Ich erwartete, dass Sisypha ihren Mann jetzt befreite, dass sie sich ihrer Liebe füreinander bewusst wurden und zärtlich miteinander schliefen.

Oder vielleicht, dachte ich, *folgte die Kamera auch Ari in ein anderes sextolles Bett bei sich zu Hause oder in einem Klub*.

Es war mir egal, denn obwohl ich keinen Orgasmus gehabt hatte, fühlte ich mich ausgepumpt wie nach einem übersinnlichen Erlebnis. Ich hatte schon viele exzellente Filme gesehen, aber keiner hatte mich so bewegt wie diese erste Episode der *Sisypha-Sage. Fahrraddiebe* nicht und auch nicht *Apus Welt* oder *Die Reise nach Tokio*. Kein Film hatte mich je so direkt angesprochen, mir das Herz förmlich aus der Brust gerissen und schlagend vor die Füße gelegt.

Dieser Film schaffte mich. Bloßer Sex konnte mich nicht so sehr bewegen wie Mels seelische Zerstörung durch seine Frau und ihren Liebhaber.

Die nächste Szene hatte nichts mit Sex zu tun. Sisypha zog ihren Stuhl so nahe an ihren Mann heran, so dass sie nur noch Zentimeter von ihm entfernt saß, und sah ihm lange in die Augen. Die rechte Seite von Mels Gesicht war rot und leicht geschwollen, als hätte Ari ihn wirklich geschlagen.

»Wenn ich den Klebestreifen von deinem Mund entferne, wirst du dann schreien?«, fragte sie ihn.

Er nickte, und ich fragte mich, ob er die Frage richtig verstanden hatte.

»Wirst du schreien?«, fragte sie noch einmal, um sicher zu sein.

Wieder nickte er.

»Wenn ich dich losmache, wirst du mir dann wehtun?«, fragte sie ihn.

Nach kurzem Zögern wieder ein Nicken, ein wenig traurig.

»Liebst du mich, Melvin?«

Nicken.

»Hasst du mich auch?«

Nicken.

»Was sollen wir jetzt tun?«

Melvin ließ den Kopf hängen und schüttelte ihn langsam, woraufhin Sisypha aufstand und den Raum verließ. Mel sah ihr nach, und lange passierte gar nichts. Unbewegt starrte Mel zu der Tür, durch die seine Frau gegangen war.

Schließlich kam Sisypha wieder herein, in der Hand einen kleinen blauen Babykoffer. Sie kniete sich vor ihn hin und machte ihm die Hose zu. Eine liebevolle Geste.

»Ich rufe Yvette an und sage ihr, dass sie kommen und dich losmachen soll«, sagte sie. »Ich melde mich in ein paar Tagen, um zu hören, wie es dir geht.«

Damit war es für mich vorbei. Ich fing an zu weinen und konnte nicht wieder aufhören. Ich fiel von meinem Futonsofa und schluchzte. Mels Machtlosigkeit schlug eine empfindsame Saite in mir an. Er wollte seiner Frau nicht wehtun, aber er würde es. Er wollte nicht schreien, aber er konnte nicht anders. Er hatte keine Wahl. Sisypha bestimmte den Lauf der Dinge, sie war es, die die Entscheidungen fällte.

Ich schaltete den Fernseher aus. Das Zimmer versank im Dunkel, und ich blieb auf dem Boden liegen. Irgendwann schlief ich ein.

Obwohl meine Lust ungestillt geblieben war, träumte ich von Gewalt und nicht von Sex. Ich war Mel, und als Sisypha mich fragte, ob ich ihr wehtun würde, schüttelte ich den Kopf und sah sie mit unschuldigen Augen an. Aber als sie mich daraufhin losmachte, packte ich sie an der Gurgel und drückte mit aller Kraft zu. Ich spürte, wie meine Finger knackten und die Muskeln in meinen Schultern schmerzten. Ich strengte mich so an, dass ich keuchen musste, gab aber nicht nach. Ich wollte alles Leben aus Sisypha herauswürgen. Nie wieder würde sie einen Atemzug tun.

Aber sosehr ich auch drückte, sah sie mich einfach nur an, überrascht und bekümmert, weil ich sie belogen hatte.

»Es tut mir leid«, sagte sie zu Mel. »Aber ich brauchte mehr, als du mir geben wolltest.«

»Ich habe dich geliebt«, weinte ich.

»Du liebst mich immer noch«, sagte sie mit einem Gespür, das ich verabscheute. »Selbst wenn du mich töten würdest, könntest du nicht aufhören, mich zu lieben.«

Wütend stand ich auf und schrie: »Ich verlasse dich!«

»Du kannst mich nicht verlassen«, sagte sie. »Nicht, wenn ich dich nicht freigebe. Ich bestimme, wie lange du gefesselt und stumm auf dem Stuhl sitzen bleibst. Ich kann so viele Männer haben, wie ich will, und dir wird gefallen, was ich tue.«

Ich wollte nein sagen, aber die Worte, die aus meinem Mund kamen, waren Bitten. »Ich flehe dich an«, bettelte ich, »verlass mich nicht.«

»Du gehörst mir«, war ihre Antwort. »Ich gebe dich niemals frei und verlasse dich auch nicht …, dieses Mal wenigstens nicht.«

»Danke«, sagte ich und hasste mich für meine Schwäche.

Der Boden musste sehr kalt sein, vielleicht war es auch der Alkohol, denn plötzlich trieb ich durch das Polarmeer, inmitten riesiger Eisberge, die ineinanderkrachten. Der Klang des zerschellenden Eises ängstigte mich mehr als alles andere. Jedes Mal, wenn einer der Riesen einen anderen rammte, zuckte ich zusammen und rollte mich ein, damit ich untertauchen konnte, so dass ich sicher vor den umherfliegenden Splittern war.

Um atmen zu können, musste ich jedoch zurück an die Oberfläche. Die kalte Luft tat meiner Lunge weh, und das Krachen wurde immer lauter, bis ich endlich zitternd aufwachte.

Ich dachte, der Fernseher laufe und mein Traum habe mit einer lauten, späten Fernsehshow zu tun, stellte aber fest, dass es das Telefon war, das da in der Dunkelheit klingelte. Schlaftrunken versuchte ich aufzustehen und vergaß dabei, dass meine Hand verletzt war. Ich tastete nach dem Couchtisch, zuckte vor Schmerz zurück und schlug, vorwärts fallend, mit dem Kinn auf die harte Tischkante. Kurz bevor sich der Anrufbeantworter eingeschaltet hätte, hörte das Telefon auf zu klingeln.

Vielleicht verlor ich für einen Moment die Besinnung, vielleicht schlief ich auch wieder ein. Da klingelte das Telefon abermals. Die digitale Zeitanzeige des Kabelempfängers stand auf 3.12 Uhr. Mithilfe meiner linken, unsicheren Hand kämpfte ich mich auf die Beine, stieß mit dem Schienbein an den Couchtisch und kippte die Cognacflasche um. Wieder verstummte das Telefon, bevor der Anrufbeantworter anspringen konnte. Als es das dritte Mal klingelte, schaffte ich es endlich rechtzeitig.

»Hallo«, sagte ich wie ein Dummkopf. »Wer ist da?«

»Ich bin's, L.«, sagte eine Frau.

Ich wusste, dass ich die Stimme kannte, wusste, dass ich sie in diesem Moment niemandem zuordnen konnte, wusste, dass ich betrunken war.

»Es ist spät«, sagte ich, mehr erklärend als mich beschwerend. »Nach drei.«

»Ich habe im Roundtree Inn angerufen«, sagte sie, und jetzt begriff ich, dass es Joelle war. »Aber da sagte man mir, du hättest nicht eingecheckt.«

»Philadelphia«, sagte ich und erinnerte mich, dass ich den

Fünfuhrzug hatte nehmen wollen. Morgens um acht hatte ich eine Besprechung mit dem Agenten eines Konsortiums spanischer Geschäftsleute, die Übersetzer in New York suchten. Mein Agent hatte das Treffen für mich arrangiert. Wenn ich dort einen guten Eindruck hinterließ, würde sich mir eine ganz neue Welt eröffnen.

»Was ist passiert, Cordell?«, fragte Jo fast so, als ob sie mich liebte.

Als ob, dachte ich und fragte mich sogleich, warum ich das dachte. Dann erinnerte ich mich und sah sie mit Johnny Fry auf dem Sofa und dem Teppich. Und war ich nicht an einen Stuhl gefesselt?

»Cordell?«

»Ich war unterwegs zum Bahnhof«, sagte ich. »Am Nachmittag …«

»Ich dachte, du wolltest den Mittagszug nehmen?«

»Da gab es keinen Platz mehr in der ersten Klasse, und ich wollte unterwegs arbeiten. Aber das ist nicht wichtig. Ich ging also aus dem Haus und war schon ein Stück die Straße hinunter, als mir plötzlich schwindlig wurde. Und als ich umkehren wollte, bin ich gestürzt.«

»Bist du in Ordnung?«, fragte sie besorgt.

»Ja, ja. Ich habe mir nur die Hand ein wenig verletzt. Zu Hause habe ich dann allerdings auch noch Fieber bekommen. Hohes Fieber. Über neununddreißig. Ich nehme an, seitdem habe ich geschlafen. Geschlafen.«

»Soll ich kommen?«, fragte sie ein wenig halbherzig.

»Nein, Schatz. Ich habe eine Tablette genommen und eine Flasche Wodka getrunken.« Ibuprofen war es gewesen und Cognac. Dieses Telefongespräch war der Anfang all der Lügen, die noch kommen sollten.

»Seit wann das?«

»Was?«

»Seit wann hast du Wodka im Haus?«

»Oh. Den habe ich vor einer ganzen Weile gekauft. Weißt du, äh, eines Tages auf dem Weg von dir zu mir, da bin ich an diesem kleinen Spirituosenladen vorbeigekommen. Das ganze Fenster war voll mit russischem Wodka, und da habe ich … eine Flasche gekauft.«

»Bist du betrunken?«

»Nein. Überhaupt nicht. Ich war nur im absoluten Tiefschlaf.«

»Vielleicht solltest du zum Arzt gehen. Vielleicht bist du wirklich krank.«

»Ich glaube nicht«, sagte ich. »Ich meine, das Fieber ist weg. Ich fühle mich nur noch etwas schwach. Morgen geht's mir wieder gut. Ich werde früh aufstehen und nach Philly zu meiner Besprechung fahren.«

»Es ist also alles in Ordnung mit dir?«, fragte sie noch einmal. »Ich habe mir solche Sorgen gemacht, als ich erfuhr, dass du nicht eingecheckt hattest. Aber ich dachte, du hättest dich vielleicht nur verspätet, und bin dann eingeschlafen. Als ich wieder aufwachte, warst du aber immer noch nicht da.«

»Mach dir keine Sorgen«, sagte ich und fühlte mich fast wieder normal. »Tut mir leid, dass ich nicht angerufen habe. Nachdem ich meine Hand gekühlt und die Tablette genommen hatte, bin ich einfach so weggesackt.«

»Du klingst immer noch komisch«, sagte Joelle, meine Geliebte seit acht Jahren. »Bist du sicher, dass alles in Ordnung ist?«

»Absolut. Sehen wir uns am Wochenende?«

»Natürlich. Verbringen wir nicht jedes Wochenende miteinander?«

»Ich wollte nur ... Nun, man sollte nicht immer alles für selbstverständlich halten.«

»Was redest du da, L.«, sagte sie liebevoll. »Ich bin deine Freundin. Wie kommst du nur auf solche Gedanken?«

»Es ist bloß, weil ... ich aus einem so völligen Tiefschlaf gerissen wurde.«

Eine Weile sagten wir beide nichts. Die Dunkelheit begann seltsame Formen zu bilden. Ich wusste, bei Tag würde ich die Gegenstände und Räume erkennen, aber jetzt, in der Nacht und leicht betrunken, kam es mir vor, als wäre ich in einer fremden Wohnung.

»L.?«, fragte Jo.

»Ja, Schatz?«

»Kommst du manchmal tagsüber her?«

Ja. Und gestern habe ich gesehen, wie dich Johnny Fry in den Arsch gefickt hat.

»Wenn, dann wüsstest du es doch«, sagte ich. »Entweder bist du da, oder ich hinterlasse dir eine Nachricht.«

»Oh.«

»Warum fragst du, Schatz?«, sagte ich unschuldig. »Möchtest du, dass ich in Zukunft vorher anrufe?«

»Nein. Natürlich nicht. Es ist nur so, dass ...«

»Was?«

»Als ich von meiner Besprechung aus New Jersey zurückkam, war die Tür offen.«

»Huch! Wie merkwürdig! Hast du sie vielleicht offen gelassen?«

»Wahrscheinlich. Ich hatte beide Arme voll, als ich ging, aber man sollte doch meinen, jemand hätte es gesehen und sie für mich zugemacht.«

Ich überlegte, ob sie mich verulken wollte. Einen Moment lang hasste ich sie zutiefst. Aber das ging vorbei. Sie machte sich einfach nur Sorgen, und ich ..., nun, ich brachte es nicht über mich, sie auf ihre Untreue anzusprechen. Die Worte wollten mir nicht über die Lippen kommen.

»Ich gehe besser wieder schlafen«, sagte ich.

»Rufst du mich an, sobald du in Philadelphia ankommst? Du weißt, ich möchte immer wissen, wo du bist.«

»Versprochen. Bis dann.«

Ich wollte in aller Frühe aufstehen und ein Taxi zur Penn Station nehmen, stellte mir aber keinen Wecker und war noch ziemlich betrunken. Als ich aufwachte, war es dunkel, und ich dachte, ich läge gut in der Zeit, dabei waren es nur die Rollos, die die Mittagssonne aussperrten. Es war halb zwölf, fast Mittag, und ich hatte meine Verabredung bereits verpasst.

Ich ging ins Wohnzimmer und sah, dass eines der Kissen vom Futonsofa auf das Telefon gefallen war. So hatte ich das Klingeln in meinem Schlafzimmer nicht hören können.

Auf dem Anrufbeantworter waren vier Nachrichten. Alle stammten von meinem Übersetzungsagenten Jerry Singleton.

»Cordell«, begann die erste Nachricht. »Ich habe einen Anruf von Norberto aus Philly bekommen. Er sagt, dass Sie zu spät dran sind. Was ist los?«

Beim vierten Mal drohte er damit, mich aus seiner Kartei zu streichen. Ich sei weder der beste noch der billigste Übersetzer, den er finden könne. Er sagte, ich solle ihn im Laufe des Tages anrufen, oder er werde dafür sorgen, dass ich weder in New York noch sonst wo je wieder Arbeit fände.

Er war so unglaublich wütend, dass es irgendwie passend schien, dass meine Hand fast auf ihre doppelte Größe angeschwollen war. Die Knöchel wurden schmerzhaft auseinandergedrückt, was mich an Jo und Johnny Fry erinnerte –

daran, wie er ihr mit seinem mächtigen Penis das Rektum aufgerissen hatte.

Eine Weile lang überlegte ich, mir erst einmal einen Kaffee zu kochen und zu frühstücken, aber das war mit meiner Verletzung unmöglich. Zwei Blocks weiter gab es jedoch einen kleinen Diner, in dem man den ganzen Tag über Frühstück bekam.

Ich war bereits angezogen, ging hinaus und verzichtete dabei auf das gewohnte Abschließen. Als ich auf die Treppe zusteuerte, hörte ich weiter oben eine Tür gehen.

Ich war etwa einen halben Block gegangen, als hinter mir jemand rief: »Cordell.«

Sasha trug ein kurzes lila Kleid, das zu ihren hochhackigen lila und weiß gepunkteten Schuhen passte. Ihr ärmelloses Top präsentierte ein großzügiges Dekolleté, und sie hatte sich geschminkt.

»Wow«, sagte ich.

»Was?«, fragte sie, als sie näher kam.

»Du siehst wundervoll aus. Bis hinunter zu den Schuhen.«

Damit hatte ich den Nagel auf den Kopf getroffen. Sie hakte sich bei mir unter und zog mich weiter.

»Wohin willst du?«, fragte sie.

»Eigentlich ins Krankenhaus«, sagte ich und zeigte ihr meine geschwollene Hand.

»Himmel! Das sieht ja schlimm aus. Ich begleite dich, wenn du willst.«

»Ich fände es schöner, wenn du mit mir frühstücken würdest«, sagte ich. »Ich bin auf dem Weg zu Dino's.«

Sie lächelte und drückte meinen Oberarm gegen ihre Brust.

Wir gingen weiter, und ich versuchte mich zu erinnern, ob ich sie am Abend zuvor geküsst hatte.

Die junge Latina-Kellnerin führte uns zu einem Tisch am Fenster. Sie legte die Speisekarten vor uns hin, und wir sagten, dass wir gleich bestellen könnten.

Normalerweise nahm ich ein Omelett mit Truthahnwürstchen und dazu einen koffeinfreien Kaffee, aber heute bestellte ich Dino's spezielle Chocolate-Chip-Pfannkuchen mit ahorngeräuchertem Speck und ein Bier.

Sasha nahm eine Hühnersuppe mit Matzebällchen und erzählte von ihrem jüngeren Bruder, der übers Wochenende aus Kalifornien zu Besuch kommt.

»Enoch ist ein Genie«, sagte sie, als wäre das nichts Besonderes. »Alle sagen das, seit er zwei ist. Er kriegt immer nur die besten Noten und Auszeichnungen. Jetzt ist er dreißig und hat nie gearbeitet oder einen Abschluss gemacht, aber mein Vater sagt immer noch, ich solle mir ein Beispiel an ihm nehmen.«

»Ein Genie?«, sagte ich, und sie lachte und berührte meine unverletzte Hand.

»Hast du je herausgefunden, dass jemand, mit dem du zusammen warst, was mit einer anderen hatte?«, fragte ich und wunderte mich über meine Direktheit.

Sasha sah mich mit ihren dunklen Augen an. Sie holte tief Luft und reckte ihr herrliches Dekolleté.

»Du meinst, nicht sie, sondern jemand anders hat es dir erzählt?«

»Ich meine, ich komme in ihre Wohnung und sehe, wie er ihr seinen Schwanz in den Arsch steckt.« Ich hätte nicht gedacht, dass diese Worte aus meinem Mund kommen würden. Sofort schämte ich mich dafür.

»Entschuldige«, sagte ich, »ich wollte nicht …«

»Warum solltest *du* dich entschuldigen?«, sagte sie und fasste meine Linke jetzt mit beiden Händen. »*Sie* sollte das. Was hat sie gesagt?«

»Sie hat mich nicht gesehen, und ich, ich bin gegangen.«

»Wirst du sie anrufen?«

»Sie hat letzte Nacht angerufen, und ich wollte etwas sagen, konnte es aber nicht. Ich konnte einfach nicht.« Plötzlich hatte ich das Gefühl, weinen zu müssen. Ich hielt den Atem an, um die Tränen zurückzuhalten.

»So eine Scheiße!«, sagte Sasha. »Ich meine, sie wollte wahrscheinlich nicht, dass du es siehst, aber ... Wie lange seid ihr zusammen?«

»Ungefähr acht Jahre.« Ich atmete langsam aus, und der Schmerz ließ nach.

»Sie hätte es dir sagen sollen. Jetzt musst du sie damit konfrontieren. Du musst ihr sagen, dass du Bescheid weißt.«

»Ist dir je so etwas passiert?«, fragte ich sie.

Sasha ließ meine Hand los und lehnte sich gegen das orangefarbene Plastikpolster ihrer Sitzbank. Etwa eine halbe Minute oder noch länger starrte sie in ihre Suppe.

»Als ich fünfzehn war, hatte ich einen achtzehnjährigen Freund«, sagte sie. »Ray Templeton. Er hatte rabenschwarzes Haar und breite Schultern. Irgendwann hatte er die Highschool geschmissen, seitdem arbeitete er in einer Autowerkstatt. Sein Traum war, Stock-Car-Fahrer zu werden. Ich war total in ihn verliebt, obwohl mir meine Eltern einredeten, er sei viel zu alt für mich und ein Versager.

Eines Tages wollte ich ihn überraschen. Ich hatte ihm einen Pullover gestrickt und wollte ihn ihm in die Werkstatt bringen. Ich ging nach Hause, um mich umzuziehen, und als ich durch die Tür kam, hörte ich meine Mutter schreien: ›Oh Gott, oh Gott, oh Gott‹, und so weiter. Ich dachte, sie sei mit meinem Vater zusammen, und fühlte mich angeekelt, aber dann hörte ich jemanden stöhnen, und ich begriff, dass es Ray war.«

»Was hast du da gemacht?«

»Ich bin rein und hab sie angeschrien. Ich hab geschrien und eine Lampe auf den Boden geworfen. Ray sprang aus dem Bett, um mich zu beruhigen, aber das machte mich nur noch wütender, denn er hatte einen enormen Ständer. Dann fing meine Mom an zu betteln, ich solle ihr vergeben, und ich lief davon. Ich lief nach draußen und versteckte mich hinterm Haus, weil ich nicht wollte, dass mich jemand weinen sah.

So saß ich eine Weile da, und dann hörte ich meine Mutter von Neuem ›Oh Gott, oh Gott, oh Gott‹ rufen. Erst dachte ich, ich würde einfach warten, bis sie fertig waren, aber sie fickten und fickten noch stundenlang weiter.«

Die Härte in ihrem Gesicht machte aus Sasha eine völlig andere Frau. Sie atmete tief durch.

»Und was dann?«, fragte ich.

»Ich bin zu meiner Freundin Marie geflüchtet und habe gefragt, ob ich bei ihr schlafen könnte. Meine Eltern kannten keine von meinen Freundinnen, und so habe ich bis zum nächsten Morgen gewartet und bin dann zu meinem Vater ins Büro gegangen und habe ihm gesagt, warum ich nicht nach Hause gekommen war.«

»Verdammt«, sagte ich. »Verdammt. Und dann?«

»Er ist am nächsten Tag schon ausgezogen und hat sich später von ihr scheiden lassen. Erst haben wir uns eine Wohnung gemietet, später bin ich zu einer Tante nach Brooklyn gezogen. Enoch blieb bei meinem Vater.«

»Was hat deine Mutter gesagt?«

»Ich habe nie wieder mit ihr gesprochen. Sie ist mit Ray nach North Carolina gegangen. Ihre Schwester hat es mir erzählt. Aber dann hat er auch sie betrogen, und sie ist nach Los Angeles gezogen und hat in Hollywood als Maskenbildnerin angefangen. Hin und wieder ruft sie an, aber ich rede nicht mit ihr. Sie ist ein Miststück, und ich hasse sie.«

Das tat sie, ohne Frage.

Ich staunte über das Ausmaß an Zerstörung in Sashas familiärem Umkreis. Das Leben ihres Vaters, ihres Bruders und ihrer Mutter, alles lag in Trümmern.

Ich stellte mir vor, wie Sasha aus dem Haus lief und ihre Mutter, die wahrscheinlich noch nie so hemmungslos mit jemandem geschlafen hatte, nicht von dem jugendlichen Automechaniker ablassen wollte, vielleicht auch nicht konnte.

»Hasst du mich jetzt?«, fragte sie.

Darüber musste ich lachen, und das tat mir gut.

»Nein«, sagte ich. »Wie könnte ich dich deswegen hassen? Du hast mir doch nichts getan.«

»Ich mag dich«, sagte sie mit wirklichem Gefühl in der Stimme. »Ich habe nur nie an deine Tür geklopft, weil du von deiner Freundin erzähltest und es so aussah, als wolltest du bloß mit *ihr* zusammen sein.«

»Wow. Wirklich?«

»Ja?«, sagte Sasha. »Du hast so schöne große Lippen und so schmale Hände. Und ich mag Männer, die mich gerne anstarren würden, aber zu schüchtern dazu sind.«

Mir stockte der Atem.

»Ich würde auch gerne bei dir klopfen«, sagte ich. »Aber kannst du mir ein paar Tage Zeit geben, bis ich diese Sache in meinem Kopf klar bekommen habe?«

»Sicher. Jetzt kommt sowieso erst mein Bruder. Vielleicht können wir nächste Woche mal zusammen essen gehen.«

Sie nahm meine verletzte Hand und fuhr mit den Fingerspitzen um die geschwollenen Knöchel.

»Das wäre schön«, sagte sie.

Ich musste den Kopf gesenkt haben, denn sie hob mein Kinn an, damit ich ihr in die dunklen Augen sah.

Ganz langsam begann sie den Druck ihrer Finger zu erhöhen. Draußen gingen Leute vorbei. Am Tisch neben uns stritt ein älteres Paar wegen etwas, das mit einem Cousin zu tun hatte. Meine Hand begann schmerzhaft zu pochen, besonders zwischen den Knöcheln.

»Magst du Schmerzen, Cordell?«, fragte Sasha und sah mir in die Augen.

Der Schmerz wanderte meinen Arm hinauf, aber ich zog meine Hand nicht zurück.

»Tut das weh?«, fragte sie mich.

»Ja«, flüsterte ich.

»Du kannst mir vertrauen.« Sie drückte noch fester.

Meine Schultern versteiften sich.

»Du musst die Hand nur zurückziehen«, sagte sie mit einem spröden Lächeln auf den Lippen.

Ich schloss die Augen und nickte. Mein Atem kam stoßweise, und mein Hals zog sich zusammen wie ein Penis im kalten Wasser.

Plötzlich ließ sie los. Ich öffnete die Augen, Sasha sah mich immer noch an.

»Warum hast du sie nicht angeschrien?«, fragte sie mich.

»Ich weiß es nicht.«

»Geh jetzt«, sagte sie und entließ mich damit. »Geh zum Arzt, und nächste Woche sehen wir, was du sonst noch alles magst.«

»Ich zahle«, sagte ich.

»Nein. Das geht auf mich«, sagte sie. Ihr Ton duldete keinen Widerspruch.

Als ich vom Tisch aufstand, stolperte ich und wäre beinahe gefallen. Von draußen warf ich einen Blick zurück ins Restaurant, Sasha winkte mir zu und lächelte so wie immer.

Ich ging die Straße hinunter und stellte verwundert fest, dass ich vor meiner Nachbarin Angst hatte. Sie hatte mir wehgetan und mich dazu bringen wollen, meine Hand wegzuziehen.

Nach einer Weile merkte ich, dass ich rannte.

Dr. Charles Tremain war jetzt seit mehr als zwanzig Jahren mein Arzt. Ich war mit Fieber, Kopfschmerzen und hin und wieder zu einem Check-up bei ihm gewesen. Es war nicht das erste Mal, dass ich unangemeldet in seine Praxis in der 69. Straße zwischen Madison und Lexington kam. Seine Sprechstundenhilfe Maya lächelte mich an und erschrak, als ich ihr meine Hand zeigte.

Sie führte mich in einen Untersuchungsraum, wo mich ihre neue Kollegin aus Ghana, Aleeda Nossa, aufforderte, mich zu entkleiden und den blassgrünen Papierkittel anzuziehen, der auf einem Tisch lag.

»Aber ich bin wegen meiner Hand hier«, erklärte ich ihr.

»Dr. Tremain möchte, dass Sie Ihre Kleider ablegen«, antwortete sie.

Sie war eine hübsche junge Frau mit einer außergewöhnlich dunklen, fast blauschwarzen Haut und großen Mandelaugen. Vielleicht fünfundzwanzig, vielleicht dreißig Jahre alt. Sie war füllig, aber keineswegs dick.

»Mr Carmel«, sagte sie und wartete darauf, dass ich mich auszog.

»Könnten Sie mich einen Moment allein lassen?«

Sie lächelte betörend und glitt zur Tür hinaus.

Schnell zog ich mich aus und schlüpfte in den pastellfarbenen Papierkittel. Aus dem Fenster konnte ich drei, vier Blocks weit auf die Dächer der Nachbarhäuser hinabsehen. Es gab kleine Gärten mit Grillanlagen, Tischen und Stühlen für die Bewohner Uptowns, die hier ihre Sommer verbrachten. Zwei Männer mit bloßem Oberkörper bauten einen Zaun zwischen zwei angrenzenden Dächern. Ein kleiner, an eine Türklinke gebundener Hund sprang auf und ab und bellte sie an.

Auf einem Tischchen in der Ecke des Untersuchungszimmers lag ein Anatomiebuch. Ich nahm es in die Hand, aber bevor ich es aufschlagen konnte, kam Aleeda mit einem elektrischen Fieberthermometer zurück. Sie berührte meine Schulter und steckte die Spitze des Fühlers sanft in mein Ohr.

»Sechsunddreißig acht«, sagte sie, nachdem nicht mehr als zehn Sekunden vergangen waren. »Das ist okay.«

»Meine Hand macht mir Sorgen«, sagte ich und hob sie hoch.

Sie fuhr so sanft über mein Handgelenk, dass ich es kaum spürte. Ihre Augen wurden groß und besorgt.

»Oje«, sagte sie, und ich erschauderte.

Wie schon Sasha fuhr sie mir mit den Fingerspitzen um die geschwollenen Knöchel. Schließlich sah sie auf und fragte: »Wie ist das passiert?«

»Ich bin gefallen.«

Einen Moment lang sahen wir einander in die Augen, dann senkte sie den Blick.

»Mr Carmel«, sagte sie, als hätte ich sie beleidigt.

Erst als ich nach unten sah, merkte ich, dass ich eine ausgewachsene Erektion hatte, die gegen meinen Papierkittel drückte. Aber nicht nur das: An der Stelle, wo die Spitze das dünne Papier anhob, war auch ein nasser, immer noch größer werdender Fleck zu sehen.

»Entschuldigen Sie bitte«, sagte ich und drehte mich zur Seite.

Aleeda spürte, wie peinlich mir diese Situation war. Sie legte mir eine Hand auf den Rücken und sagte: »Ist schon gut. So etwas kommt vor. Wie schön, dass Sie in Ihrem Alter noch zu so etwas fähig sind.«

»Vielleicht sollten Sie mich nicht anfassen«, sagte ich. »Ich meine, Männer in meinem Alter werden normalerweise nicht von so schönen Frauen wie Ihnen angefasst.«

Sie grinste und zog die Hand zurück.

»Der Doktor ist in einer Minute bei Ihnen«, sagte sie und ging hinaus.

Ich versuchte eine Weile meine Erektion wegzudenken, aber mein Penis blieb steif, als wäre das sein Normalzustand.

Dr. Tremain war ein kleiner, gedrungener Weißer, der physische und emotionale Stärke ausstrahlte. Er war fast kahlköpfig, hatte nur an den Seiten noch graues Haar und trug eine Nickelbrille.

»Ist das eine Pistole da unter Ihrem Nachthemd?«, fragte er.

»Ich kann Ihnen das nicht erklären, Herr Doktor«, sagte ich. »Aleeda hat sich meine Hand angesehen, und er salutierte wie ein Soldat.«

»Wie alt sind Sie jetzt, Cordell?«

»Fünfundvierzig.«

»Dann kann ich Sie als geheilt entlassen.«

»Meine Hand ist sogar noch größer.«

Dr. Tremain studierte meine geschwollene Pfote, drückte hier und da und fragte mich, was ich fühlte.

»Gebrochen ist nichts«, sagte er nach einer Weile.

»Sollten Sie die Hand nicht besser röntgen?«

»Nein. Nur das Gewebe ist betroffen. Tut es weh?«

»Hin und wieder pocht es«, sagte ich. Meine Erektion ließ nicht nach.

»Ich gebe Ihnen ein paar Schmerztabletten und eine entzündungshemmende Salbe mit. Sollte die Schwellung bis nächste Woche nicht zurückgehen, kommen Sie wieder.«

Er sah zu meinem sturen Schwanz hinunter und lachte.

»Und verstecken Sie das Ding da«, sagte er. »Ich komme mir ja vor wie ein alter Mann.«

Ich ging zu Fuß nach Hause. Es dauerte zwei Stunden.

Irgendwann unterwegs ließ meine Erektion nach. Ich war zwar immer noch erregt und mein Schwanz größer als sonst, aber wenigstens drückte er mir nicht mehr gegen die Hose. In der Gourmet Garage an der Seventh Avenue kaufte ich mir ein Rib-Eye-Steak und Rosenkohl.

Es herrschten über dreißig Grad, und als ich endlich nach Hause kam, war ich todmüde. Ich briet das Steak, zerteilte die Kohlröschen und dünstete sie in Butter. Nach dem Essen trank ich zwei Gläser Cognac, und da fiel mir die *Sisypha-Sage* wieder ein.

Sisyphas Freundin Yvette kam, um Mel zu befreien. Sie war eine zierliche, züchtige weiße Frau, die Mels Hilflosigkeit ganz verlegen machte. Sie sagte kein Wort, band ihn nur los und ging wieder.

Mel schaltete alle Lichter aus, setzte sich ans Fenster und betrachtete den halbvollen Mond. Als der Morgen dämmerte, nahm er seine Aktentasche und stolperte zur Tür.

Danach sah man ihn bei der Arbeit und später zu Hause, wie er erneut den zunehmenden Mond anstarrte. Dann war er wieder bei der Arbeit, später zu Hause.

Als er am Morgen darauf zur Tür hinausgehen wollte, klingelte das Telefon. Er blieb stehen, ging aber nicht ran. Es klingelte ein Dutzend Mal und hörte schließlich auf. Mel stand da, starrte das Telefon an, und schon fing es wieder an zu klingeln. Immer noch stand er regungslos da und ging nicht ran.

Als es das vierte Mal zu klingeln begann, glaubte ich, verrückt zu werden vor Spannung.

Dieses Mal nahm Mel den Hörer ab, sagte aber nichts. Vielleicht dreißig Sekunden hielt er den Hörer an sein Ohr. Sein Gesicht blieb ausdruckslos.

Dann war Sisyphas kehlige Stimme zu hören.

»Ich weiß, dass du es bist«, sagte sie. »Ich weiß, dass du jetzt zur Arbeit musst. Geh schon. Aber komm hinterher gleich nach Hause, dusche und warte. Ich schicke dir jemanden. Tu alles, was er dir sagt.«

Der Film zeigte Mel wieder an seinem Arbeitsplatz. Eine Frau in einem rosafarbenen Kleid kam und setzte sich auf seinen Besucherstuhl. Sie fragte ihn, ob etwas nicht in Ordnung sei, und er sagte in überraschend normalem Ton: »Nein, Angela. Wie kommst du darauf?«

»Du redest kein Wort und trägst schon seit vier Tagen dieselben Sachen«, sagte sie. »Sie sind verknittert und … ein bisschen verschlissen.«

»Meine Frau musste plötzlich zu ihrer Mutter«, log er. »Die hat sich den Fuß oder irgendwas verstaucht und wollte, dass Sissy für sie putzt … und für sie kocht.«

»Ich hoffe, es geht ihr besser«, sagte Angela.

»Oh ja«, versicherte er ihr. »Sissy kommt heute Abend zurück. Dann wird alles wieder normal. Das hier war leider mein einziger sauberer Anzug. Sissy ist eine tolle Hausfrau. Sie ist wundervoll.«

Angela lächelte, und Mel lächelte zurück. Aber als sie aufstand und sich wegdrehte, wurde sein Gesicht wieder finster und leer. Angela warf ihm noch einen Blick zu und zog die Stirn kraus, ohne dass er es gemerkt hätte.

Abends ging Mel nach Hause und duschte, wie ihm aufgetragen worden war. Danach setzte er sich auf den Stuhl am Fenster. Er trug seine Anzughose und ein Hemd. Die Wohnungstür stand offen. Nach einem Moment nachdenklichen Schweigens kam ein weichlich wirkender, rothaariger junger Mann in ockerfarbenen Hotpants und violetter Seidenbluse herein. Unter dem Arm trug er ein langes, schmales, in eine Stoffplane gewickeltes Bündel.

Der jüngere Mann ging auf den älteren zu. Nach einer Weile sah Mel auf. Er holte tief Luft, sagte jedoch nichts.

Der junge Mann legte das Bündel auf den Boden und wickelte es aus. Zum Vorschein kamen sechs ungefähr anderthalb Meter lange Metallstangen.

Der junge Mann ging zum Sofa und zog es aus, so dass daraus ein Bett wurde.

»Legen Sie sich auf den Rücken«, sagte er.

Nach kurzem Zögern gehorchte Mel. Der junge Mann nahm eine der Stangen. Wie ich jetzt erst sah, waren an beiden Enden Schellen befestigt. Diese Schellen schloss er um Mels Handgelenke. Anschließend machte er das Gleiche mit Mels Füßen.

Der Rothaarige nahm jetzt jeweils zwei der vier verbliebenen Stangen und schraubte sie zusammen. Die so entstandenen längeren Stangen waren an den Enden mit Bolzen versehen, die er in Löcher in den Schellen um Mels Handgelenke und Füße schnappen ließ. Als alles miteinander verbunden war, lag Mel mit abgespreizten Armen und Beinen in einem Rahmen gefesselt da. Er konnte sich kaum mehr bewegen, aber er versuchte es auch gar nicht.

Der Junge ging zur Tür, blieb einen Moment dort stehen und sah zu dem gefesselten Mann hinüber. Endlich schaltete er das Licht aus und verließ die Wohnung, ohne die Tür hinter sich zuzumachen.

Im Zeitraffer wurde es Nacht.

Das Licht ging an, und Sisypha stand in der Tür.

Vorher war sie hübsch gewesen, sexy und wohlproportioniert, aber jetzt, in ihrem sehr kurzen weißen Kleid und ungeschminkt, war sie exquisit. Ihre goldbraune Haut schimmerte im grellen Licht.

Bevor sie hereinkam, zog sie ihre hochhackigen roten Schuhe aus und stellte sie ab, schlug die Tür zu und trat ans Bett.

Züchtig setzte sie sich auf die Bettkante und sagte: »Hallo, Schatz.«

In Mels Blick lag großer Schmerz.

»Es tut mir so leid«, sagte sie, legte eine Hand auf seine Brust und sah in seine traurigen Augen.

Nach einer Weile stand sie auf und ging in den Nebenraum. Die Kamera folgte ihr in eine große, gut ausgestattete Küche.

Sie schaltete das Licht an, öffnete eine Schublade und nahm ein großes Metzgermesser heraus. Sie prüfte, wie scharf es war, holte einen Schleifstein hervor und fuhr damit an der Klinge entlang. Als sie mit der Schärfe zufrieden war, ging sie zurück ins Wohnzimmer. Das Messer hielt sie lässig in der Hand.

Mels Augen weiteten sich.

»Sisypha«, sagte er ängstlich.

Sie hob einen Finger an die Lippen und machte »Schschsch«.

»Was willst du mit dem Messer?«, fragte er und achtete nicht auf ihren Befehl.

»Musst du wieder geknebelt werden?«, fragte sie sanft.

»Leg das Messer weg«, sagte Mel und schrie fast.

Sisypha legte das Messer neben ihn und holte ein Paar weißer Socken und eine Rolle Klebestreifen aus ihrer Tasche. Sie stellte die Tasche neben Mels Kopf und zog eine schwarze Metallklammer hervor. Die klemmte sie ihm auf die Nase. Als Mel daraufhin den Mund öffnete, schob sie ihm die Socken hinein, drückte ein Stück Klebestreifen auf seine Lippen und nahm ihm die Klammer wieder von der Nase.

Mittlerweile kämpfte Mel mit aller Kraft gegen seine Fesseln an. Er versuchte zu schreien, aber der Knebel hinderte ihn daran.

Ich begann mich zu fragen, ob Mel tatsächlich Schauspieler war. *Vielleicht*, dachte ich, *hatte er Sisypha in anderen Filmen gesehen und sie zufällig irgendwo getroffen.* Als er sie zu ihrer Arbeit beglückwünschte, sagte sie ihm, dass sie gerne einen Film mit ihm drehen würde. Er freute sich, war begeistert, aber bei den Dreharbeiten stellte sich heraus, dass er ein Gefangener der Filmleute war. Vielleicht glaubte er, sie drehten einen Snuff-Film und wollten ihn umbringen.

Vielleicht wollten sie das wirklich.

Beruhigt, dass Mel nicht schreien konnte, griff Sisypha wieder nach ihrer Dreißigzentimeterklinge. Sie hob sein linkes Hosenbein, schob das Messer darunter und zerschnitt den Stoff, heftig daran reißend, bis hoch über sein blasses Knie.

Mel bäumte sich auf und gab einen gedämpften Schrei von sich.

»Wenn du dich bewegst, könnte ich dich aus Versehen verletzen«, warnte sie ihn. In ihrem Ton lag eine Art höhnischer Befriedigung.

Mel beruhigte sich, und sie lächelte.

»So ist es besser«, sagte sie und schnitt ihm die Hose bis hoch zum Gürtel auf. Mel versteifte sich, weil er keine falsche Bewegung machen sollte.

Mit einer wilden Grimasse säbelte sie an dem dicken Ledergürtel herum. Mel wimmerte und versuchte, sich nicht zu bewegen.

Als der Gürtel schließlich zerschnitten war, machte sie sich mit erschreckender Gewalt an sein weißes Hemd und seine Unterhose.

Endlich lag Mel völlig nackt da, und man konnte eine Wunde rechts auf der Brust und oben auf seinem linken Schenkel sehen. Er blutete nicht sehr, aber ich war mir sicher, dass die Szene so nicht einstudiert war.

Sisypha zog ihr weißes Kleid aus. Darunter war sie nackt. Ihre Brüste standen ohne erkennbare kosmetische Eingriffe straff nach vorn. Die kupferfarbenen Brustwarzen waren so groß, dass sie leicht nach unten hingen. Sisypha legte sich neben ihren Mann und umschloss sein geschrumpftes Glied mit der Hand.

»Wirst du folgsam sein, wenn ich dir den Knebel herausnehme?«, fragte sie.

Er nickte.

Sie zog ihm den Klebestreifen so sanft wie möglich herunter und holte die Socken aus seinem Mund.

»Lass mich gehen, Schatz«, sagte Mel.

Sie antwortete nicht, sondern strich mit ihrer Hand unablässig über seinen schlaffen Penis.

»Bitte, lass mich gehen«, sagte er.

»Er wird langsam steif«, stellte sie fest.

»Ich möchte nicht, Sissy«, sagte er. »Ich möchte, dass du mich gehen lässt. Ich verspreche dir ... ich verspreche, dass ich dir nicht wehtun werde.«

»Und ich verspreche dir ebenfalls, dass ich dir nicht wehtun werde ..., wenigstens nicht zu sehr«, sagte sie.

Sie zog jetzt energisch an seinem Schwanz, der sich tatsächlich aufrichtete.

»Bitte«, sagte er.

Sie sah ihm ins Gesicht. »Muss ich dich wieder knebeln, Baby?«

»Nein. Nein.«

»Dieser Schwanz wird mich jetzt vögeln, und ich werde alle möglichen anderen Dinge mit ihm anstellen, und alles, was ich hören will, ist dein Betteln um mehr.«

Mel schien etwas sagen zu wollen, aber er verschluckte die Worte.

»Was hast du gesagt?«, fragte Sisypha sanft, aber mit drohendem Unterton.

»Okay«, flüsterte er.

»Okay was?«

»Okay. Ich will mehr.«

Sisypha streichelte Mels erigierten Schwanz. Sie küsste ihn, lächelte immer wieder und gurrte, weil er kaum noch an sich halten konnte.

»So ist es richtig, Baby«, sagte sie. »Komm, komm.«

Mels Zurückhaltung schlug um in Geilheit. Ein schiefes Lächeln überzog sein Gesicht.

»Hast du gesehen, wie groß Aris Schwanz war?«, fragte sie.

»Ja. Ja, das habe ich.«

»Als er mich das erste Mal gefickt hat, dachte ich, er wollte mich auseinanderreißen. Ich habe ihn angefleht aufzuhören, aber er rammte sein Riesending immer weiter in mich rein …, so weit es ging. Bei jedem Stoß schlugen mir seine Eier gegen den Arsch.«

Mel stieß ein dumpfes Stöhnen aus.

»Ich flehte und bettelte, aber er hörte nicht auf. Ich schlug ihn, und er schlug mich zurück. Und dann wurde es ernst. Ich flehte ihn an, noch fester zuzustoßen. Und er tat es.«

»Oh mein Gott«, murmelte Mel und wurde selbst immer schneller. »Oh mein Gott.«

»Kommt's dir gleich?«, fragte Sisypha voller Erwartung.

»Ja, ja, ja!«, rief Mel.

Ich keuchte mit ihm. Mein einziger Kummer war, dass meine geschwollene Hand immer noch nicht um meinen erigierten Penis passen wollte.

Aber plötzlich fuhr Sisypha zurück und schlug gegen Mels prallen Schwanz. Er schnappte nach Luft, und sie grinste breit.

»Ich lass dich noch nicht kommen, Baby«, sagte sie schelmisch. »Jedes Mal, wenn du so weit bist, kriegst du eins drauf.«

Mel hörte unterdessen nicht auf, mit den Hüften zu stoßen und sich aufzubäumen.

»Ich weiß nicht, ob es sich dadurch aufhalten lässt, Baby«, sagte er.

Noch einmal schlug sie ihn, und wieder keuchte er vor Schmerz. Die Kamera fuhr näher heran, und man konnte sehen, dass die eine Seite seines Schwanzes gerötet und ein wenig stärker als die andere angeschwollen war.

»Ich werde mich kurz draufsetzen«, erklärte Sisypha ihm. »Vielleicht sticht es zunächst ein bisschen.«

Sie schwang ein Bein über ihn und ließ sich langsam auf ihn herabsinken. Sein Gesicht verzog sich.

Sie beugte sich zu ihm hinunter und flüsterte: »Wag bloß nicht zu kommen.«

»Ich glaube, ich kriege einen Herzinfarkt«, sagte er.

»Könntest du dir einen besseren Abgang vorstellen?«, fragte sie grinsend und bewegte sich auf und nieder.

So ging es eine Weile. Mal saß sie auf ihm, mal streichelte sie ihn und erzählte ihm all die schmutzigen Dinge, die sie mit dem Griechen angestellt hatte, aber jedes Mal, wenn er kurz vor dem Orgasmus war, schlug sie seinen steifen Schwanz, und er schrie auf.

Hin und wieder legte sie sich neben ihn, spielte zärtlich mit seinem Glied und flüsterte Entschuldigungen.

»Es tut mir leid, dass ich das alles tun muss, Mel. Aber ich will dich nicht verlieren, und ich weiß keine andere Möglichkeit, dafür zu sorgen, dass du bei mir bleibst.«

Irgendwann stand sie auf und zog den Rahmen so weit über das untere Ende des Betts, dass Mels Hintern in der Luft hing.

»Ich bin gleich zurück«, sagte sie und verließ das Zimmer.

Während sie weg war, lag Mel da und schwankte über der Bettkante. Er war außer Atem und blickte hilflos um sich, eine verlorene Seele in einem Meer aus Lust.

Sisypha kam zurück und trug einen durchsichtigen gummiartigen Phallus. Die Bänder, mit denen sie den Dildo an ihren Hüften befestigt hatte, waren ebenfalls durchsichtig, so dass das Sexspielzeug fast wie ein natürliches Körperteil aussah.

Der Dildo war sehr lang und dick – noch länger und dicker als die großzügige Bestückung des Griechen.

»Was ist das?«, fragte Mel, und seine Augen weiteten sich vor Angst.

Sisypha ließ das Riesending über seinem Gesicht wippen.

»Das ist mein Schwanz«, sagte sie und streichelte den Dildo lustvoll. »Mein großer Ständer.«

»Was, was, wofür brauchst du den?«

»Ich werde dich damit in den Arsch ficken.«

»Nein.«

»Doch.«

Sie holte eine kleine Plastiktube und ein Medizinfläschchen aus ihrer Handtasche und spritzte etwas Gel auf die Spitze des

Phallus. Dann nahm sie eine Kapsel aus dem Fläschchen und hielt sie Mel unter die Nase. Sein Kopf schlug nach hinten, als wiche er vor einem üblen Geruch zurück.

»Was war das?«, rief er, und seine Stimme klang unnatürlich hoch.

»Amylnitrat«, sagte Sisypha.

Sie ging ans Ende des Betts, kroch unter die untere Stange zwischen Mels Beine und hob den Rahmen mit einer Hand an, so dass sein Hintern über dem Plastikschwanz hing. Und schon hatte sie mit einer geschickten Bewegung fast den ganzen Dildo in ihren Mann gestoßen.

»Oh mein Gott!«, rief Mel und holte tief, tief Luft. »Oh nein. Was ist das?«

»Das Nitrat entspannt deinen Schließmuskel, damit ich in dich reinkomme«, sagte sie. »Nach ein paar Minuten tut es weh, aber ich bin längst drin.«

Sisypha begann ihren falschen Schwanz langsam in ihm auf und ab zu bewegen. Auf ihren Lippen lag ein Lächeln, während sie den Dildo wieder und wieder in ihn hineinschob. Nach einer Minute fing Mel vor Schmerzen an zu schreien.

»Es tut so weh«, rief er, und Sisypha stieß noch kräftiger zu.

»Bitte, hör auf«, schrie er, und sie schwang die Hüften von einer Seite zur anderen, um seinen Anus noch weiter zu öffnen.

Sie fickte ihn heftig und schnell, und er kämpfte gegen die Schellen an und schrie.

Endlich zog sie sich aus ihm zurück, aber auch das schien Mel wehzutun. Ich dachte, damit sei es vorbei, und seufzte erleichtert. Meine Erektion war dahin, nicht weil mich der Akt als solcher empörte, sondern weil ich das Gefühl hatte, dass Mel kein Schauspieler war und wirklich gequält wurde.

Aber statt aufzuhören, schob Sisypha den Rahmen über die Bettkante und drehte ihn so, dass Mel am Ende bäuchlings auf dem Teppich lag.

»Nicht noch mehr«, flehte Mel. »Es tut so weh.«

Sisypha schien ihn nicht zu hören. Sie holte eine weitere Kapsel hervor, hielt sie ihrem Mann unter die Nase und zerdrückte sie. Wieder drang sie in ihn ein und fickte ihn mit völliger Hemmungslosigkeit. In sein Schreien mischte sich jetzt eine Ahnung von Lust, und als sie schließlich kam und mit ihren Hüften seine Hinterbacken rieb, schien Mel sich gegen sie zu drücken und ihre Stöße auffangen zu wollen. Sisypha grunzte laut. Die Kamera fing ihren Ausdruck erbitterter, höhnischer Befriedigung ein.

Sisypha stand auf und atmete tief durch.

Der Dildo war mit Kot und Blut verschmiert. Sie nahm ihn ab und ließ ihn auf den Boden fallen, zog ihr weißes Kleid an und verließ die Wohnung, ohne sich zu verabschieden.

Mel lag reglos und stumm neben dem Bett.

Über eine Minute lang zeigte die Kamera, wie Mel dort auf dem Bauch lag, gefesselt, mit gespreizten Armen und Beinen. Dann kam der Junge wieder herein. Er schraubte die langen Stangen auseinander und befreite Mels Füße und Hände.

Nackt bis auf Socken und Schuhe, rollte sich der geschundene Mann wie ein Hund zusammen, während der Junge die Stangen einwickelte und hinausging, auch dieses Mal ohne die Tür zu schließen.

Ich schaltete den Fernseher aus. Einen Moment lang überlegte ich, ob ich die DVD herausnehmen und zerbrechen sollte. Aber vor mir stand ein Glas Cognac, und ich dachte, dass ich zwei Hände bräuchte, um die DVD zu zerbrechen.

Ich ging durch Bad und Küche ins Schlafzimmer, zog mich aus und stellte mich unter die Dusche. Hinterher legte ich mich aufs Bett, ließ das Licht brennen und schlief auf dem Rücken liegend ein, was ich sonst fast nie tat.

Drei Stunden später wachte ich auf und spürte Brechreiz. Ich sprang aus dem Bett, und wollte zur Toilette rennen, fiel jedoch auf die Knie und spuckte auf den Boden. Auf allen vieren wartete ich auf den Moment, da ich mich kräftig genug fühlen würde, um aufzustehen und den Wischlappen aus der Küche zu holen. Aber dann musste ich mich abermals übergeben. Ich hatte in den letzten zwei Tagen nicht viel gegessen, so dass ich beim dritten Mal nur noch trocken würgte, und das schwächte mich umso mehr. Kalter Schweiß stand mir auf der Stirn, und ich fragte mich, ob ich nun tatsächlich krank war.

Ich hasse es, mich zu übergeben, und doch haben die Momente unmittelbar danach fast etwas Erhabenes. Das Würgen ist vorüber, und man fühlt sich wie davongekommen.

In dieses Gefühl hinein klingelte das Telefon.

Auf keinen Fall würde ich aufstehen. Auf gar keinen Fall. Ich ließ mich nur deshalb nicht auf den Boden fallen, weil ich dann in meinem eigenen Erbrochenen gelandet wäre.

Das Telefon klingelte achtmal, bis der Anrufbeantworter ansprang. Der Apparat befand sich zwei Räume weiter, dennoch konnte ich Joelles süße Stimme hören. Ich ging in die Hocke und überlegte, ob ich aufstehen sollte. Schließlich zog ich mich mit den Ellbogen an der Bettkante hoch.

Ich wankte aus dem Schlafzimmer, durch Küche und Bad, und als ich ins Wohnzimmer stolperte, sagte Jo gerade: »… okay. Bis dann.«

Ich ließ mich in eine halbe Lotosposition neben das Telefon sinken, nahm den Hörer ab und tippte ihre Nummer in den Apparat.

Sie antwortete beim ersten Klingeln. »Hallo?«

»Wie viel Uhr ist es?«, stöhnte ich.

»Viertel nach zwei. Wo warst du, L.?«

»Die letzten zehn Minuten habe ich mir die Seele aus dem Leib gekotzt«, sagte ich. »Davor bin ich wie betäubt durch die ganze Stadt gelaufen.«

»Ich dachte, du wolltest nach Philadelphia?«

»Ich weiß. Ich wollte ja, aber als ich aufgewacht bin, war es schon halb zwölf.«

»Was ist bloß los mit dir?«, fragte Joelle.

Nicht mit mir, sondern mit dir ist was los, hätte ich am liebsten geantwortet. *Du vögelst in deiner Wohnung mit dem verfluchten Johnny Fry und starrst ihm dabei in die Augen, als wäre er der erste Mann, der dich jemals berührt hat.*

Stattdessen sagte ich ihr: »Ich glaube, ich vermisse dich.«

»Was?«

»Du willst mir seit Tagen nicht aus dem Kopf«, sagte ich. »Alles, woran ich denken kann, bist du. Und Sex.«

»Sex?«

»Du hörst dich an, als wäre das was Komisches«, sagte ich.

»Nein. Es ist nur, dass du seit ..., dass du noch nie so geredet hast.«

»Aber so fühle ich mich. Ich war bei Dr. Tremain, und als er mich fragte, wie es dir geht, habe ich eine Erektion bekommen.«

Jo lachte und ließ einen kleinen Freudenkiekser hören.

»Hat er es gemerkt?«, fragte sie. »Was hat er dann gesagt?«

»Ob ich mich freuen würde, ihn zu sehen.«

»Ging sie wieder weg?«

»Nein. Eine Stunde hat sie angehalten.«

»Eine Stunde!«

»Du weißt schon«, sagte ich. »Als ich meine Hose wieder anhatte, war mein Schwanz immer noch hart und rieb gegen den Stoff. Dabei musste ich ständig an dich denken, und das machte ihn nur noch steifer.«

»So geht das also?«, fragte sie.

»Ja. Hast du noch nie einen Mann darüber reden hören?«

»Nein«, sagte sie. »Du weißt doch, dass ich in meinem Leben nur mit drei Männern zusammen war. Ich meine sexuell.«

Vier, wollte ich schon sagen.

»Selbst jetzt habe ich eine Erektion«, sagte ich, und es stimmte. Ihre und meine Lügen vermischten sich und erregten mich sehr. Mein Atem ging schneller.

»Da musst du dich bis morgen Abend gedulden«, sagte sie, und ein durchtriebenes Lächeln lag in ihrem Ton. »Wir bleiben auf jeden Fall bei mir, falls es zu schlimm wird und du was dagegen tun musst.«

Mir wurde schwindlig. Jo log mich nach Strich und Faden an, und ich wollte nur eins: in ihr Bett und ihren Arsch. Mein Atem ging wild durcheinander. Mal konnte ich nicht richtig einatmen, dann wieder nicht ausatmen.

»Bist du okay, L.?«, fragte Jo.

»Ich brauche dich so sehr, dass mir alles wehtut.«

»Wirklich?«

Ich nickte. Mein »Ja« ging in einem Seufzer unter.

»Versprich mir, dass du nicht onanierst, bevor wir uns morgen sehen«, sagte sie.

Ich glaube, es war das erste Mal, dass sie mir gegenüber das Wort »onanieren« benutzte.

»Okay«, quiekte ich eine Oktave höher als normal. »Aber warum?«

»Ich will alles«, sagte sie, und fast hätte ich die Besinnung verloren. »Jeden einzelnen Tropfen.«

»Ich muss auflegen, Jo«, sagte ich. »Wenn ich weiter mit dir über Sex rede, brauche ich nicht mal mehr Hand anzulegen.«

Es war, als sprächen da zwei völlig andere Menschen miteinander. Wir hätten auch Mel und Sisypha oder wer immer sein können.

»Okay«, sagte sie. »Geh ins Bett und ruh dich aus.«

Als sie auflegte, war der Zauber dahin. Meine Erektion fiel in sich zusammen, und ich holte den Wischlappen aus der Küche. Ich machte sauber, ging zurück ins Wohnzimmer und sah mir die letzte Szene der *Sisypha-Sage* noch einmal an.

Diesmal konzentrierte ich meine Aufmerksamkeit ganz auf Sisypha und darauf, wie sie ihren durchsichtigen Phallus in Mels Anus rammte. Ihr Gesicht war lustvoll verzerrt. Sie hielt seine Schenkel gepackt und bemühte sich um den besten Hebel für ihre Stöße. Seine Schreie steigerten ihre Lust nur noch mehr. Als Sisypha Mel bäuchlings auf den Boden gestreckt hatte, kurz bevor sie ihren Orgasmus bekam, zog sie seinen Kopf nach hinten, so dass sich ihre Gesichter berührten.

»Küss mich«, sagte sie mit rauer Stimme.

Und er küsste sie.

In dem Augenblick konnte man sehen, dass er sich ihr vollkommen hingegeben hatte. Er wollte nicht gefesselt daliegen und von ihrem Riesendildo zerrissen werden, und doch beugte er sich ihrer Lust. Ihr Verlangen war sein Wille geworden.

Danach ging ich ins Bett.

Auf dem Rücken lag ich da und konnte mein Herz rumpeln hören. Es klang wie ferner Donner. Ich dachte daran, wie Sisypha zu Mel gesagt hatte, dass ein Herzinfarkt ein guter Abgang wäre. Darüber musste ich lachen, und mitten in meinem Glucksen schlief ich ein.

Es war bereits zwei Uhr nachmittags, als ich aufwachte.

Ich kletterte aus dem Bett und empfand eine Sicherheit und Selbstgewissheit wie nie zuvor in meinem Leben. Nie. Ich öffnete sämtliche Fenster und ließ eine frische Brise durch meine katakombenartigen Räume wehen. Dann kochte ich Kaffee und hörte meinen Anrufbeantworter ab. Es gab einundzwanzig Nachrichten. Sechzehn waren von Jerry Singleton. Er verfluchte mich und erklärte mir, er sei nicht länger mein Agent. Er drohte mir, meine Karriere zu ruinieren. Ich löschte seine Drohungen, und damit waren sie auch aus meinem Leben verschwunden.

Vier Nachrichten waren von Joelle. Sie hatte sie hinterlassen, bevor sie mich schließlich erreicht hatte. Mit jeder neuen Nachricht klang sie besorgter. Sie klang tatsächlich so, als wäre ich ihre einzige Liebe. Ich versuchte mein nächtliches sexuelles Verlangen nach ihr wieder zu wecken, aber es war weg.

Eine Nachricht war von Sasha Bennett.

»Es war schön, mit dir zusammen Mittag zu essen«, sagte sie, »und ich freue mich darauf, nächste Woche mit dir auszugehen. Es tut mir leid, wenn ich dir wehgetan habe. Es war einfach so ein Gefühl, das ich hatte, weißt du? Dabei bin ich gar nicht so. Nun …, bis dann.«

Ich löschte alles. Es fühlte sich gut an, reinen Tisch zu machen.

Dann loggte ich mich bei AOL ein und sah mir mein Bankkonto an.

Während der letzten zwanzig Jahre hatte ich einundfünfzigtausend Dollar gespart, zweitausendfünfhundert jedes Jahr. Darüber hinaus besaß ich zwei Zehntausenddollarstaatsanleihen, und auf meinem Girokonto lagen sechstausendachthundert Dollar.

Meine Miete betrug tausenddreihundertfünfzig und meine übrigen monatlichen Ausgaben lagen nicht über tausend Dollar, wahrscheinlich darunter. Zum Anziehen kaufte ich nur selten etwas, ich fuhr auch nicht oft in Urlaub und besaß kein Auto. Ich konnte also wenigstens zwei Jahre leben, ohne auch nur einen Cent zu verdienen. Das war ein gutes Gefühl.

Ich griff nach dem Telefon und wählte eine Nummer.

»Hallo?«, sagte die seltsame neue Empfangsdame.

»Ist Brad da?«

»Einen Augenblick«, sagte sie und legte mich in eine Warteschleife, meldete sich aber sofort wieder und fragte: »Wen darf ich melden?«

»L.«, sagte ich.

»Mr L.?«

»Sagen Sie einfach nur L.«

Zurück in der Warteschleife, musste ich lachen. Seit meiner Teenagerzeit hatte ich nicht mehr so gelacht. Als Brad in die Leitung kam, kicherte ich immer noch.

»Cordell?«, fragte er. »Sind Sie das?«

»Wie geht's, Brad?«

»Bestens, aber meine Sekretärin ist stinkig.«

»Warum?«

»Weil Sie unfreundlich zu ihr waren.«

»Wie heißt sie?«

»Linda Chou.«

»J-O-E?«

»C-H-O-U.«

Während ich mir den Namen aufschrieb, sagte ich: »Hören Sie, Brad, kennen Sie Lucy Carmichael?«

»Nein.«

»Sie war Studentin an der NYU, als Sie dort einmal einen Vortrag gehalten haben. Sie ist Fotografin.«

»Ja? Wie sieht sie aus?«

»Ich habe meinen Job als Übersetzer geschmissen«, sagte ich. »Ich glaube, ich werde von jetzt an Künstler vertreten.«

»Geschmissen? Ich dachte, Sie waren selbstständig«, sagte Brad.

»Das bin ich. War ... war ich. Aber ich habe keine Lust mehr. Ich glaube, ich sollte mich als Agent versuchen.«

»Und diese Lucy Carmichael wird Ihre erste Klientin?«

»Ja, Sir. Sie hat Fotos von Kindern im Sudan gemacht, die einem das Herz zerreißen. Ich bin sicher, eine von Ihren Galerien in Midtown springt darauf an. Könnten Sie mir da weiterhelfen?«

»Ich weiß nicht, was ich sagen soll, L. Sie klingen wie ein Wahnsinniger.«

»Nein«, sagte ich. »Absolut nicht. Ich bin nur diese verdammten kleinen Aufträge leid, meinen Agenten und das ewige Feilschen um mein Honorar.«

»Glauben Sie, dass ich *nicht* um mein Geld kämpfen muss?«

»Werden Sie mir helfen, Brad?«, fragte ich meinen ältesten New Yorker Bekannten.

»Sie geben also das Übersetzen einfach so auf?«, fragte er.

»Ich habe lange darüber nachgedacht, und schließlich ist mir klar geworden, dass es nicht anders geht. Dann habe ich diese Bilder gesehen und mir gesagt, es ist Zeit, einen neuen Anfang zu wagen.«

Ich saß auf dem Sofa in meinem Wohnzimmer. Die Sonne schien herein und der Wind blies über mich hinweg. Die DVD lief wieder, aber der Ton war abgedreht. Sisypha traf sich mit Mel tagsüber in einem Café. Während sie sich unterhielten, trat eine große, sehr schöne schwarze Frau an ihren Tisch.

»Hören Sie zu«, sagte Brad. »Wenn Sie versprechen, wenigstens für mich weiterhin zu übersetzen, werde ich sehen, was ich tun kann.«

»Sicher«, sagte ich, »kein Problem.«

»Okay«, sagte Brad. »Ich bitte Linda, Ihnen eine Liste der Galerien zuzufaxen, die an solchen Arbeiten interessiert sein könnten.«

Sisypha kannte die schwarze Frau. Sie stand auf und küsste sie auf den Mund. Die Frau gab Mel die Hand und setzte sich.

»Vielen Dank, Brad«, sagte ich, während ich den DVD-Spieler ausschaltete. »Ich brauche das wirklich.«

»Was Sie brauchen, ist ein Hirnklempner«, sagte Brad.

»Wir hören voneinander«, sagte ich.

So stand ich an der Schwelle meines neuen Lebens, atmete tief durch und fühlte im Innersten meiner Brust einen Schmerz – einen Schmerz, der körperliche Gründe hatte, aber auch mein Herz betraf.

»Könnte ich bitte mit Lucy Carmichael sprechen?«, fragte ich die Frau, die bei Teletronics, einem der zahllosen neuen Handy-Betreiber, ans Telefon ging.

»Wen darf ich melden?«

»Cordell Carmel.«

»Einen Moment, bitte.«

Während ich wartete, übte ich das Schließen und Öffnen meiner rechten Hand. Das entzündungshemmende Mittel zeigte Wirkung. Ich brachte meine Finger weit genug zusammen, um meine längst nicht mehr so stark geschwollene Hand wie eine Bärentatze aussehen zu lassen. Es tat immer noch weh, aber das machte mir irgendwie Hoffnung.

»Hallo?«

»Lucy?«

»Mr Carmel.«

»L. Alle nennen mich L.«

»Ich hatte nicht damit gerechnet, so schnell wieder von Ihnen zu hören«, sagte sie.

Ich erklärte ihr, dass ich mit Brad gesprochen hätte, der viel zu viel zu tun habe und vorläufig keinen neuen Klienten mehr annehmen könne. Lucy dankte mir mit enttäuschter Stimme. Dann sagte ich ihr, dass er vorgeschlagen hätte, ich selbst solle versuchen, sie zu vertreten.

»Ich habe ihm gesagt, Ihre Arbeiten seien zu wichtig, um nicht zur Kenntnis genommen zu werden. Darauf meinte er, wenn ich so überzeugt von Ihnen sei, wolle er mich den richtigen Galeriebesitzern vorstellen.«

»Wirklich?«, fragte sie.

»Ja. Er faxt mir heute noch alles über die entsprechenden Leute zu. Vielleicht könnten Sie morgen Abend vorbeikommen, und wir besprechen, wie ich Sie und Ihre Arbeit vorstelle.«

»Im Ernst?«

»Ich halte Ihre Arbeiten für sehr wichtig«, sagte ich und hatte das Gefühl, sehr hölzern zu klingen. Ihre Bilder waren wichtig: wichtig für mich, um wieder auf die Beine zu kommen.

»Um wie viel Uhr soll ich da sein?«

»Ich habe tagsüber ziemlich viel zu tun«, sagte ich. »Wie wäre es um acht?«

»Mein Freund wollte mich dieses Wochenende besuchen«, überlegte sie und machte eine Pause. »Ich sage ihm einfach, es sei etwas dazwischengekommen. Das ist super.«

Ich nickte und sagte ja.

»Dann bis morgen«, sagte ich.

»Bye.«

Anschließend schickte ich sechs rote Rosen an Linda Chou in Brad Mettlemans Büro, mit einem Kärtchen, auf dem stand: *Es tut mir leid, wenn ich unhöflich war. Cordell Carmel.*

Um drei verließ ich das Haus und ging in mein geliebtes kleines italienisches Restaurant an der Avenue of the Americas, nicht weit von der Houston Street. Ich setzte mich draußen in die warme Sonne und aß frischen Mozzarella, Auberginen, Avocados und gebratene Calamari. Ich hatte noch Stunden Zeit.

Normalerweise ging ich gegen sieben zu Joelle. Samstagmorgens arbeitete sie gerne und räumte nachmittags auf.

Es gab keine Eile. Irgendwann an diesem Tag wurde mir bewusst, dass unsere Beziehung am Ende war. Es traf mich nicht. Ich hatte nicht einmal vor, ihr zu sagen, dass ich über sie und Johnny Fry Bescheid wusste.

Alles war neu. Ich hatte meinen Job aufgegeben, hatte wenigstens drei Frauen, denen ich nachsteigen konnte, und zwei Jahre vor mir, ohne auch nur einen Cent verdienen zu müssen.

Ich lachte laut. Johnny Frys großer roter Schwanz hatte mich befreit.

Ich empfand nichts mehr für Joelle. Ich wollte sie nicht einmal mehr sehen, aber ich dachte, dass ich zu ihr gehen und ihr die Wahrheit sagen sollte: *Ich liebe dich einfach nicht mehr.* Das war alles.

»Ein Glas Rotwein bitte«, sagte ich zu dem Kellner, einem jungen Möchtegern-Schauspieler namens Jean-Paul.

Er lächelte mich an, und ich lächelte zurück. Es war ein neues Leben. Zum ersten Mal, solange ich zurückdenken konnte, war ich frei. Ich saß da und sah mir die vorbeigehenden Frauen an, die wegen der Sommerhitze kaum etwas auf dem Leib trugen. Ich dachte an Sisypha. Sie konnte jede dieser Frauen sein, die da die Straße entlanggingen, und niemand würde je darauf kommen, was für ein Mensch sie war. Man würde sie ansehen und denken: Was für eine hübsche Frau! Mit Ehering. Hat wahrscheinlich zwei Kinder, und im Bett passiert nichts mehr.

Ich beschloss, Sisypha eines Tages zu treffen und sie etwas zu fragen, das sie aufhorchen lassen würde.

Um 18.20 Uhr nahm ich ein Taxi. Der pakistanische Fahrer setzte mich vor Joelles Haus an der Central Park West ab. Jorge, ein Dominikaner mit Halbglatze um die fünfzig, saß am Empfangstisch. Er winkte mich vorbei, ohne mich anzumelden.

Ich fürchtete den Moment, in dem der Aufzug ihr Stockwerk erreichen würde. Nicht, dass ich mich schlecht fühlte, weil ich sie und Johnny ertappt hatte. Ich wollte sie einfach nicht mehr. Ich wollte sie weder sehen noch sprechen oder auch nur so tun, als bedeutete sie mir etwas.

Als der Aufzug anhielt und sich die Türen öffneten, wartete ich einen Augenblick und holte tief Luft, bevor ich auf den Gang hinaustrat. Ich hatte vor, es ihr zu sagen, bevor wir aßen. Ich wollte mich ins Wohnzimmer setzen und gleich, wenn sie mir etwas zu trinken anbot, mit der Sprache herausrücken. »Ich muss dir etwas sagen, Jo.« Ich würde sie weder Schatz noch Liebes oder Liebling nennen, nie wieder.

Sie öffnete die Tür und lächelte. Ihre kupferbraune Haut und das dunkle Haar schienen zu leuchten, wirklich zu leuchten. Sie trug einen knielangen braunen Rock und ein eng anliegendes grünes T-Shirt. Ich sah sie an und spürte nichts. Ich meine, natürlich sah ich, wie sie strahlte, aber es hatte nichts Anziehendes für mich.

Mir kam der Gedanke, dass Johnny Fry womöglich nachmittags bei ihr gewesen war.

Sie breitete die Arme aus, um mich zu begrüßen, und ich griff nach ihrem T-Shirt und zog es ihr über die Brüste, wie Johnny es vor zwei Tagen mit ihrer Bluse gemacht hatte.

»L.!«, rief sie.

Ihre Brustwarzen waren hart und schwer, dunkler als die kupferfarbenen Höfe. Ich nahm eine in den Mund, saugte kräftig daran und leckte über die andere. Ein befriedigtes Brummen stieg in meiner Kehle auf.

»L.!«

Ich schlang meine Arme um ihren Hintern, hob sie hoch und rieb mein Gesicht an ihren Brüsten.

»Oh mein Gott!«

Ich schob meine verletzte Hand von hinten unter ihren Rock und legte die Finger fest um ihre Vagina. Sie stöhnte.

»Mach die Tür zu«, keuchte sie.

Ich trat hinter mich und stieß Jo zu Boden.

»Lass uns ins Schlafzimmer gehen.« Sie schnappte nach Luft.

»Nein«, sagte ich und zog ihr den Slip herunter.

Sie öffnete meinen Reißverschluss, holte meinen Schwanz heraus und packte ihn. Sie zog energisch, und ich folgte ihr. Sie führte mich zum Sofa, setzte sich auf die Rücklehne und steckte meinen Schwanz in sich hinein. Vor lauter Erregung brauchte ich einen Moment, bis ich begriff, dass sie mich in genau die gleiche Stellung brachte, die Johnny Fry eingenommen hatte. Schon fürchtete ich, dass das meiner Erregung die Spitze nehmen könnte, aber dann spülte mich die Lust mit sich fort, und ich stieß mit aller Kraft wieder und wieder in sie hinein. Ich spürte nichts. Ich war taub. Ich hörte Jo nur »Oh! Oh! Oh!« rufen und wie unser Fleisch heftig gegeneinanderklatschte.

Als es mir kam, stieß ich so fest zu, dass ich aus ihr herausrutschte. Sie packte meinen Schwanz und behielt den Rhythmus mit der Hand bei.

»Spritz ab«, sagte sie, und ich gehorchte ihr. »Hör nicht auf. Spritz ab.«

Selbst als nichts mehr kam, blieb mein Schwanz steif, und ich bewegte mich weiter vor und zurück. Jo zog mich auf die andere Seite des Sofas und legte sich auf den Bauch. Sie griff sich in den Mund und beschmierte ihren Anus mit Spucke.

»Fick mich in den Arsch, Daddy«, rief sie. »Fick meinen Arsch mit deinem großen, harten Schwanz.«

Daddy.

Ich packte ihre Arme und spreizte sie so, dass sie dalag wie Mel im Film. Dann stieß ich in sie hinein. Sie grunzte und stöhnte genau wie bei Johnny Fry. Sie presste sich gegen mich und rief: »Tiefer!« Und als ich noch fester zustieß, schrie sie vor Schmerz.

Ich stieß und stieß, und sie wand sich unter mir. In meiner Vorstellung versetzte ich mich in die *Sisypha-Sage*, für Jo dagegen war ich Johnny Fry und setzte mir selbst Hörner auf.

Als es mir kam, war es, als löste sich mein gesamtes Ich auf. Es gab kein lokalisierbares Gefühl mehr, nur eine alles überflutende Ekstase.

Danach lagen wir zitternd da. Jos Lust, stellte ich mir vor, gründete darauf, dass ich mich genau wie ihr Liebhaber verhalten hatte. Ich fühlte mich so aufgewühlt wie noch nie, wenigstens nicht in meinem Erwachsenenleben. Mein Herz war so voller Abscheu, dass ich nicht einmal mehr hätte sagen können, wogegen er sich richtete.

Hasste ich mich selbst dafür, ein solcher Narr zu sein? Oder Jo, weil sie mich wie einen verdammten Hund durch ihre Ringe springen ließ? Vielleicht war mein Hass so allumfassend wie mein Orgasmus, betraf Mond und Sterne, Götter und Würmer.

»Er ist immer noch steif«, sagte Jo.

Ich lag auf dem Rücken in ihrem sonnendurchfluteten Wohnzimmer. Mein Schwanz stand wie eine Eins. Und obwohl ich nur Ekel verspürte, griff ich nach Joelles Arm.

Sie rollte sich lachend zur Seite.

»Du kannst nicht wieder in mich rein, bevor du dich nicht gewaschen hast«, sagte sie. »Ich könnte eine Infektion bekommen.«

Ich fasste ihren Arm, zog sie ins Bad, riss ein Handtuch herunter und sagte: »Schnell, wasch ihn.«

Jo kicherte, nahm Seife und kaltes Wasser. Ich genoss die Kühle auf Hoden und Schenkeln.

»Mein Gott«, sagte sie.

»Was?«

»Ich dachte, ich könnte dich etwas abkühlen und mir damit eine Pause verschaffen.«

»Funktioniert das bei deinen anderen Freunden?«

»Ich habe keine anderen Freunde«, sagte sie verspielt.

Ich zog sie aus dem Bad aufs Bett, legte meine Arme unter ihre Knie, zog ihre Beine hoch und fickte sie in die Möse. Sie keuchte und starrte mich an.

»Hast du dich schon einmal von einem anderen Mann in den Arsch ficken lassen?«, fragte ich sie.

»Nein«, sagte sie, schüttelte den Kopf und starrte mich nach wie vor an.

»Nicht mal von deinem ersten Freund Paulo?«

»Nein, niemals. Nur von dir. Nur von dir.«

Bei jeder erneuten Beteuerung rammte ich so tief in sie hinein wie nur möglich, und sie keuchte und wandte den Blick nicht von mir.

»Liebst du mich?«, fragte ich, und meine Stimme krächzte ein bisschen.

Sie strich mir über das Gesicht und sagte: »Es gibt nur dich, nur dich.«

Dann verlor ich für eine Weile die Kontrolle.

Wir machten es auf dem Bett und auf dem Boden. Irgendwann lief sie weg, aber in der Küche bekam ich sie wieder zu fassen und befahl ihr, das Geschirr abzuwaschen, während ich sie von hinten fickte.

Ich erinnere mich nur noch an Bruchstücke dieses Abends. Nur an Sex hier oder Sex da. Mir liefen die Tränen herunter. Jo schrie. Mein Schwanz tat weh. Sie grub mir die Nägel in die Hüften.

Irgendwann war es sehr spät. Wir lagen im Bett. Die Decke war weg, und mir war kalt. Jo schlief unter einem Laken. Ich war erleichtert, dass meine Erektion endlich nachgelassen hatte. Meine Hoden schmerzten, ebenso mein Kiefer und meine Waden.

In jenen frühen Morgenstunden dachte ich über das nach, was am Abend zuvor geschehen war. Jo hatte mich ihren Liebhaber spielen lassen. Als sie *mir* in die Augen sah, sagte sie *ihm*, dass sie *ihn* liebte. Dennoch hatte ich nicht aufhören können. Es machte nichts, dass ich nur Abscheu verspürte. Es machte nichts, dass ich sie verlassen wollte.

Sie hatte mich bei den Eiern gepackt, und sosehr ich sie und mich und Johnny Fry hasste, musste ich doch bei ihr bleiben.

Ich lag auf dem Rücken und wartete (worauf, wusste ich nicht), während sie schlief und die Nacht über die Stadt strich. Ich konnte nicht aufstehen und gehen, wie ich es eigentlich wollte. Ich konnte sie nicht aufwecken und ihr sagen, dass es vorbei war. Ich fühlte mich elend und besessen, angezogen von etwas, das ich nicht verstand.

Während ich noch so dalag, erinnerte ich mich an zwei Zeilen aus dem Bob Dylan-Song *Isis*: »Isis, oh Isis, du mystisches Kind/Was mich zu dir treibt, bringt mich um den Verstand.«

Als mir diese Worte in den Sinn kamen, musste ich lachen. So sehr musste ich lachen, dass ich aufstand und ins Wohnzimmer ging, um Jo nicht aufzuwecken. Kichernd und glucksend wälzte ich mich auf dem Boden.

Mr Dylan hatte mir einen Schlüssel gegeben. Vielleicht wusste ich noch nicht, wie ich die Tür damit öffnen konnte, aber ich wusste, es gab einen Weg, das alles zu verstehen.

Am nächsten Morgen wachte ich in Sonnenlicht gebadet auf. Ich erinnere mich, wie ich tief Luft holte und merkte, dass eines von Joelles großen Fenstern geöffnet war.

Jo saß in ihrem Lieblingssessel und las ein Buch. Sie trug einen knappen rosa Slip und war ungekämmt.

Als ich aufstand, sagte sie: »Oh nein, nein, nein.«

Ich blickte nach unten und sah, dass er stand wie ein Sprungbrett.

»Schatz, ich bin ganz wund«, sagte sie. »Überall. Ich kann nicht. Zumindest nicht vor heute Abend.«

»Ich glaube, ich muss pinkeln«, sagte ich, obwohl das nur der halbe Grund war.

Ich ging zur Toilette und holte meine Hose, die immer noch im Flur auf dem Boden lag. Ich zog sie an, um meine Erektion zu verbergen, und ging zurück in den sonnendurchfluteten Raum.

»Ich werde dich heute Abend in Ruhe lassen«, sagte ich und setzte mich ihr gegenüber.

»Warum?«

»Ich habe sehr viel Arbeit. Die letzten paar Tage bin ich kaum vorangekommen.«

»Zeig mir deine Hand«, sagte sie, und ich streckte den Arm aus.

Ihre Berührung war sanft und erregte mich sehr. Ich wünschte, Johnny Fry vergessen zu können, aber es ging nicht.

»Du bist genau auf die Knöchel gefallen«, sagte Joelle.

»Es ist schon viel besser. Vorgestern konnte ich noch keine Faust machen.«

Sie küsste alle vier Knöchel und sagte: »Ich liebe dich.«

»Sag das nicht.«

»Warum nicht?«

»Wenn du das sagst, falle ich gleich wieder über dich her. Ich kann nicht anders. Meine Gefühle für dich sind so stark.«

»Was ist los mit dir, L.? Wie kommt es, dass du plötzlich so ... so geil bist?«

»Ich will dich nicht verlieren«, sagte ich und hatte alle Mühe, nicht loszuheulen.

»Oh, L.« Jo kam zum Sofa herüber, legte ihre Arme um meinen Hals und küsste mich. »Aber Baby, ich gehe doch nirgendwohin.«

»Wird dir nicht langweilig mit mir?«, fragte ich. »Ich meine, wir schlafen einmal in der Woche miteinander, und ich kann mich nicht mal mehr erinnern, wann wir das letzte Mal zusammen Urlaub gemacht haben.«

»Das macht nichts«, sagte sie. »Hast du etwa Angst, dass irgendein knackiger Bursche kommt und mich dir wegnimmt?«

»Versuchen es ...«, ich stockte, »versuchen es die Männer nicht ständig bei dir?«

»Nein.« Wenigstens sah sie mich nicht an, wenn sie log.

Aber ihre Lügen machten mich nicht zornig, sie ließen mich verzweifeln. Alles, was ich wollte, war, ihr den Slip herunterzureißen und mein Ding in sie hineinzurammen. Der

Drang war so stark, dass ich mir auf die Lippen biss. Mein Hals zitterte.

Joelle legte mir eine Hand auf die Stirn.

»Bist du noch krank?«, fragte sie.

»Nein. Hm. Ich bin nur ein schwarzer Mann, der völlig verrückt nach einer Frau ist.«

»Erwischt es schwarze Männer anders als weiße?«, fragte sie kokett.

»Ich weiß es nicht«, sagte ich und dachte an Johnny Fry, der ihr seine niederen Gelüste ins Ohr flüsterte, während er sie auf dem Boden nahm und dabei seinen riesigen Schwanz weit tiefer in sie hineinstieß, als ich es je können würde.

»Warum siehst du mich so an?«, fragte sie und zog ihre Schultern abwehrend hoch.

»Ich will dich.«

Für einen Moment wuchs die Spannung zwischen uns bis an die Schmerzgrenze, dann sprang Joelle auf.

»Lass uns brunchen gehen«, sagte sie. »Ins Museum. Komm schon, ziehen wir uns an.«

Draußen ließ die Spannung nach. Es war ein schöner Tag, nicht wie im Sommer, sondern eher wie im späten Frühling oder frühen Herbst. Das Licht, das durch die Bäume des Central Park fiel, tanzte scheckig auf dem Bürgersteig. Es ging eine leichte Brise.

Joelle wurde lockerer, als ich lockerer wurde. Wir sprachen über eine Serie Seiden-T-Shirts, die einer ihrer Kunden auf den Markt bringen wollte.

Ich begriff nicht, warum sie mir stundenlang erklären wollte, was Frauen dachten, wenn sie sich etwas zum Anziehen kauften.

»Es ist so ähnlich wie bei der Entscheidung für einen Mann«, sagte sie.

»Wie meinst du das?«

»Es gibt etliche ästhetische Kriterien, nach denen eine Frau sich einen Mann sucht«, sagte sie.

»Zum Beispiel?«

»Nun«, sagte sie, »die meisten schwarzen Frauen wollen einen schwarzen Mann. Aber einige jüngere afroamerikanische Frauen wollen einen Weißen, der schwarz denken kann, wenn nötig.«

Wie Johnny Fry, dachte ich.

»Und dann ist wichtig, wie viel größer oder kleiner er ist ..., wenn sie hochhackige Schuhe trägt«, sagte sie. »Und wie er riecht.«

»Du meinst, er darf nicht nach Schweiß riechen?«

»Es kommt darauf an. Manche Frauen mögen Männer, die wie Männer riechen. Andere wollen es süßlich, und wieder andere wollen überhaupt keinen Geruch – die mögen eigentlich generell keine Männer, glauben aber, sie brauchen einen, um Eindruck zu schinden.«

»Wie ein Halsband auf einem deiner T-Shirts«, sagte ich.

»Genau.«

»Und was willst *du*, Jo?«, fragte ich.

Wir waren irgendwo mitten im Park. Sie legte mir einen Arm um die Hüfte.

»Ich bin glücklich mit dem, was ich habe«, sagte sie. Und dann flüsterte sie: »Ist er noch steif?«

»Ja, Ma'am.«

Sie zog mich hinter ein Gebüsch neben einer steinernen Brücke.

Das Laub bot uns einigen Schutz, aber wenn jemand genauer hinschaute, konnte er uns sehen.

»Ich weiß, wie ich ihn kleinkriege«, erklärte sie mir.

»Wie?«

»Hol ihn heraus.«

Und zu ihrer und meiner Überraschung machte ich die Hose auf und erlaubte meinem steifen Schwanz, hervorzuspringen.

»Oh Gott«, flüsterte sie. »Er sieht noch größer aus als gestern Abend.«

Ich dachte daran, wie Sisypha die steifen Schwänze ihrer Liebhaber schlug, und fragte mich, ob das meine Besessenheit vielleicht lindern würde.

Jo trug einen braunen Rock und ein bunt gestreiftes T-Shirt, das ihr nicht ganz bis zum Nabel reichte. Sie sah sich hastig um, zog den Rock hoch, wandte mir ihren Hintern zu und schob sich den Slip zur Seite.

»Bist du so weit?«, fragte sie.

Noch bevor sie ihre Frage gestellt hatte, war ich in ihr drin. Sie stöhnte lauf auf. »Oh Gott, ja.«

Fast hätte ich meine Erektion verloren. Ich war überzeugt, dass uns jemand gehört haben musste, und stellte mir vor, wie sie uns wegen Erregung öffentlichen Ärgernisses verhafteten. Aber dann kam mir ein anderer Gedanke: Johnny Fry und Joelle hatten ebenfalls genau hier gestanden. Er hatte sie an diesen halb versteckten Ort gezerrt und gefickt, während keine zwei Meter entfernt Leute vorbeispaziert waren.

Diese Vorstellung ließ mich meinen Schwanz umso heftiger in sie hineinstoßen. Kurz bevor es mir kam, drehte ich Joelle herum und drückte sie vor mir auf die Knie. Sie nahm meinen Schwanz in den Mund, und die ganze Welt wurde zu einem Grinsen. Ich war kurz vor dem Höhepunkt, hob den Kopf und sah drei jungen Asiaten ins Gesicht, einem Mann und zwei Frauen, die vor mir auf dem Weg standen und mich anstarrten. Ich lächelte sie an und erlebte einen heftigen, zahnharten Orgasmus. Meine Augen öffneten sich weit und mein Mund verzog sich zu einem genussvollen Grinsen. Die drei Passanten blickten mich staunend an.

Jo zog an meinem zuckenden Schwanz, drückte ihn und leckte mein Sperma weg, sobald es aus der Spitze herausschoss.

Als sie fertig war, sah sie zu mir auf, und ihr Lächeln wurde zu einem breiten Grinsen.

Joelle stand auf, zog sich den Rock zurecht und nahm mich bei der Hand. Wir gingen ungeniert an den beiden kichernden asiatischen Mädchen und ihrem Freund vorbei. Jo lächelte sie mit blitzenden Zähnen an.

Bis wir ins Museum kamen, wechselten wir kein Wort mehr.

Jos Onkel, Bernard Petty, vermietete Wohnungen und Häuser in der Bronx und in Brooklyn. Insgesamt gehörten ihm mehr als fünfzig Wohnhäuser und andere Immobilien, was ihn zu einem der wenigen mehr als hundert Millionen Dollar schweren Geschäftsleute New Yorks machte. Jedes Jahr bezahlte Bernard seiner Nichte eine Fördermitgliedschaft im Metropolitan Museum of Art.

Diese Mitgliedschaft brachte eine Menge Vorteile. So gab es einen eigenen Speisesaal nur für Mitglieder und eine Lounge zum Ausruhen für die wichtigeren Förderer. Eintritt musste man nie zahlen, und jede neue Ausstellung war bereits montags vor der offiziellen Eröffnung zu sehen, wenn das Museum für die Allgemeinheit geschlossen war.

Jo ging hinauf ins Restaurant, wir wurden begrüßt und an einen Fensterplatz mit Blick auf den Park geführt.

Während ich die Karte studierte, sah Jo mich an.

»Was?«, fragte ich.

»Wer bist du?«

»Cordell Carmel, Übersetzer.«

»Nein. Cordell würde das eben im Park niemals getan haben. Cordell hätte gekichert, einen Witz gemacht und mich zurück auf den Weg gestoßen. Selbst wenn sein Schwanz steif genug gewesen wäre, hätte er es nicht getan, nicht wie du eben, obwohl da drei Leute standen, die zugesehen haben.«

»Du glaubst also, ich bin nicht ich?«

Jos Augen weiteten sich, um mich genauer zu betrachten, aber dann schüttelte sie den Kopf und wandte sich der Karte zu.

Ich legte das Gesicht in meine Hände, weil mir wieder schwindelig wurde. All der Sex, die Betrügerei und die unkontrollierte Lust forderten ihren Tribut – einen Tribut, den ich gern jeden Tag der Woche gezahlt hätte.

»Hi«, sagte da jemand.

Ich sah auf, und da stand Johnny Fry. Er trug ausgewaschene Jeans und ein enges weißes T-Shirt über seiner breiten, wenn auch blassen Brust. Seine Füße steckten in braunen Ledersandalen, die gelbe Sonnenbrille hatte er in sein blondes Haar geschoben. Neben dem weißen Mann stand eine kohlrabenschwarze Frau mit wildem Haar und fast europäischen Zügen.

»John«, sagte Joelle verblüfft.

»Hi, Joelle. Hallo, L. Wie geht's euch? Das hier ist Bettye. Sie kommt aus dem Senegal.«

»Hallo«, sagte die Schönheit und betonte dabei das »o« weit stärker, als irgendein Amerikaner es je tun würde.

»Was macht ihr hier?«, fragte Jo.

»Meine Familie ist Mitglied, und Bettye möchte die ägyptische Kunst sehen. Und ihr?«

»Erst hatten wir Sex im Park, und jetzt nehmen wir einen kleinen Brunch ein«, sagte ich.

Bettyes Augen wurden ganz groß, und über Johnnys Gesicht huschte ein Schatten. Ich wusste, ich hatte recht gehabt mit meiner Vermutung. Ich hatte mich nur versichern wollen.

»Er macht Witze«, sagte Jo, wirkte dabei aber ziemlich durchtrieben.

Vielleicht, dachte ich, *hat Johnny das Gefühl, dass ihm Jo sexuell gehört. Vielleicht ist er auf den Freund seiner Geliebten eifersüchtig*. Mit einem Mal besserte sich meine Laune.

»Warum setzt ihr euch nicht zu uns?«, sagte ich.

»Ach, ich weiß nicht«, sagten Jo und Johnny wie aus einem Mund.

»Nun kommt schon.« Ich stand auf und nahm Bettye beim Arm. Ich schob sie zu dem Stuhl neben mir und bedeutete Johnny mit einer Geste, sich neben Jo zu setzen.

Das war ziemlich geschickt, muss ich sagen.

»Also gut«, sagte Johnny und setzte sich auf den Stuhl neben Jo.

Joelle fühlte sich sichtlich unwohl in ihrer Haut. Es wunderte mich nicht länger, warum mich ihr Unbehagen erregte.

»Du siehst schön aus, Joelle«, sagte ich. »Ich liebe dich.«

Das brachte ihre kupferfarbene Haut zum Leuchten.

»Oh, wie süß«, sagte Bettye.

»Wohnen Sie in New York?«, fragte ich die dunkelhäutige Schöne aus dem Senegal.

»Ich lehre an der NYU«, sagte sie und nickte mit einer gewissen Reserviertheit.

»Und was?«

»Physik.«

»Oh.«

»Wundert Sie das?«, sagte sie mit einem verspielten Lächeln. Die Schwärze ihrer Haut ließ ihre Zähne noch weißer erscheinen.

»Ich nehme an, ich bringe Frauen nie mit Physik in Verbindung.«

»Ich habe in Kuba studiert«, sagte sie. »Da überbieten die Mädchen die Jungen in Mathematik und den Naturwissenschaften.«

In diesem Moment wurde mir bewusst, dass ich kurz davor war, den Verstand zu verlieren. Ich hatte gerade Joelle im Park halb öffentlich gevögelt, saß dem Mann gegenüber, der eine Affäre mit ihr hatte, und starrte seiner Verabredung sehnsuchtsvoll in die Augen, weil die Frauen in Kuba den Männern in den Naturwissenschaften überlegen waren.

»Schatz«, sagte Jo.

»Ja?«

»Warum starrst du so?«

»Ich staune nur, dass die Mädchen in Kuba in Physik besser sind als die Jungen, weil es hier bei uns immer heißt, Jungen seien für solche Dinge hirnmäßig besser ausgestattet.«

»Oh nein«, sagte Bettye voller Überzeugung. »Das stimmt nicht. Das sagen die Männer nur, weil es ihnen nicht passt, dass die Frauen schlauer sind als sie.«

»Sie sind nicht wirklich schlauer«, sagte Johnny Fry mit einem Grinsen. »Frauen haben eine andere Art von Intelligenz. Sie sind besser in, hm, ich weiß nicht, äh, der Kunst.«

»Oh«, sagte Bettye mit Nachdruck, »dann liegt es wohl daran, dass so viele Physiker in Kuba Frauen sind?«

»Das muss mit dem Kommunismus zu tun haben und damit, wie er Jungen in ihrem Selbstwertgefühl beschneidet.« Johnny Fry sah ziemlich gut aus. Wenn er lächelte, verstand man sofort, warum Frauen seinem Chauvinismus mit Nachsicht begegneten.

»Du bist ein Dummkopf, wenn du das glaubst«, sagte Bettye ganz ohne Nachsicht.

»Ich mache doch nur Spaß, Schatz«, sagte er. »Du weißt, dass ich nicht mal schriftlich dividieren kann.«

Als er Bettye »Schatz« nannte, versteifte sich Jo ein wenig.

»Wie heißen Sie mit Zunamen, Bettye?«, fragte ich darauf.

»Odayatta«, sagte sie. »Und Sie?«

»Carmel. Cordell Carmel.«

»Das klingt poetisch.«

»Danke.«

»Also, Bettye«, sagte Jo, »wie lange sind Sie schon in New York?«

»Ein Jahr.«

»Und wann haben Sie und John sich kennengelernt?«

»Vor etwa drei Monaten«, sagte sie.

»Bedienung«, rief Johnny. »Entschuldigen Sie.«

Ein Mann aus dem Fernen Osten, vielleicht aus Sri Lanka oder Tibet, kam an unseren Tisch.

»Ja, Sir?«

»Wir würden gerne bestellen«, erklärte Johnny ihm.

»Oh nein«, sagte Bettye und wedelte mit den Händen. »Ich bin noch nicht so weit.«

Der junge Mann verbeugte sich leicht und ging wieder.

»Johnny und ich wollten dieses Wochenende wegfahren«, sagte Bettye zur steifgesichtigen Jo. »Nach Sag Harbor. Aber dann fiel mir ein, dass ich heute Abend ein Essen mit dem Universitätspräsidenten habe.«

»Sagen Sie, John«, sagte ich. »Was für Geschäfte machen Sie im Moment?«

»Ähm, was?«

»Haben Sie etwas Neues angefangen? Brad erzählte mir, dass Sie eine Importfirma gründen wollten.«

»Oh ja«, sagte Bettye strahlend. »John wird senegalesische Schnitzereien importieren. Die Menschen in dem Dorf, aus dem ich stamme, sind die besten Schnitzer der Welt.«

»Wow«, sagte ich. »Dann seid ihr zwei also auch Geschäftspartner.«

»Ja«, sagte Bettye.

»Können wir jetzt bestellen?«, fragte Johnny in die Runde.

Den Rest des Essens sagten Joelle und Johnny so gut wie nichts. Bettye erzählte, wie süß Johnny zu ihr sei. Zu ihrem Geburtstag habe er ihr ein mehrreihiges Silberhalsband von Tiffany's geschenkt.

»Jo hat auch so eins«, sagte ich. »Ich glaube, du hast deins auch von Tiffany's. Stimmt's, Schatz?«

»Ja.«

»Irre, dass ihr zwei genau das Gleiche habt, was, John?«, fragte ich.

»So ein Zufall«, sagte er.

Es machte mir großen Spaß zu sehen, wie sich die beiden wanden.

Vor einer Woche, erklärte ich Bettye, hätte ich Johnny wegen seiner Romanze mit ihr noch fürchterlich beneidet. »Aber jetzt habe ich mich noch einmal frisch in Joelle verliebt, ganz wie zu Anfang. Ich kann nicht genug von ihr bekommen.«

»Wir sollten gehen«, sagte Jo plötzlich. »Ich habe Kopfschmerzen.«

Schweigend gingen wir zurück durch den Park. Joelle war tief in Gedanken versunken, und ich wusste, warum. Obwohl sie seit langer Zeit einen festen Freund hatte, war ihr erotisches und romantisches Ich an Johnny Fry gebunden. Er sollte keine zweite Geliebte haben.

Ich konnte mir vorstellen, wie sie miteinander redeten.

»Schläfst du noch mit ihm?«, würde Johnny fragen.

»Es ist nichts«, würde sie antworten. »Einmal die Woche, samstagabends oder sonntagmorgens. Er steckt ihn rein, und das war's. Das ist absolut nicht so wie bei uns.«

Vielleicht sagte sie ihm auch, dass seiner größer und er ein richtiger Mann sei, nicht so ein Tropf wie ich.

»Aber vielleicht hat er eine Freundin«, sagte Johnny dann vielleicht. »Bist du sicher, dass er kein Risiko ist?«

»Er ist mit niemand anderem zusammen«, sagte sie darauf.

Ich war sicher, so war es. Plötzlich war ich wütend *und* erregt, und diese Gefühlskombination ließ mich aus dem Schritt kommen. Meine Beine kreuzten sich, und ich ging mitten auf dem Asphaltweg zu Boden.

»L.!«, rief Jo.

Ich hatte meine verletzte Hand an die Brust gehalten und war auf die rechte Schulter gefallen, ohne mir dabei wehzutun. In Gedanken war ich Jo, die Johnny erklärte, ich sei ein braves Bürschlein, das nicht einmal daran dächte, einer anderen Frau an die Wäsche zu gehen, während sie ihm in einem öffentlichen Park das Sperma vom Schwanz leckte.

»Ist alles in Ordnung?«, fragte sie.

»Ich weiß nicht«, sagte ich.

Sie nahm meinen Arm und versuchte mich hochzuziehen, aber ich blieb zentnerschwer liegen.

»Sind Sie okay?«, fragte mich ein großer weißer Mann.

Er war nicht mehr jung, sicher schon sechzig, aber offenbar Gewichtheber. Sein blaues ärmelloses Shirt spannte sich eng über die fein gemeißelte Brustmuskulatur. Er packte mich am linken Oberarm, und plötzlich schwebte ich. Dann stand ich wieder.

»Danke«, sagte ich.

»Schon gut«, sagte der Mann und ging weiter, stolz, dass sein stundenlanges monotones Muskeltraining am Ende zu etwas nütze gewesen war.

»Geht es, L.?«, fragte Joelle. In ihren Augen lag Anteilnahme, ja sogar echte Sorge.

Sie legte mir den Arm um die Hüften und stützte mich für den Rest des Wegs. Ihre düstere Stimmung wandelte sich in Besorgnis.

In der Wohnung führte sie mich zum Sofa und zog mir die Schuhe aus. Sie machte Limonade und fühlte immer wieder, ob ich vielleicht Fieber hätte.

»Du solltest zum Arzt gehen«, sagte sie mehr als einmal.

»Ich war doch gerade erst da. Er meint, mir geht's gut.«

»Aber warum bist du gefallen?«

»So viel Sex, ich habe so was seit ..., noch nie, wie du sagst, erlebt«, erklärte ich ihr. »Ich schwebe einfach.«

Aber selbst noch, während ich das sagte, stellte ich mir vor, wie sie meine Männlichkeit gegenüber dem weißen Johnny Fry abtat.

»Du solltest heute Abend hierbleiben«, sagte sie.

»Ich kann nicht.«

»Warum nicht?«

»Der Kerl, den ich in Philly versetzt habe, ist in der Stadt. Er ist auf einer Konferenz und will mich später sehen.«

»Triff dich morgen mit ihm«, sagte Jo.

»Das habe ich versucht. Er hat den ganzen Tag Termine.«

»Kannst du nicht bleiben?« Sie hatte den flehenden Ton in ihrer Stimme, dem ich noch nie widerstanden hatte.

»Es geht nicht«, sagte ich.

Überraschung und Argwohn zeichneten sich auf Jos Gesicht ab. Ich war sicher, sie würde es noch einmal versuchen, aber da klingelte das Telefon.

Jo ging in die Küche und zog wie beiläufig die Tür hinter sich zu.

Sofort sprang ich auf und drückte mein Ohr an die Tür.

»Hallo?«, sagte Jo. »Oh, du bist's. Ich kann jetzt nicht reden ... Nein ... Es ist mir gleich, was du tust ... Nein. Nicht heute Abend ... Du hast eine Freundin ... Ja. Im Park ... Hoppla. Ja ... Er ist mein Freund, ich bin mit ihm zusammen ... Nein ... Ich muss jetzt Schluss machen ... Ich muss Schluss machen ... Ruf mich nächste Woche an ... Freitag ... Nein, Freitag ... Bis dann.«

Mit einem lauten Knall legte sie den Hörer auf.

Als sie herauskam, lag ich längst wieder auf dem Sofa und tat gelangweilt.

»Wer war das?«

»Johnny Fry.«

»Woher hat er deine Nummer?«

»Du weißt doch, dass ich ihm auf Brad Mettlemans Party meine Karte gegeben habe. Er hat mich ein paarmal angerufen, als er noch dachte, er würde ein Album aufnehmen.«

»Was wollte er jetzt?«

»Dass ich ihm mit seinen senegalesischen Schnitzereien helfe.«

»Und? Wirst du?«

»Nein. Dem ist nicht zu trauen. Ich würde wahrscheinlich nie einen Dollar sehen.«

Ich stand auf. »Ich gehe dann besser.«

»Bitte, bleib heute Nacht«, bettelte sie. »Bitte.«

»Ich muss diesen Mann treffen.«

»Dann komm hinterher wieder.«

»Es könnte ein Arbeitstreffen werden, Jo. Dann wird es spät.«

»Wirst du mich anrufen?«

»Sicher. Klar«, sagte ich. »Und wenn es noch früh genug ist, komme ich zurück ... Ich meine, wenn du nichts dagegen hast.«

»Natürlich nicht«, sagte sie. »Du weißt, du kannst jederzeit kommen.«

Ich verließ Joelle um drei Uhr nachmittags. Der Tag war immer noch schön, und ich ging zu Fuß.

Die Leute auf der Straße lächelten mich an und grüßten. Es wehte eine kräftige Brise, und ich empfand Erleichterung darüber, dass Joelle mit Johnny Fry Schluss gemacht hatte. Denn das hatte sie eben am Telefon sicher getan. Bis Freitag wollte sie nicht mit ihm reden, und Freitagabend würde *ich* sie wiedersehen.

Ich machte einen Abstecher in die Gourmet Garage und kaufte eine geräucherte Renke und einen fertigen Gemüsesalat. Im Weinladen The Cellar, ein Stück die Straße hinunter, leistete ich mir einen weißen Burgunder.

Als ich nach Hause kam, lag eine Liste mit Fotogalerien im Fax und dazu eine handschriftliche Notiz von Linda Chou.

Lieber Mr Cordell Carmel,
vielen Dank für die Rosen. Sie sind wunderschön. Das wäre wirklich nicht nötig gewesen, aber ich freue mich darüber. Bitte rufen Sie an, wenn Sie irgendwelche Schwierigkeiten mit den Galeristen haben. Ich helfe Ihnen gern.

Mit freundlichen Grüßen,
Linda Chou

In ihren Worten lag Hunger. Vor diesem Tag hätte ich Linda Chous Sehnsucht möglicherweise nicht verstanden, aber jetzt hatte ich sie in Jo und Johnny gespürt, in Bettye und auch in mir.

Ich begriff, dass ich hungernd durch mein bisheriges Leben gegangen war, ohne auch nur eine Ahnung davon gehabt zu haben. Ich war voller Wut auf Jo und Johnny, aber der eigentliche Schmerz rührte daher, dass ich bis dahin nie kapiert hatte, wie leer und unerfüllt mein Leben war. Die Bilanz meiner fünfundvierzig Jahre belief sich auf wenig mehr als das Nichts in einer abgeworfenen Schlangenhaut.

Ich vermochte meine Freundin nicht zu befriedigen.

Meine Arbeit hätte jeder machen können, der in der Highschool Französisch und Spanisch gelernt hatte.

Lust und Leidenschaft blieben allwöchentlich auf wenige Minuten beschränkt.

Und all diese Mängel waren von mir völlig unbemerkt geblieben.

Um 20.06 Uhr klingelte es.

»Hallo?«, sagte ich in die Sprechanlage. Schon der leichte Druck auf den Knopf schickte Schmerzpfeile durch meine verletzte Hand.

»Hier ist Lucy.«

»Dritter Stock«, sagte ich.

Ich hielt den Türöffner länger als nötig gedrückt, denn der Schmerz, der das verursachte, schien richtig, sogar gut. Er erinnerte mich an Sasha und an Jo mit ihrem weit aufgerissenen Arsch. Die sexuelle Erregung ließ mich schaudern.

Ich rechnete nicht damit, mich mit Lucy auf irgendwelche amourösen Geschichten einzulassen, besonders jetzt nicht, da Jo mit Johnny gebrochen hatte. Aber Lucy war jung und schön, und ich hatte jahrelang nach Liebe gehungert, auch wenn es mir nicht bewusst gewesen war.

»Hi«, sagte sie, als sie hereinkam.

Sie trug eine durchsichtige türkisfarbene Bluse mit einem weißen schulterfreien Top darunter und einen sehr kurzen weißen Faltenrock. Sie küsste mich auf den Mundwinkel und lächelte.

»Sie sehen toll aus«, sagte ich.

»Danke. Und danke auch, dass Sie versuchen wollen, mir zu helfen. Es bedeutet mir eine Menge, dass Sie an meine Arbeit glauben und verstehen, wie wichtig diese Kinder sind.«

»Fangen wir am besten gleich an«, sagte ich. »Ich möchte mir noch einmal sämtliche Fotos in Ruhe anschauen, und diesmal brauche ich die Geschichten dazu. Ich will diese Kinder und ihre Welt so gut kennen, als wäre ich selbst dort gewesen.«

»Was ist mit Ihrer Hand?«, fragte Lucy.

»Ich bin gefallen.«

»Sind Sie okay? Ist was gebrochen?«

»Nein. Es ist nichts. Sehen wir uns die Fotos an.«

Lucy kannte jeden Namen, erinnerte sich an jede Stadt und jedes Dorf, in dem sie fotografiert hatte. Sie wusste, an welchen Krankheiten die Kinder litten und woran ihre Eltern gestorben waren. Sie wusste, was sie aßen und wie viel verdorbenes Wasser sie jeden Tag bekamen.

»Sie haben sich wirklich mit diesen Menschen beschäftigt«, sagte ich.

»Sie sterben«, antwortete sie. »Ich muss ihre Geschichten erzählen.«

»Was ist mit Zeitschriften?«, fragte ich.

»Die kaufen ein oder zwei Fotos, aber niemand will in seinem Blatt über dieses Leid berichten, und die wenigen, die sich davor nicht scheuen, haben Leser, die längst Bescheid wissen. Ich will die Bilder Menschen zeigen, die bei ihrem Anblick erschrecken und dann helfen wollen.«

»Und ich will Ihnen helfen, genau das zu tun.«

Es war bereits nach elf, als ich mit meinen Notizen fertig war. Die Geschichten der sterbenden Menschen im Sudan verstörten mich sehr, weit mehr als beim ersten Mal, als ich Lucys Bilder gesehen hatte. Andererseits merkte ich, wie lindernd ihr Leiden auf meine sexuelle Anspannung wirkte. Meine Sorgen waren nichts, verglichen mit dem Elend, das diese hungernden Kinder zu ertragen hatten.

»Ich habe etwas geräucherte Renke und einen Salat im Kühlschrank«, bot ich an, als wir ihre gesamte Mappe durchgesehen hatten.

»Toll«, sagte Lucy. »Ich habe seit heute Morgen nichts gegessen.«

Ich stellte alles Essen auf ein großes Holzbrett und öffnete die Flasche Wein. Nebeneinander setzten wir uns auf das Sofa im Wohnzimmer und aßen und tranken.

Obwohl sie so jung war, war es sehr interessant und angenehm, sich mit Lucy zu unterhalten. Sie fragte mich nach meiner Arbeit und was ich im Einzelnen übersetzte.

»Hauptsächlich Anleitungen und Artikel«, sagte ich, »und selbst wenn ich mal ein Buch übersetze, sind es niemals Romane oder interessante Sachbücher. Manchmal übersetze ich Leuten wie Brad ihre Korrespondenz. Ziemlich einfache Sachen.«

»Ich wette, dass Sie trotzdem immer wieder auf knifflige Probleme stoßen«, sagte sie. »Wörter mit Doppelbedeutungen und Sätze, die Sie nicht verstehen.«

»Nun ja. Aber nichts von dem, was ich tue, ist so interessant oder hat mit so viel Leidenschaft zu tun wie Ihre Arbeit«, sagte ich. »Ich meine, allein zuzuhören, wenn Sie erzählen, wo Sie überall schon gewesen sind, beschämt mich. Wie alt sind Sie? Fünfundzwanzig?«

»Dreiundzwanzig.«

»Ich bin fünfundvierzig, älter als Ihr Vater, und war noch nie in Afrika. Ich glaube nicht, dass ich jemals versucht habe, ein Leben zu retten.«

»Vielleicht tun Sie's jetzt«, sagte sie.

Sie langte zu mir herüber und drückte mir die Hand.

Dabei kam sie mit dem Ellbogen auf die Fernbedienung des DVD-Players, und der schlummernde Bildschirm erwachte zum Leben. Es war die harmlose Szene im Café, in der die schwarze Frau sich gerade zu Mel und Sisypha gesellt hatte.

»Oh, entschuldigen Sie«, sagte Lucy. »Lassen Sie mich das wieder ausmachen.«

Sie griff nach der Fernbedienung, drückte aber statt der Stopp-Taste den schnellen Vorlauf.

Plötzlich tauchte ein schwarzer Mann auf, und dann saßen sie irgendwo in einem Wohnzimmer, der Mann lehnte sich zurück und die schwarze Frau rieb seinen riesigen erigierten Penis.

»Oh mein Gott«, sagte Lucy.

Ich nahm ihr die Fernbedienung aus der Hand und stellte die gesamte Anlage einschließlich des Bildschirms aus.

»Wow«, sagte Lucy.

»Es tut mir leid«, sagte ich. »Es war ... Ich hatte Probleme und ... und da kam ich an einem Sexshop vorbei und ... bin einfach reingegangen.«

»Ich habe immer schon mal so einen Film kaufen wollen«, sagte Lucy. »Ich habe noch nie einen gesehen.«

»Warum nicht?«

»Mir sind die Läden nicht geheuer.«

»Sie könnten Ihren Freund schicken.«

»Billy ist lieb«, sagte sie. »Aber was Sex angeht, ist er sehr, nun, rechtschaffen. Er nennt sich einen Feministen, und ich liebe ihn dafür, trotzdem glaube ich nicht, dass es ein Verbrechen ist, Leuten beim Sex zuzusehen.«

So wie sie mich ansah, wirkte das, was sie sagte, eher wie ein Vorschlag und weniger wie eine Feststellung.

»Nun«, sagte ich. »Ich könnte noch einmal in den Laden gehen und Ihnen eine DVD kaufen, und wenn wir uns das nächste Mal sehen, äh, gebe ich sie Ihnen.«

»Können wir uns nicht diese hier jetzt ansehen?«, schlug Lucy vor.

Mein Herz fühlte sich an, als versuchte es, den letzten Tropfen Blut aus sich herauszuquetschen, den es noch in sich hatte. Das Nein lag mir auf der Zunge. Sie war ein Kind. Ich kam mir vor wie ein Kinderschänder. Ich hatte eine Freundin …

Ich schaltete den DVD-Player ein und fuhr zurück zu der Stelle, wo der schwarze Mann an den Tisch im Café kommt. Lucy sprang auf und knipste die Lampe aus, die ich eingeschaltet hatte. Dann setzte sie sich neben mich und schenkte uns beiden ein Glas Weißwein ein.

»Das ist Stewart«, sagte die schwarze Frau, »ein Freund von mir. Kann er sich zu uns setzen?«

»Natürlich, Julie«, sagte Sisypha. »Aber vielleicht sollten wir nach oben gehen.«

»Hi«, sagte Stewart zu Mel.

Die beiden Männer schüttelten sich die Hand. Sie waren etwa gleich groß, um die eins fünfundsiebzig, aber Stewart war schlank und dunkel und Mel dicklich und blass.

Sie verließen das Café und überquerten die Straße. Ohne Schnitt folgte ihnen die Kamera durch die Tür und ein paar Treppen hinauf.

Schließlich wechselte die Szene, und sie betraten eine Wohnung. Julie ließ sofort ihre Hüllen fallen. Sie hatte einen schönen dunklen Körper.

»Zieh die Hose aus«, sagte Sisypha zu Mel.

Lucy fasste nach meinem Zeigefinger.

Als Mel nicht wollte, fielen die drei anderen über ihn her. Aber sie waren sehr geduldig, fast liebevoll. Sie zogen ihn splitternackt aus und redeten mit ihm, wie es besorgte Eltern mit ihren kleinen Kindern tun.

»So ist es recht«, sagte Sisypha und zog ihm sein T-Shirt über den Kopf.

»Das tut doch nicht weh, oder?«, fragte Julie und zog ihm Hose und Boxershorts herunter.

Julie und Stewart gingen zum Sofa und fingen an, sich zu befummeln.

»Ich will gehen«, sagte Mel zu Sisypha, die ihn daran hinderte, sich wieder anzuziehen.

»Lass uns fünf Minuten zusehen«, flüsterte Sisypha. »Wenn du dann noch gehen willst, okay.«

Mel war verwirrt. Er wollte seiner Frau offenbar etwas sagen und staunte darüber, was für ein enorm großes Glied Stewart hatte.

Julie kniete vor dem langen, steifer werdenden Schwanz. Sie leckte und zog, und das Ding wurde immer dicker und gerader.

Lucy drückte meinen Finger und atmete heftig durch die Nase.

Mel wurde erregt und legte seinen Arm unbeholfen um Sisyphas Schulter.

Als Stewart von hinten in Julie eindrang, beugte ich mich hinüber und küsste Lucy auf den Hals. Sie küsste mich auf die Lippen, und ich steckte meine Zunge in ihren Mund.

»Wir können es nicht machen«, sagte sie zwischen zwei Küssen. »Das habe ich meinem Freund versprochen.«

Julie stöhnte wie ein Mann.

Ich hatte Lucy die hauchdünne Bluse ausgezogen und ihr Oberteil hinuntergeschoben. Ihre Brüste hingen ein wenig, aber ihre dicken rosa Brustwarzen standen hart nach oben. Als ich an einer von ihnen saugte, kam etwas Flüssigkeit, die ich schluckte.

Lucy stöhnte wie Julie, und ich sah, wie Stewart der schönen Schwarzen seinen Riesenschwengel in den Anus drückte.

»Sieh doch«, sagte ich zu Lucy.

Als Antwort holte sie mir den Schwanz aus der Hose. Mit Daumen und Zeigefinger formte sie einen Ring, mit dem sie die Eichel auf und ab fuhr. Es kitzelte und machte mich schier verrückt.

»Tiefer!«, rief Julie.

»Nicht anfassen«, sagte Sisypha zu Mel und nahm seine Hand von seinem Schwanz. »Sieh nur zu und geil dich auf.«

Ich bewegte mein Becken auf und nieder.

»Willst du's kommen lassen?«, fragte Lucy.

»Nein.«

Sie kniff in die große Vene auf der Unterseite des Penis, und ich schrie vor Schmerz auf.

»Das muss ich bei Billy ständig machen«, sagte sie. »Er kommt immer zu schnell.«

Sie formte wieder ihren Ring, während Stewart Julies Hinterbacken spreizte und Julie aufschrie. Er steckte sein Ding bis zum Anschlag in sie hinein und zog es wieder heraus. Das tat er wieder und wieder.

»Hast du das schon mal gemacht?«, fragte Lucy.

Ich nickte, denn wenn ich gesprochen hätte, hätte mich auch ihr Kneifen nicht mehr bremsen können.

Stewart zog seinen Schwanz aus Julie heraus und sagte zu Sisypha: »Komm her.«

Die junge Frau kniete sich vor ihm hin, wie Joelle es im Park bei mir getan hatte. Fast im gleichen Moment spritzte der Mann dicke weiße Klumpen in ihr Gesicht, in ihr Haar und hinter ihr auf den Boden.

Als er fertig war, zog er Hose und Schuhe an. Sisypha wischte sich mit ihrem Pullover das Gesicht ab, hakte sich bei Stewart unter und sagte zu Mel: »Wir gehen zu Stewart. Du bleibst hier bei Julie.«

»Aber ...«

»Keine Widerrede, Schatz. Tu, was ich dir sage.«

Mel sah sie genauso an wie in der Szene, in der er sich schließlich ihrem Dildo ergeben hatte.

Meine Erektion ließ nach. Ich war immer noch erregt, aber ich identifizierte mich so sehr mit Mel, dass ich das Gefühl hatte, ihr ebenfalls gehorchen zu müssen.

Ich stellte den DVD-Player aus. Ins blaue Licht des Plasmabildschirms getaucht, saßen Lucy und ich auf dem Sofa.

»Mein Gott«, sagte Lucy. »So etwas habe ich noch nie gesehen. Sie war so stark. Und er liebte sie so sehr.«

Liebe?

»Habe ich dir wehgetan?«, fragte Lucy.

»Nein. Warum?«

»Deine Erektion ist weg.«

»Bleibst du heute Nacht bei mir?«, fragte ich.

»Ich kann nicht mit dir schlafen«, sagte sie und schüttelte den Kopf, wie es reizender nicht ging. Sie hielt immer noch meinen Schwanz und küsste mich.

»Das ist in Ordnung. Ich will nur ..., weißt du ...«

»Kommen?«, sagte sie mit einem schelmischen Lächeln auf den geschwollenen Lippen.

»Wenn du versprichst, damit bis morgen früh zu warten ...«, sagte sie dann.

»Wie Mel?«

»Ja.« Sie grinste und küsste mich.

In diesem Moment verlosch auch das blaue Licht. Lucy und ich stolperten durch die dunkle Wohnung ins Bett. Seite an Seite lagen wir da, und zwischendurch langte sie immer wieder zu mir herüber, um sich zu vergewissern, dass mein Schwanz noch steif war.

Im Dunkeln erzählte sie mir von ihrem Leben in Westport, Connecticut, und ihrer Familie. Ihre Geschichten waren langweilig, und ich nickte immer wieder halb ein, aber dann griff sie mit zarter Hand nach meinem Schwanz und ich war wieder hellwach.

Am Ende schlief ich dennoch ein.

Im Traum saß ich mit Johnny Fry, Bettye und Jo beim Essen, und statt wie im Restaurant des Museums unsere wahren Gedanken und Ahnungen für uns zu behalten, sprachen wir alle ganz offen und sagten, was wir fühlten und voneinander hielten.

»Mir bricht das Herz, weil du ihn liebst«, sagte ich zu Jo.

»Ich liebe ihn nicht, aber ich brauche ihn«, antwortete sie.

»Ich bin einfach der Bessere«, sagte Johnny.

In diesem Augenblick, im Traum, fing ich an, Johnny Fry zu hassen.

»Mein Schwanz ist dicker als deiner«, sagte er.

»Und er weiß, wie man damit umgeht«, sagte Bettye und nickte heftig.

»Er hat keine Angst, sein Leben in die Hand zu nehmen«, sagte Jo. »Er ist tatkräftig und schert sich nicht darum, was andere über ihn denken.«

Das war eine Anspielung auf mich, weil ich immer erst alles überdachte.

Zorn ergriff mich. Mein ganzer Körper bebte vor Zorn. Ich spürte, wie ich zitterte. Ich spürte, wie die Welt erzitterte. Und dann wachte ich auf – und fickte. Lucy saß rittlings auf mir, ihr Gesicht nur Zentimeter von meinem entfernt, lustverzerrt. Sie hatte einen Orgasmus. Sie sagte etwas, das ich nicht verstand, hob eine Hüfte, dann die andere, und ritt weiter, ihr Arsch klatschte auf meine Schenkel.

»Er ist … so … verflucht … dick«, sagte sie und verzog das Gesicht, als durchliefe ihr gesamtes Ich eine vollständige Metamorphose.

Ich wollte sie fragen, ob es in Ordnung war, es zu tun, aber stattdessen kam es mir mit solch einer Gewalt, dass ich trotz meiner offenen Augen nichts mehr sehen konnte. Lucys Pobacken klatschten auf meine Schenkel, und sie schrie mir etwas ins Ohr.

Es war eine ungeheuer kraftvolle sexuelle Erfahrung. Ich packte Lucy an den Armen und schüttelte sie, weil mich mein Orgasmus von einem Schauder in den nächsten warf. Es war wie ein Zauber. Aus meinem Mund kamen die seltsamsten Geräusche. Ich bin ziemlich sicher, dass ich ein weiteres Mal ejakulierte, aber das war noch das geringste meiner Gefühle. Ich bekam einen Krampf in der linken Wade, aber nicht einmal darauf reagierte ich.

Wenn mich jemand in diesem Moment gefragt hätte, was mit mir geschah, hätte ich gesagt, dass mein ganzer Lebenszweck darin bestand, in diesem Raum zu sein, unter dieser Frau, ohne zwischen Lust und Schmerz unterscheiden zu können.

Schließlich wurde der Schmerz in meiner Wade aber so stark, dass ich aufstehen und umhergehen musste, um den

Krampf loszuwerden. Als der Schmerz nachließ, setzte sich Lucy auf, nahm meinen immer noch steifen Schwanz bis zur Hälfte in den Mund und leckte mir die Eier.

»Mein Gott, tut das gut«, sagte sie.

»Was ist passiert?«, fragte ich.

»Wir haben es getan.«

»Aber das Licht war aus …, und … und ich habe geschlafen.« Lucy lächelte. Sie sah meine Unsicherheit, störte sich aber nicht daran. »Vor einer halben Stunde bin ich aufgewacht«, sagte sie. »Ich glaube, ich hatte ein schlechtes Gewissen wegen Bill und wollte gehen. Ich machte das Licht an, um meine Sachen zu finden. Du lagst auf der Seite, und ich konnte sehen, dass du immer noch eine Erektion hattest. Irgendwie fand ich das süß. Und dann hatte ich ein schlechtes Gewissen, mich einfach so aus dem Staub zu machen, ohne dir etwas zu sagen. Ich flüsterte dir etwas ins Ohr, aber du wachtest nicht auf, sondern rolltest dich nur auf den Rücken. Ich dachte, ich müsste nur an deinem steifen Schwanz ziehen, das würde dich schon aufwecken, aber deine einzige Reaktion darauf war, dich im Rhythmus meiner Hand auf und ab zu bewegen. Es tut mir wirklich leid. So etwas ist mir noch nie passiert, aber du lagst so da, und ich musste mich nur auf dich draufsetzen.«

Sie zog an meinem Arm, und ich setzte mich neben sie.

»Jetzt hör mir mal gut zu«, sagte sie. »Ich habe einen Test auf sämtliche Geschlechtskrankheiten machen lassen, bevor ich mit Billy anfing. Er auch. Wir sind beide in Ordnung.« Sie seufzte. »Muss ich ihm hiervon erzählen?«

»Ich habe mich seit sechs Jahren nicht testen lassen«, sagte ich. »Aber ich habe auch seit neun Jahren mit niemand anderem als mit meiner Freundin geschlafen. Ich denke also, es ist okay.«

»Was ist mit ihr?«, fragte Lucy.

Ich musste an Johnny Frys rotes Kondom denken.

»Sie ist in Ordnung. Du musst dir keine Sorgen machen«, sagte ich.

Lucy seufzte und drückte meinen Arm. »Ich glaube, dir ist es gleich zweimal gekommen.«

»Das zweite Mal dachte ich, ich hätte einen epileptischen Anfall. Ich dachte, ich würde sterben.«

»Ich habe noch nie jemanden so heftig kommen gefühlt«, sagte sie. »Du hast mich so fest gehalten, dass ich das Gefühl hatte, ich wäre du.«

Ein Gefühl der Verzweiflung befiel mich. Ich hatte Angst, dass das heute das letzte Mal mit Lucy oder jemandem wie ihr gewesen sein könnte. Ich wollte nicht, dass sie ging. Ich wollte nicht wieder in die Leere geraten, die mein Leben bis vor Kurzem gewesen war.

Ich nehme an, die Verzweiflung stand mir ins Gesicht geschrieben.

»Was ist?«, fragte Lucy lächelnd. »Stimmt etwas nicht?«

Ich fasste sie bei den Schultern und drehte sie so herum, dass sie mit dem Oberkörper auf dem Bett lag, die Knie aber den Boden berührten. Ich kniete mich hinter sie.

»Was?«, fragte sie noch einmal.

Lucy hatte wohlgerundete junge, feste Hinterbacken.

Ich küsste ihre Spalte, fuhr mit der Zunge von oben nach unten und ließ sie einen Moment lang in den wenigen hellen Schamhaaren tanzen, die aus ihr hervorlugten.

»Uuuh, das tut gut«, sagte sie.

Ich spreizte ihre Backen.

»Was machst du da, L.?« Sie nannte mich zum ersten Mal so.

Ihr Anus war klein und rosa. Ich fuhr mit der Zunge um das fein gefältelte Auge, und sie schnappte nach Luft.

»Oh Gott.«

Ich stieß mit der Zungenspitze ins Zentrum, und sie fasste nach meiner Schulter.

Ich spürte ihre Berührung noch stundenlang, Lucys Finger, die über meine Schulter strichen und mir auf diese Weise zu verstehen gaben, dass ich mit meiner Zunge dort an diesem Ort verweilen sollte.

Dann griff sie nach ihrer rechten Hinterbacke und zog mit solcher Kraft daran, dass sich ihr Anus etwas öffnete.

Ich hatte nur vorgehabt, sie zu küssen, in der Hoffnung, der Erste zu sein, der das so tat. Mit irgendetwas wollte ich der Erste bei ihr sein, wollte in ihren Augen etwas darstellen. Doch ich scheute davor zurück, meine Zunge in ihren After zu stecken.

»Küss ihn«, zischte sie. »Steck deine Zunge in mich rein.«

Ich zögerte immer noch.

Aber dann stöhnte sie voller Erwartung, und ich begriff, dass selbst meine Zurückhaltung wie Sex mit ihr war. In gewisser Weise war ich bereits in ihr. Und so stieß ich mit der Zunge vor und presste den Kopf gegen ihr Steißbein. Ich spürte, wie ihr Rektum nachgab, und küsste sie immer weiter so, mein Gesicht zwischen ihren Hinterbacken vergraben, während sie sich hin und her wiegte.

»Oh ja, Baby. Genau das brauche ich«, stöhnte sie. »Ich brauche dich. Ich will dich.«

Ich zog mich für einen Moment zurück, aber sie schüttelte den Kopf. »Hör nicht auf. Hör nicht auf. Bitte nicht.«

Erneut küsste ich ihren Anus und drückte mein Gesicht zwischen ihre Hinterbacken. Nach langen Minuten, während deren sie sich stöhnend wand und mich immer neu antrieb, kroch sie aufs Bett und zog mich neben sich. Sie versuchte mich zu drehen. Erst wusste ich nicht, was sie wollte, aber dann begriff ich, dass sie uns in eine 69er-Position zu bringen versuchte, nur dass sie mir dabei ihren Rücken zukehren wollte. Auf die Weise konnte sie den Kopf drehen und mich mit dem Mund befriedigen, während ich mich weiter ihrem Hinterteil widmete.

So ging es eine kleine Weile, und sie war so erregt, dass ich mich von ihrer Lust anstecken ließ. Ich kam noch einmal. Sie hörte jedoch nicht auf, an mir zu lutschen, und wenig später fing es an zu kitzeln, und ich rollte auf den Rücken.

Sie drehte sich um und lächelte mich an.

»Das war toll«, sagte sie. »Das hat noch niemand mit mir gemacht.«

»Ich habe das auch noch nie gemacht.«

»Echt? Es fühlte sich so gut an. Wie bist du darauf gekommen?«

»Ich will etwas Besonderes für dich sein, Lucy.«

Lucy schwang ein Bein über mich und setzte sich auf meinen Bauch. Sie ließ ihr langes Haar auf meinen Kopf herunterhängen und formte ein blondes Zelt um mein Gesicht. Das Sperma in ihrem Atem roch nach Mungobohnensprösslingen.

»Und, bist du zufrieden?«, sagte sie.

»Sehr.«

»Du bist der beste Liebhaber, den ich je hatte«, sagte sie. »Ich hätte nie gedacht, dass ich so etwas empfinden könnte.«

Ich wusste nicht, ob sie log oder einfach nur wollte, dass ich mich gut fühlte.

»Bleibst du über Nacht?«, fragte ich.

»Hältst du mich im Arm?«

»Natürlich.«

»Billy hält mich hinterher nie.«

Ich legte die Arme um sie, und sie glitt an meine Seite.

Lucy und ich machten es vor dem Aufstehen noch einmal, dann unter der Dusche und ein letztes Mal im Wohnzimmer, als sie bereits wieder angezogen war und sich verabschiedete. Die letzten beiden Male war ich zu ausgelaugt, um noch abspritzen zu können. Mein Penis schmerzte, aber ich hätte gevögelt, bis ich Blut ejakuliert hätte, wenn sie nicht aufgestanden und gegangen wäre.

Ich fragte sie, was sie fühlte, und sie sagte: »Ich weiß es nicht. Ich habe so etwas noch nie erlebt. Aber wir werden wohl lernen müssen, in Zukunft ohne Sex klarzukommen. Ich meine, das kann nicht so weitergehen, wenn wir unsere Beziehungen nicht kaputt machen wollen.«

»Nein«, sagte ich. »Da hast du wohl recht.«

Ich küsste sie zum Abschied und sagte, ich würde die nächste Woche damit verbringen, mit verschiedenen Galeristen wegen ihrer Fotografien zu reden.

Nachdem Lucy gegangen war, beschloss ich, dass es Zeit war, wieder nüchtern zu werden. Es war zu viel. Die DVD, Jo und Johnny und jetzt Lucy (ganz zu schweigen von meiner Verabredung mit Sasha) – ich hatte völlig die Orientierung verloren.

Das Schlimmste war, dass ich meinen Agenten vergrault und niemanden sonst wegen eines Jobs angerufen hatte.

Ich war kein Agent.

Ich war nicht der Typ Mensch, der alles über den Haufen warf, um etwas völlig Neues anzufangen.

Ich war weder Don Juan noch Casanova.

Innerhalb weniger Tage hatte ich mein Leben so gut wie ruiniert.

Mein erster Gedanke war, Joelle anzurufen und darüber zu sprechen, was mit mir geschehen war. Joelle war der einzige Mensch, dem ich mich wirklich nahe fühlte. Mein Vater war tot, meine Mutter war fast in ihrer zweiten Kindheit angelangt und meine beiden Geschwister, mein Bruder und meine Schwester, mochten mich nicht sehr.

Joelle war die Einzige, mit der ich reden konnte. Aber dann musste ich daran denken, wie sie im Takt mit Johnny Frys vorstoßenden Hüften gestöhnt hatte. Ich sah sie vor mir, wie sie mir in die Augen schaute und sagte: *Es gibt nur dich.*

Dennoch griff ich zum Hörer.

Ich wählte ihre Nummer.

»Hallo?«

»Hallo, Jo.«

»Ich dachte, du wolltest gestern Abend anrufen, L.?«

»Ich habe dir doch gesagt«, log ich, »der Typ aus Philly war hier. Er ist erst gegen eins wieder gegangen. Ich dachte, da schliefst du längst.«

»Jetzt ist es fast zwei. Wo warst du denn den ganzen Morgen?«

»Ich habe eine Rohübersetzung fertig gemacht«, sagte ich.

»Was war es?«

»Eine kleine Broschüre, die an eine Flasche einhundert Jahre alten Balsamico gehängt wird. Es geht um die Familie, die das Zeug herstellt. Sie brauchen den Text am Montag, und ich muss das Ganze noch überarbeiten.«

»Essig?«

»Ja. Klingt spannend, nicht wahr?«

»Kommst du zu mir?«, zwitscherte sie.

»Entweder lege ich mich jetzt schlafen und arbeite dann, oder ich arbeite, bis ich zusammenbreche. In beiden Fällen bin ich keine gute Gesellschaft.«

»Das macht nichts«, sagte sie. »Du könntest einfach kommen und hier bei mir schlafen.«

Es war so nett, wie sie das sagte. So einladend und liebevoll. Aber wenn ich nicht bei Jo war, blieben meine Gefühle für sie begrenzt, und diesmal funkte es am Telefon ganz und gar nicht. Wenn ich an ihre Lügen und Betrügereien dachte, hätte ich meine Faust am liebsten noch einmal in die Wand gerammt.

»Du könntest mit einem deiner zahlreichen Freunde ausgehen«, schlug ich vor. »Ralph Moreland hast du schon eine ganze Weile nicht gesehen.«

»Ich bin nur an dir interessiert, Cordell Carmel.«

»Wirklich?«

»Natürlich. Warum fragst du mich das eigentlich die ganze Zeit?«

»Ich weiß es nicht. Wir haben uns in den letzten Monaten nicht oft gesehen. Nur an den Wochenenden. Von Sex ganz zu schweigen.«

»Nicht viel Sex? Und wie würdest du das nennen, was Freitagabend und gestern im Park ablief?«

»Ich glaube, das lag nur daran, dass ich Angst hatte.«

»Angst wovor?«

»Dich zu verlieren«, sagte ich und begriff, dass es in gewisser Weise tatsächlich so war. Ich hatte sie bereits verloren, ohne es zu wissen, und jetzt durchlebte ich all die Gefühle des Bangens, die einem solchen Verlust vorausgehen. Es war fast so, als spielte ich Fangen mit der Zeit.

»Ich gehe nirgendwohin«, sagte Jo. »Ich warte auf dich und will dich hier bei mir haben.«

»Wie wäre es mit morgen?«, bot ich ihr an.

Jo hasste es, Wochentage mit mir zu verbringen. Ihre Arbeit nahm so viel Platz in ihrem Leben ein, dass sie immer sagte, sie müsse werktags über allein sein, um ihre Energien zu sammeln. Ich hatte seit sechs Jahren keinen Wochentag mehr mit ihr verbracht.

»Okay«, sagte sie, ohne zu zögern. »Um wie viel Uhr kommst du?«

»Wann passt es dir?«

»Am Nachmittag?«

»Bist du sicher, dass du nicht arbeiten musst?«, fragte ich.

»Ich habe einen Termin, aber den kann ich verlegen«, sagte sie. »*Du* bist mir wichtig, L., nicht irgendein Job.«

Ich hob die Hand und roch den leichten Zitronenduft von Lucys Parfüm. Das reichte, um mich schuldig zu fühlen. Dann dachte ich an Johnny Fry und spürte wieder die Wut in mir aufsteigen. In diesem Augenblick begann ich die Verbindung von Wut und Lust zu verstehen. Irgendwann, seit ich Jo und Johnny auf dem sonnenbeschienenen Teppich hatte vögeln sehen, war ich zum Leben erwacht. Und das Leben schmerzte.

»Gut«, sagte ich. »Um drei. Ich komme um drei.«

»Du klingst, als wolltest du auflegen.«

»Ich will nicht«, log ich, »aber ich muss«, und log gleich wieder.

Klassische Mathematik lässt sich auf Herzenssachen nicht anwenden. Dass ich mit Lucy geschlafen und mit Sasha und Linda Chou geflirtet hatte, wog nicht auf, was Joelle mit Johnny Fry getan hatte. Solche Gleichungen konnten im Ergebnis nicht dazu führen, dass ich ihr vergab. Ich würde niemals das Gefühl haben, dass zwischen uns Ausgewogenheit herrschte.

Ich wollte nicht zu ihr gehen, aber ich wollte, dass sie wollte, dass ich zu ihr kam. Ich wollte nicht, dass sie mit Johnny geschlafen hatte, aber wann immer ich sie sah und mir die beiden vorstellte, wollte ich mit ihr ins Bett.

Die Verwirrung war zu groß. Ich ging aus dem Haus und wanderte Richtung Eastside, lief erst nordwärts ungefähr bis zur Houston und dann Richtung Osten zum West Broadway. An diesem Sonntagnachmittag waren Tausende von Leuten unterwegs. Frauen mit so gut wie nichts auf dem Leib und Männer, die so taten, als starrten sie sich nicht die Augen nach ihnen aus dem Kopf. Straßenhändler verkauften Silberschmuck, Gemälde, Getöpfertes und alte Schallplatten. Ich lief weiter in Richtung Osten, überquerte die Elizabeth und die Chrystie Street.

Nach einer Weile wurde ich müde und setzte mich neben einen blauen Hydranten vor einem kleinen peruanischen Restaurant. Neben dem Hydranten stand ein Telefonmast, an dem Dutzende von Zetteln hingen. Gesucht wurden Untermieter, Mitbewohner, Zimmer. Einige verließen die Stadt und verkauften ihre Habe. Einer Frau war ihr Pudel namens Boro entlaufen. Ein lavendelfarbenes Blatt versprach, man könne innerhalb von dreißig Tagen dreißig Pfund abnehmen, kostenlos. Und es gab neun Zettel mit dem fotokopierten Bild einer jungen schwarzen Frau.

HABEN SIE ANGELINE GESEHEN?, stand darunter, zusammen mit einer Telefonnummer und der Auslobung einer Belohnung von einhundertfünfzig Dollar. Es war der niedrige Betrag, der mich stutzig machte. Angeline musste aus einer armen Familie stammen, die kaum Geld aufbringen konnte. Die Leute taten mir leid, genau wie das Mädchen, obwohl sie allein vielleicht glücklicher war. So wie ich. Wenigstens war es vor Jo so gewesen.

Minda, meine erste Frau, war Malerin. Sie malte Porträts auf der Promenade von Coney Island. Wir heirateten aus einer Laune heraus, und die Scheidung folgte auf dem Fuß. Nach neun Monaten Ehe sagte sie mir, dass sie lieber mit einem Haufen Scherben im Bett läge.

»Was mache ich falsch?«, fragte ich sie.

»Du machst gar nichts«, sagte sie. »Du furzt nicht mal.«

Meine zweite Ehe war noch kürzer. Die Braut hieß Yvette, und ihr Vater war Karrieresoldat. Bei unserer Hochzeit erklärte er mir, wenn ich seinem kleinen Schatz das Herz bräche, werde er mich umbringen.

In Erinnerung an Mindas Kritik entschied ich mich, dem Vater meiner neuen Frau die Stirn zu bieten, und so erwiderte ich ihm, er solle in meiner Gegenwart nie aus einer bereits geöffneten Flasche trinken, weil ich möglicherweise Gift hineingeschüttet hätte.

Als Yvette das hörte, schrie sie mich an und nannte mich den Teufel. Ich sagte, er habe mir als Erster gedroht.

»Das ist in Ordnung«, sagte Yvette. »Der Vater der Braut darf so etwas sagen.«

Wir fuhren in die Flitterwochen, schliefen aber nicht mehr miteinander.

Sie klagte auf Unterhalt. Der Richter lachte, und die Ehe wurde annulliert.

Verdeckt unter drei Fotos von Angeline hing ein orangefarbenes Blatt.

Die einzigen Worte, die ich darauf lesen konnte, lauteten *einem Freund.*

Eine Weile überlegte ich, um was es auf dem Stück Papier wohl ging. Schließlich stand ich auf und riss die drei Zettel mit der jungen Angeline herunter, die das orangefarbene Blatt verdeckten. Ich hatte kein zu schlechtes Gewissen deswegen, schließlich hingen noch sechs weitere allein an diesen Masten, und ich hatte etliche mehr überall im Village gesehen.

Auf dem orangefarbenen Blatt stand:

Sprich mit einem Freund
Jeder braucht einen Freund, jemanden, mit dem er reden kann und der ihm zuhört, ohne ihn zu verurteilen. Wenn du einsam bist und niemandem dein Herz ausschütten kannst, wähle 1-800-555-0333 (35 Cent pro Minute, kein Sex).

Das schien mir eine originelle Idee. So viele Menschen auf dieser Welt brauchten einen Freund und konnten keinen finden. Ich fragte mich, wen sie da wohl ans Telefon setzten. Offenbar arbeiteten sie mit Kreditkarten.

Ich ging in das peruanische Restaurant und bestellte Ceviche. Sie servierten es mit Brot und Butter. Das Essen kostete zwölf Dollar plus Steuer und Trinkgeld.

Danach lief ich stundenlang ziellos herum. Ich sah unzählige Menschen, von denen ich keinen kannte – und keiner kannte mich.

Erst um neun Uhr abends kam ich nach Hause. Wieder hatte ich den ganzen Tag nicht gearbeitet, und das bereits zum vierten Mal in Folge. Vorher hatte es jahrelang nicht einen Tag ohne Arbeit gegeben, und auch davor schon hatte ich täglich Stunden mit Arbeitssuche, Übersetzungsübungen und ersten Jobs zugebracht. Plötzlich jedoch suhlte ich mich nur noch in meinem Elend und lief meinem Schwanz hinterher.

Ich war verzweifelt und suchte in meiner Tasche gerade nach dem Haustürschlüssel, als mich jemand rief.

»Cordell!«

Es war Sasha, Arm in Arm mit einem jungen Mann. Der Mann war groß und trug einen grauen Anzug. Sein gelbes Hemd hing ihm aus der Hose, und auf seinen sinnlichen Lippen lag ein betrunkenes Grinsen.

»Das ist mein Bruder Enoch«, sagte Sasha, als sie näher kamen.

»Hi.« Enoch streckte mir die linke Hand entgegen, wahrscheinlich weil er sich mit der rechten an der Schulter seiner Schwester festhielt, und wenn er losgelassen hätte, wäre er gestürzt.

»Kannst du mir helfen, ihn nach oben zu bringen?«, fragte Sasha.

»Klar«, sagte ich, fasste seine Linke und legte mir den Arm um die Schulter.

»Ich liebe meine Schwester, egal was die Leute sagen«, predigte Enoch, während wir die schmale Eisentreppe hinaufstiegen. »Sie ist die schönste, wundervollste, liebste Frau der Welt. Und sie hat eine Figur wie die Filmstars von früher. Ich liebe alte Filme. Wallace Beery und Ronald Coleman, Myrna Loy und Faye Wray. Damals wussten sie noch, was die Menschen tief in ihren Herzen bewegt. Stimmt's, Sassy?«

»Stimmt, Inch. Klar«, sagte seine Schwester.

Ich hatte das Gefühl, dass er das nicht zum ersten Mal sagte. Er war ein trauriger, einsamer kleiner Bruder, der seine große Schwester besuchte, zu tief ins Glas guckte und ihr von dem Leben vorheulte, das er immer gewollt, aber nie bekommen hatte.

Einen Stock unter Sashas Wohnung sank er in sich zusammen, und wir mussten ihn den Rest des Wegs tragen. Seine Füße schliffen über den Boden.

Ich hielt ihn, während Sasha die Tür aufschloss, und trug ihn in die dunkle Wohnung. Als sie das Licht anmachte, war ich überrascht.

Unsere Wohnungen hatten denselben Grundriss, aber bei Sasha waren die Wände herausgehauen worden, sechs Säulen stützten die Decke. Schlafzimmer, Küche und Wohnzimmer gingen ineinander über. Nur das Bad hatte Tür und Wände.

Ich schleppte Enoch zu einem Futonsofa und legte ihn auf den Rücken.

Er lächelte Sasha an und streckte die Arme nach ihr aus.

»Einen Kuss«, sagte er wie ein kleiner Junge zu seiner Mutter.

Sie gab ihm einen laut schmatzenden Kuss auf die Lippen und setzte sich zu seinen Füßen auf den Boden, um ihm die Schuhe auszuziehen.

»Ich komme schon mit ihm zurecht«, erklärte sie mir.

»Okay«, sagte ich.

Als ich zur Tür hinausging, rief sie mir hinterher: »Denk dran, wir gehen bald essen.«

Ich hatte gehofft, sie hätte es vergessen. Ich hatte genug von Frauen und Sex. Aber ich nickte und winkte, dann schloss ich die Tür.

In meiner Wohnung angekommen, begann ich einen Roman zu lesen, der schon seit Jahren auf meinem Regal lag. Er hieß *Der Nachtmann* und handelte von einem Vampir, einem Mann, der niemals bei Tag sein Haus verließ, der die Dunkelheit liebte und die Sonne und auch sonst alles scheute, was das Tageslicht hervorbrachte. Es war eine tragische Liebesgeschichte. Der Held, Juvenal Nyx, lernte eine Frau kennen, die ein Wesen des Lichts war. Er traf sie auf einer Brücke, von der sie sich in den Tod stürzen wollte, weil sie ihr Kind verloren hatte. Ihr Mann warf ihr vor, unachtsam gewesen zu sein, und sie nahm die Schuld auf sich, obwohl diese Selbstbezichtigung möglicherweise nicht gerechtfertigt war.

Seit Monaten hatte ich keinen Roman mehr gelesen. So viel meiner Zeit war ausgefüllt mit dem Übersetzen von Handbüchern, Geschäftsformularen und juristischen Dokumenten, dass ich nach getaner Arbeit nur noch fernsehen wollte.

Aber nicht an diesem Abend.

Ich hatte Angst, meinen Fernseher einzuschalten. Da ich geradezu versessen auf die *Sisypha-Sage* war, würde ich mit Sicherheit früher oder später wieder die DVD einlegen, und ich wollte endlich abkühlen, mich von meiner schmerzvollen Fixierung auf diese Art strafenden Sex befreien.

Die Liebesgeschichte in *Der Nachtmann*, so melodramatisch sie war, fesselte mich für Stunden. Es muss bereits nach eins gewesen sein, als es an meiner Tür klopfte.

Es war kein normales Klopfen, und ich wusste gleich, wer draußen stand – wenigstens glaubte ich es zu wissen. Mir war die Logik vertraut, die sie zu mir führte. Sashas Bruder war eingeschlafen, und sie dachte an mich, weil wir uns kurz zuvor getroffen hatten. Sie wollte zu mir und mit mir vögeln, bis zum Morgengrauen. Davon war ich überzeugt.

Rückblickend komme ich mir ungeheuer arrogant vor. Ich war kein Sexidol, die Frauen lagen mir nicht zu Füßen. Ich war nichts als ein Kerl in seinen mittleren Lebensjahren, der die normalen Traumata seiner Generation und Spezies durchlebte.

Erst dachte ich, ich könnte so tun, als schliefe ich oder sei gar nicht da. Ich würde einfach nicht antworten, und sie ginge wieder.

Aber das Klopfen war äußerst hartnäckig, und ich begann mich über mein Verhalten zu ärgern. Warum konnte ich nicht einfach aufmachen? Selbst wenn sie mit mir ins Bett wollte – ich musste doch nicht darauf eingehen. Ich konnte ihr erklären, dass ich wieder mit meiner Freundin zusammen wäre und Sex mich im Moment nicht interessierte.

Ich ging also und machte auf, ohne zu fragen, wer draußen

stand. Dass es Enoch Bennett war, überraschte mich sehr. Er trug lediglich seine graue Anzughose mit herunterhängenden Hosenträgern und seinen linken schwarzen Schuh, ohne Socke.

Sein Gesicht war zunächst ausdruckslos, aber als er mich ansah, fing er an zu heulen. Er fiel nach vorn, und ich packte und hielt ihn wie einen Boxer, der nur noch in die Arme seines Gegners fliehen kann.

»Was ist los?«, fragte ich ihn.

Er versuchte zu antworten, brachte aber nur einzelne Silben heraus, die sich nicht zu Wörtern formen wollten.

Ich half ihm zu meinem Sofa und brachte ihn in eine aufrechte Sitzhaltung, aber er fiel sofort zur Seite und hörte gar nicht mehr auf zu heulen. Als ich mich neben ihn setzte, griff er nach meinen Händen und drückte sie sich aufs Gesicht.

In mir wuchs die Furcht, dass da oben etwas Furchtbares passiert war. Sasha hatte Enochs Leben zerstört, indem sie die Eltern veranlasst hatte, sich zu trennen. Damals war er noch ein Kind gewesen. Vielleicht hatte er sich in seinem trunkenen Stumpfsinn nun an seiner Schwester gerächt und sie umgebracht. Ganz sicher war sein Zustand alles andere als normal. Warum sonst trieb es ihn in die Wohnung eines Fremden?

Ich suchte seine Hände und die zerknitterte Hose nach Blutspuren ab, aber da war nichts. Er hatte lediglich ein paar nasse Flecken auf der Hose.

»Was ist passiert?«, fragte ich noch einmal, als er sich etwas beruhigte.

Hastig nach Luft schnappend wie ein Schwimmer, setzte sich Enoch auf.

»Ich habe Sasha jahrelang nicht gesehen«, sagte er, und seine Lippen zitterten, als wollte er gleich wieder losheulen.

»Mein Therapeut meinte, es sei an der Zeit, mich mit ihr auszusprechen. Ihr … ihr zu sagen, was ich fühle.«

»Worüber?«

»Erst ging es gut. Sie schien sich über meinen Besuch zu freuen. Ich redete mit ihr, und sie, sie entschuldigte sich. Sie sagte, unsere Mutter sei schuld, sie habe ihr sehr wehgetan.

Es war genauso, wie es mein Therapeut vorhergesagt hatte. Wir redeten, und dann, dann wurde ich wütend und schrie sie an und sagte ihr, dass ich sie manchmal hasse.«

Ich war mittlerweile sicher, dass Sasha tot oben in ihrer Wohnung lag. Ich überlegte, wann ich die Polizei rufen sollte. Enoch war größer als ich und wahrscheinlich stärker, auf jeden Fall aber jünger. Ich wollte keine körperliche Auseinandersetzung mit ihm riskieren.

Da fiel mir die halbe Flasche Cognac ein, die ich noch hatte.

»Möchten Sie etwas trinken?«, fragte ich und stand auf. Wenn ich ihn etwas betrunkener machen konnte, musste es möglich sein, ihn in die Toilette zu sperren und die Tür mit einem Stuhl zu verbarrikadieren. Dann konnte ich die Polizei rufen.

Aber Enoch fasste meinen Arm und hielt mich fest.

»Zur Feier des Tages haben wir uns betrunken«, sagte er. »Sind durch die Kneipen gezogen, und dann, dann war ich oben. Meine Finger waren in ihr, und sie war …, sie hatte meinen Schwanz im Mund. Ich schob sie weg und sagte, nein, nicht wieder. Aber sie streckte mir nur die Arme entgegen. Sie sagte kein Wort, doch ich wusste, was sie dachte. Sie dachte, dass ich sie wollte, mehr als alles andere. Und es stimmte. Ich warf mich auf sie. Und … und als ich aufwachte, lag sie neben mir, und das Zimmer roch nach Sex.«

Sein Geständnis amüsierte mich. Eben noch war in meiner

Vorstellung ein Mord begangen worden. Jetzt war es ein einfacher Fall von Inzest zwischen zwei Erwachsenen. Ein Bruder und eine Schwester hatten, betrunken, wie sie waren, miteinander geschlafen. Vielleicht hätte sie irgendein Gericht verurteilt und einsperren lassen. Vielleicht gab es Länder, in denen man sie für ihr Vergehen hingerichtet hätte. Vielleicht hätte ich auf das Geständnis des fassungslosen jungen Mannes reagieren sollen, als wären die letzten Tage nicht voller Sex und Verderbtheit gewesen. Aber ich empfand nur Erleichterung. Sasha war oben und schlief ihren Rausch aus, und Enoch lag heulend auf meinem Sofa.

»Trinken Sie einen Schluck«, sagte ich. »Dann fühlen Sie sich besser, und morgen früh haben Sie ausreichend Abstand zu dem, was passiert ist.«

Er heulte erneut los, aber als ich ihm ein Glas Cognac eingoss, trank er es mit drei Schlucken aus. Ich schenkte ihm nach. Er schaffte es nur noch zur Hälfte und fiel besinnungslos aufs Sofa.

Er lag nicht auf dem Rücken, und so machte ich mir keine Sorgen, dass er im Schlaf ersticken könnte. Ich deckte ihn zu, ging in mein Zimmer, machte das Licht aus und lag in der Dunkelheit.

Der Schlaf, auf den ich gehofft hatte, wollte nicht kommen. In der Düsternis sah ich riesige Eisberge, die sich um mich herum auftürmten. Ich wusste, dass ich in meinem eigenen Bett lag und keine Gefahr drohte, dennoch hatte ich Angst. Ich war arbeitslos, und meine Freundin benutzte mich wie eine Puppe. Ich hatte mit einer Frau geschlafen, die kaum dem Kindesalter entwachsen war, und gierte wie besessen nach der Heldin eines Pornos.

Es stimmte. Ich hatte einen beträchtlichen Teil der letzten Tage damit zugebracht, über Sisypha und ihre Motive nachzudenken. Warum quälte sie ihren Mann mit so viel Liebe in der Stimme und den Augen? Welche Lektion wollte sie ihm erteilen? Warum hatte Sasha ihren Bruder verführt? Warum hatte Joelle mich genau das tun lassen, was Johnny Fry mit ihr gemacht hatte?

Ein Schauer ergriff mich. Arme und Beine begannen zu zittern wie kleine Tiere bei einem Unwetter. In diesem Augenblick war ich geschlechtslos. Mein Mannsein war mir genommen, und alles, was mir blieb, war die Gewissheit, dass ich auf eine Tragödie zusteuerte: meinen Tod. Ich würde bald sterben. Jemand würde mich umbringen, oder vielleicht tötete ich mich auch selbst.

Von Panik erfasst, schrak ich hoch.

Ich griff wie automatisch nach dem Telefon und wollte Joelle anrufen. Sie hatte mir immer geholfen, wenn ich mit meinen unbegründeten Ängsten bei ihr Rat suchte. Sie war so vernünftig.

Einmal war im Haus gegenüber ein Weißer eingezogen. Vom ersten Tag an schien er mich anzustarren, und ich hatte die fixe Idee, dass er es auf mich abgesehen hatte: dass er ein Serienmörder war, der schwarze Männer in meinem Alter hasste, die sich in seine weiße Welt eingeschlichen hatten. Ich wusste, es war verrückt, aber jedes Mal, wenn ich ihn sah, starrte er mich so böse an, dass mein Herz bebte und ich mir sicher war, er wolle mich umbringen, langsam, mit einem Messer, einem großen Messer.

Als ich Jo davon erzählte, kam sie zu mir, und wir setzten uns vors Haus, bis der Kerl, Felix Longerman, aus der Tür kam. Sie ging ohne Umschweife auf ihn zu, verwickelte ihn in ein kurzes Gespräch und kam mit ihm zu mir herüber.

»Das ist Felix«, sagte sie. »Er arbeitet für Viking, im fremdsprachigen Lektorat.«

Wie sich herausstellte, hatten Felix und ich vor etwa elf Jahren zusammen an einem Projekt gearbeitet, und jedes Mal, wenn er mich sah, dachte er, dass ich ihm bekannt vorkäme. Er hatte mich aber nicht einordnen können, weil ich damals einen Bart getragen hatte.

Meine Angst war so dumm gewesen und hatte sich doch so wirklich angefühlt.

Aber in dieser Nacht, den Hörer bereits in der Hand, begriff ich, dass mir Jo diesmal nicht helfen konnte. Niemand konnte das.

Ich wählte.

»Hallo?«, sagte jemand gleich nach dem ersten Klingeln.

»Ist da, äh, hm, ein Freund?«, fragte ich.

»Ja, richtig. Wie kann ich dir helfen?«

»Äh …, müssen wir nicht erst das Geschäftliche regeln? Wollen Sie meine Kreditkartennummer oder so etwas?«

»Das ist nicht nötig. Deine Nummer wird registriert und die Gebühren werden über die Telefonrechnung abgerechnet.«

»Ah. Wow. Ist das so einfach?«

»Ja, sehr einfach. Aber worüber wolltest du sprechen?«

»Ich weiß nicht weiter«, sagte ich, und die Düsternis schien zurückzuweichen. Der Druck, den ich auf meiner Brust gespürt hatte, ließ bereits nach. Ich holte tief Luft und setzte mich aufrecht hin.

»Wie heißt du?«, fragte die Frau.

»Cordell.«

»Schön, dich kennenzulernen, Cordell. Ich heiße Cynthia.«

»Hallo, Cynthia. Ich muss Ihnen, ich meine, ich muss dir sagen, dass es mir schon sehr guttut, überhaupt mit jemandem zu sprechen.«

»Wo bist du gerade, Cordell?«

»In meiner Wohnung, im Bett.«

»Bist du allein?«

»So ziemlich. In meinem Wohnzimmer liegt ein Typ auf dem Sofa und schläft.«

»Wer ist das?«

»Er heißt Enoch Bennett«, sagte ich, und dann erzählte ich ihr die ganze Geschichte, alles, was passiert war. Ich verschwieg ihr jedoch die Sache mit der *Sisypha-Sage*. Das kam mir dann doch ein bisschen zu sehr wie Sex um des Sexes willen vor, und die Anzeige für *Sprich mit einem Freund* hatte eindeutig ausgeschlossen, dass es sich um eine Sexhotline handelte.

»Hast du Joelle schon gesagt, dass du sie mit Johnny gesehen hast?«, fragte Cynthia.

»Nein.«

»Warum nicht?«

»Ich will es ja«, sagte ich. »Aber jedes Mal, wenn ich sie sehe, bin ich plötzlich wie besessen von ihr, sexuell, meine ich. Dann will ich nur noch bei ihr sein, sie für mich haben.«

»Aber sie hat dich betrogen.«

»Sie ist der einzige Freund, den ich habe«, sagte ich. »Warum sonst hätte ich dich anrufen sollen? Dir muss doch klar sein, dass ich sonst niemanden zum Reden habe. Joelle ist der einzige Mensch, der mir in den letzten acht Jahren wirklich nahegestanden hat.«

»Hast du keine Familie?«, fragte Cynthia.

»Nein. Ich meine, ja. Ich habe einen Bruder, eine Schwester und eine Mutter.«

»Kannst du nicht mit einem von denen reden?«

Ich musste lächeln.

»Cordell?«, sagte Cynthia. »Bist du noch dran?«

»Ich habe gerade gedacht, dass du ein ungeheuer gutes Geschäft machst, wenn du mir einredest, ich müsste mit meiner Familie sprechen.«

»Ich bin dein Freund«, sagte sie. Ihre Stimme klang sehr beruhigend. »Ich will dir helfen. Es geht mir nicht um dein Geld.«

»Entschuldige, wenn ich mir da nicht so sicher bin.«

»Das ist okay«, sagte sie. »Das verstehe ich. Die meisten Leute, die hier anrufen, besonders die Männer, glauben, wir seien in Wirklichkeit eine Art Partnervermittlung und wollten ihnen nur das Geld aus der Tasche ziehen.«

»Und gelingt es dir, sie zu überzeugen, dass das nicht so ist?«, fragte ich. Das Gespräch tat mir sehr gut.

»Ich erzähle ihnen dann, wie unsere kleine Firma angefangen hat.«

»Und wie war das?«

»Vor ein paar Jahren dachte ein sehr wohlhabender Mann, dass Amerika in eine Art Melancholie verfällt«, sagte sie. Es klang so, als hätte sie diesen Vortrag schon sehr oft gehalten. »Die Menschen wurden dicker, bewegten sich kaum noch und sorgten sich mehr um die Leute in den Fernsehshows als um die Millionen, die jedes Jahr verhungern oder in Kriegen umkommen. Der Mann hatte das Gefühl, dass die Menschen nicht merkten, oder fast nicht merkten, wie sie von Tag zu Tag immer trauriger wurden.

Er wusste, dass er diesen Zustand nicht ohne Weiteres ändern konnte. Er wusste, dass selbst sein gewaltiges Vermögen nicht ausreichte, um dieser Melancholie Einhalt zu gebieten. Dennoch beschloss er zu tun, was in seiner Macht stand. Er beauftragte ein psychologisches Institut, Hunderte von Leuten aufzutreiben, die Verständnis und Sorge für Menschen mit Problemen aufbrachten. Keine Psychologen oder professionellen Berater, sondern ganz gewöhnliche Leute, denen ihre Mitmenschen nicht egal waren.

Mit ihnen besetzte er diese Hotline, damit Menschen anrufen konnten, nicht unbedingt, wenn sie in akuter Not waren, sondern wenn sie einen Freund brauchten, mit dem sie reden konnten.«

»Du machst Witze«, sagte ich. Ich hielt den großen Zeh meines linken Fußes in der rechten Hand, genau wie ich es als Kind getan hatte.

»Nein«, sagte Cynthia, »ganz bestimmt nicht. Und deshalb rate ich dir genau das, was ich für richtig halte, zum Beispiel, mit deiner Familie zu reden.«

»Wow«, sagte ich. Ich drehte mich auf die Seite. »Wie viel Zeit habe ich?«

»So viel du willst, Cordell. Aber du wolltest mir von deiner Familie erzählen.«

»Mein Bruder ist in der Army«, sagte ich. »Bei einer Spezialeinheit. Er ist ständig irgendwo im Ausland, um Leute umzubringen, oder zeigt anderen, wie man es macht. Wir haben seit sieben Jahren nicht miteinander gesprochen. Im Gegensatz zu mir glaubt er, dass Amerika tolle Dinge tut. Nein ..., ich bin politisch nicht aktiv. Ich gehe nicht mal wählen. Ich bin nur der Ansicht, dass sich die Regierung einen Dreck um die normalen Leute kümmert.

Und meine Schwester und ich, wir haben einfach nicht dieselbe Wellenlänge. Sie war wütend auf mich, weil ich meine Ehen nicht in Gang bekommen habe. Sie ist verheiratet, lebt in Utah und hat sehr wenig Zeit für alles, was nichts mit ihren Kindern oder ihrer Kirche zu tun hat.

Ja, und meine Mutter lebt in Connecticut, in einer Seniorenresidenz. Sie kommt noch ganz gut allein zurecht, aber sie will über nichts Wichtiges reden. Wenn ich auf etwas zu sprechen komme, das ihr unangenehm ist, gerät sie durcheinander und redet nur noch von früher, als Eric, Phoebe und ich Kinder waren.«

»Was ist mit deinem Vater?«, fragte Cynthia.

»Der ist tot.«

»Unsere Eltern begleiten uns durch unser ganzes Leben«, sagte sie. »Dein Vater ist bei dir, bis du stirbst. Was würde er dir raten, wenn du ihm von deiner Freundin und ihrem Liebhaber erzähltest?«

Cynthias Fragen erschöpften mich. Ich gähnte und zog mir das Kissen unter den Kopf.

»Ich bin plötzlich furchtbar müde, Cynthia«, sagte ich. »Ich kann die Augen kaum offen halten. Mit dir zu sprechen hat mich entspannt. Vielen Dank, aber ich glaube, ich muss auflegen.«

»Wenn du wieder mit mir reden möchtest, wähle dieselbe Nummer nur mit Vieren statt der Dreien am Ende«, sagte sie. »Dann wirst du nach meinem Code gefragt – buchstabiere einfach meinen Namen: Cynthia. C-Y-N-T-H-I-A.«

Ich nickte und legte auf.

Ich muss gleich eingeschlafen sein. Als ich wieder aufwachte, schien die Morgensonne in mein offenes Fenster. Ich nahm an, dass Enoch und Cynthia Produkte meiner Träume waren.

Als ich jedoch aufstand und ins Wohnzimmer stapfte, stellte ich fest, dass die Erinnerungen an die Nacht der Wirklichkeit entsprachen. Enoch lag noch genauso da, wie ich ihn zurückgelassen hatte, und ich selbst trug noch meine Sachen vom Vortag.

Ich duschte, rasierte mich und kochte eine Kanne starken Kaffee. Gerade als ich mir die erste Tasse einschenkte, kam Enoch in die Küche. Um die Schultern trug er die kamelhaarfarbene Kaschmirdecke, mit der ich ihn zugedeckt hatte.

»Guten Morgen«, sagte er mit einem unsicheren blassen Lächeln.

»Hallo. Wieder unter den Lebenden?«

»Wie bin ich hergekommen?«, fragte er.

»Sie sind letzte Nacht heruntergekommen und haben geklopft.«

»Ich muss fürchterlich betrunken gewesen sein.«

»Oh ja«, sagte ich lächelnd. »Ich habe kein Wort von dem verstanden, was Sie sagen wollten. Und dann sind Sie eingeschlafen.«

»Habe ich irgendwas Zusammenhängendes gesagt?«, fragte er und starrte mich an.

»Nein. Wollen Sie einen Kaffee?«

»Wo leben Sie?«, fragte ich Enoch Bennett.

Er saß an dem kleinen Tisch neben der Spülmaschine in meiner Küche. Es war 6.36 Uhr.

»Ich lebe in L. A., bei meiner Mom«, sagte er. »Ich will bald ausziehen, aber die Mieten sind sehr hoch, und man muss aufpassen, in welche Gegend man zieht.«

Sasha hatte gesagt, er sei dreißig.

»Hatten Sie ein schönes Wochenende in New York?«, fragte ich.

»Ja. Mir gefällt es hier total gut. Aber New York ist noch teurer als L. A.«

Er schien gleich losheulen zu wollen.

»Das können Sie laut sagen. Ich komme aus San Francisco und würde auch wieder dorthin zurückgehen, aber ich bin vor so langer Zeit hergekommen, dass ich mir nicht mal mehr vorstellen kann, woanders zu leben.«

Er lächelte, die Augen tränennass.

In dem Moment klopfte es an der Tür.

»Entschuldigen Sie mich«, sagte ich und stand auf, um nachzusehen, wer da war.

Enoch seufzte, froh, wie ich annahm, für einen Moment mit seiner Verzweiflung allein zu sein.

Draußen stand Sasha. Sie trug nichts als ein Spitzennachthemd, das ihr bis zu den Knien reichte und einen großzügigen Ausschnitt hatte.

»Ist er bei dir?«, fragte sie. Ihre Stimme klang flach.

»Ja«, sagte ich. »Er klopfte, heulte ein paar Minuten und schlief dann auf meinem Sofa ein. Er war wie bewusstlos.«

»Was hat er gesagt?«

»Ich habe kein Wort verstanden.«

»Gar nichts?«

»Nein. Die meiste Zeit hat er geheult, und was er sagte, ergab weder auf Englisch noch auf Französisch oder Spanisch einen Sinn.«

Meine humorvolle Anmerkung brachte ein Lächeln auf Sashas Gesicht.

»Sasha?« Enoch stand hinter mir im Flur.

»Was ist passiert, Inch?«

Statt etwas zu sagen, lief er zu ihr und schlang seine Arme um ihren Hals. Er weinte so wie nachts schon. Sie nahm ihn in den Arm und drückte ihn an sich, während er heulte und schluchzte. Ihr Gesicht blieb ausdruckslos. Für sie war es offensichtlich nur Teil eines sehr komplexen Spiels.

Nach einer Weile klopfte sie ihm auf die Schulter und sagte: »Ist ja gut, Junge. Ist ja gut.«

Ihre Brauen hoben sich leicht beunruhigt, weil er sich so kindisch verhielt.

»Danke, dass du dich um ihn gekümmert hast, Cordell«, sagte sie. »Inch kriegt manchmal einen Moralischen, wenn er trinkt.«

»Kein Problem«, sagte ich.

»Komm jetzt, Schatz«, sagte sie zu ihrem Bruder. »Gehen wir nach oben.«

Einen Moment lang sträubte sich Enoch. Er sah mich an, und in seinen Augen lag echte Angst.

»Komm schon«, sagte Sasha. »Cordell muss sich um seine eigenen Sachen kümmern.«

»Ja«, sagte Enoch und sah mich immer noch an. Endlich wandte er sich ab, und ich schloss die Tür hinter den beiden.

Ich holte tief Luft und erschauderte beim Ausatmen. Eine solche Leidenschaft zwischen Bruder und Schwester war finster und bodenlos. Die Probleme, die ich mit meinen Geschwistern hatte, waren nichts dagegen.

Ich räumte das Wohnzimmer auf, öffnete die Fenster und notierte Cynthias Namen und die Nummer, unter der ich sie erreichen würde. Sie schien sich um mich zu sorgen. Die Erinnerung an unser Gespräch wirkte beschwichtigend auf die sexuelle Anspannung, die ich einfach nicht loswurde, seit ich Jo mit Johnny Fry gesehen hatte. Selbst die Erinnerung an ihre Hemmungslosigkeit ließ mich im Moment vergleichsweise kalt.

Vielleicht, dachte ich, *konnte ich jetzt endlich von Jo loskommen. Jetzt, wo ich Cynthia hatte.*

Ich fragte mich, wie meine professionelle Telefonfreundin aussah. War sie groß? Hübsch? Eine Asiatin? Aber dann begriff ich und war froh darüber, dass das völlig unwichtig war. Cynthia war ein idealer Freund, jemand, der sich um meiner selbst willen um mich sorgte. Das Geld, das ich dafür bezahlte, spielte keine Rolle. Das war eine Spende für einen wohltätigen Zweck, für den Kampf gegen Einsamkeit und Melancholie.

Cynthia war meine Sozialtherapeutin, so sah ich es. Wann

immer ich sie brauchte, würde sie zur Stelle sein und sich nach meinem Befinden erkundigen, nach meiner Familie.

Mit diesen beruhigenden Gedanken im Kopf legte ich mich aufs Bett und schlief für Stunden, ohne Sorge um Sasha und Enoch, Jo und Johnny, Lucy und Billy. Ich dachte nicht einmal an Sisypha und Mel.

Ich war ein einsames Floß auf einem Meer der Bewusstlosigkeit. Ich hatte kein Ziel und kam nirgendwoher. Ich hatte keine Arbeit und keine Freundin, hatte keine Termine und keine Chefs, die mir sagten, was ich tun sollte und was nicht.

Als ich aufwachte, schien die Sonne auf mein Bett, allerdings nicht direkt auf mich – wie eine körperlose, heilige Liebhaberin lag sie neben mir, eine Göttin, die mich für ein paar Momente mit ihrer Anwesenheit beehrte, während ich schlief.

Es war früher Nachmittag. Ich nahm Brads Fax und rief ein halbes Dutzend Galerien an. Ich stellte mich als Cordell Carmel vor, einen Kollegen von Brad Mettleman. Ich sagte, ich arbeitete bereits seit einigen Jahren für Brad, aber jetzt ginge ich mit einer Gruppe außergewöhnlich talentierter junger Künstler selbst an die Öffentlichkeit.

Bis 14 Uhr hatte ich vier Termine vereinbart, um Lucys Bilder vorzuführen.

Ich fuhr mit der U-Bahn die Westside hinauf zu Jo. Als ich das Gebäude betrat, sah ich auf die Uhr. Es war 14.58 Uhr. Ich war immer pünktlich, nie auch nur eine Minute zu spät, bis auf den Tag, an dem ich nicht nach Philadelphia gefahren war.

Vielleicht war die Pünktlichkeit Teil meines Problems, dachte ich. Vielleicht fühlte ich mich von den Wünschen der anderen unterdrückt und musste nur anfangen, nach meinem eigenen

Zeitplan zu leben. Vielleicht hätten die Leute, mit denen ich zusammenarbeitete, und auch Menschen wie Jo dann nicht mehr das Gefühl, sie könnten auf mir herumtrampeln.

Robert, der Portier, saß hinter seinem Tisch.

»Ja?«, fragte er.

»Kennen Sie mich nicht mehr, Robert?«

»Sie wollen zu ... Miss Joelle?«

»Ja«, sagte ich und lief den Gang zur dritten Reihe Aufzüge hinunter.

»Warten Sie«, rief Robert.

»Worauf? Ich fahre immer gleich nach oben. Das wissen Sie doch.«

»Ich muss anrufen.«

»Vergiss es«, sagte ich und ging zu den Aufzügen.

Ich hörte, wie er hinter mir die Sprechanlage betätigte. Er murmelte etwas. Ich war sicher, dass er Joelle warnte, die Johnny Fry offenbar wochentags häufig zu Besuch hatte.

Aber nicht einmal das berührte mich. Ich ärgerte mich nur über Robert, weil er Jos Taktlosigkeit outete. Er hätte mich passieren lassen und unbemerkt anrufen sollen, damit sich Jo und Johnny eine Ausrede überlegen konnten.

Ich stand im Aufzug und fragte mich, wer ich sein würde, wenn sie die Tür öffnete, und natürlich auch, zu wem sie geworden war. Mit jedem neuen Treffen schienen wir uns zu ändern. Ich war aufgeregt, mein Herz vollführte einen Stepptanz. Wer wusste, was als Nächstes geschah?

Jo kam zur Tür und trug ein durchsichtiges weißes Kleid mit nichts darunter. Ihr Schamhaar und die großen braunen Brustwarzen waren gut zu sehen.

»Hi«, sagte sie und neigte leicht den Kopf.

»Zieh es aus«, antwortete ich.

Ohne zu zögern, zog sie das Kleid hoch und über ihren Kopf, während ich die Tür hinter mir schloss.

Sie griff nach mir, aber ich sagte: »Nimm die Hände herunter.«

Als sie zögerte, sagte ich: »Nimm die verdammten Hände herunter und lass mich dich ansehen.«

Ein Lächeln huschte über ihre Lippen, wie die Sonne, die an einem wolkigen Tag durch die blauen Lücken scheint.

Ich starrte ihren schönen Körper an, und sie fing an zu zittern.

Mein Schwanz drückte gegen den Stoff meiner Hose. Ich spürte, wie meine Nasenflügel bebten.

»Ziehst du dich auch aus?«, fragte sie.

»Nein.«

»Können wir ins Wohnzimmer gehen?«

»Nein.«

»Du willst nur, dass ich hier stehen bleibe?«, fragte sie.

»Dreh dich um. Ich will deinen Arsch sehen.«

»Rede nicht so mit mir«, sagte sie, und ich schlug sie.

Ich schlug nicht fest zu. Es konnte nicht wehtun. Nur die Geste war gewalttätig gewesen, aber sie riss die Augen weit auf, drehte sich um und hielt mir ihren Hintern zur Begutachtung hin.

Nach einer Minute sagte sie: »L.«

»Halt den Mund und heb den Arsch höher.«

Als sie tat, was ich sagte, musste ich grinsen. In meiner Vorstellung sah ich aus wie eine hungrige Hyäne, die nur darauf wartete, einer sterbenden Kreatur das Fleisch herauszureißen.

Der Gedanke machte mir Angst. Zu was wurde ich da? Einen Moment lang überlegte ich, ob ich mich umdrehen, gehen und Joelle nie wiedersehen sollte.

Da geschah etwas Unerklärliches mit mir. Ein Gefühl brach

sich Bahn und ließ mich Dinge tun, die außerhalb meiner Kontrolle lagen.

»Spreiz den Arsch«, sagte jemand. Erst nach einer Weile begriff ich, dass ich dieser Jemand war.

Jo packte ihre Hinterbacken und zog sie leicht auseinander.

Ich schlug sie auf den Hintern und sagte: »Ich will ihn weit offen. Ganz weit.«

Sie stöhnte und zog die Backen so weit auseinander, wie Lucy es getan hatte.

Ich ging in die Knie und sah, wie ihr der Saft aus der Scheide rann und ihre braunen Schenkel glitschig glänzen ließ. Dann steckte ich ihr die Zunge, so tief ich konnte, in den Anus.

»Oh mein Gott«, stöhnte sie.

Als sie versuchte, sich wegzubewegen, schlug ich ihr auf die feuchten Schenkel. Es klatschte, und sie schrie auf.

»Stülp ihn mir über die Zunge«, sagte ich.

Sie bewegte sich etwas zögerlich zurück und wartete auf weitere Instruktionen. Ihr Atem ging schnell, und ihre Zehen gruben sich in den Teppich.

»Fick meine Zunge mit deinem Arsch«, sagte ich zu ihr. »So, dass sie rein- und rausrutscht.«

Erst bewegte sie sich langsam und stöhnte jedes Mal, wenn ihr Anus die Spitze meiner Zunge umschloss. Bald jedoch wurde sie schneller und stieß fester zu. Aus ihrem Stöhnen wurde ein Bellen, gleich würde es ihr kommen.

Ich stand auf und öffnete die Tür.

»Was machst du da?«, fragte sie und reckte sich nach dem heranwallenden Orgasmus, der in ihrem Bauch rumorte.

Ohne zu antworten, stieß ich sie zur Tür hinaus und kniete mich hinter sie. Sofort ritt sie wieder auf meinem Gesicht. Sie war kurz davor zu kommen, als die Klingel des Aufzugs ertönte. Jo erstarrte, und ich stand auf und legte meinen Arm um ihren Körper.

»Komm für mich«, flüsterte ich ihr ins Ohr.

»Oh Gott«, krächzte sie und steckte sich vier Finger in den Mund. Sie zitterte und schrie in ihre Finger.

In einigen Metern Entfernung öffnete sich die Tür des Aufzugs.

Ich wartete, bis ich die Frau herauskommen sah, bevor ich Jo zurück in die Wohnung zog und die Tür zuknallte.

Jo fiel auf den Boden und kämpfte mit ihrem Orgasmus.

»Fick mich!«, bettelte sie. »So fick mich doch!«

Auf Füßen und Schultern bog sie sich mir entgegen und präsentierte mir ihren buschigen Schlund.

Ich sah auf sie hinab und grinste höhnisch. Ja, höhnisch.

»Nein«, sagte ich, ging ins Wohnzimmer und setzte mich in den weichen braunen Ledersessel am Fenster. Das war Jos Lieblingssessel, in dem sie las und in den sie sich flüchtete, wenn sie Abstand von mir brauchte. Ich saß dort nie und ließ sie in Ruhe, wenn sie sich in ihm einrollte.

Jo kam herein und sprang auf meinen Schoß. Sie nahm mich zwischen die Schenkel und drückte mir ihre Brüste gegen den Leib. Es erregte mich ungeheuer, sie so nackt auf mir zu haben, während ich voll angekleidet war.

Ich stieß sie von mir herunter, sie taumelte, fiel auf den Teppich, rappelte sich aber gleich wieder hoch und sprang erneut auf meinen Schoß.

Ich stieß sie abermals herunter.

Als sie diesmal wieder aufstehen wollte, befahl ich ihr: »Bleib da.«

Ihre Augen liefen über vor Wut und Verlangen.

Ich grinste. Erstaunen und Angst strichen über ihr Gesicht.

»Bitte«, sagte sie leise.

Ich machte die Hose auf und erlaubte meinem steinharten Schwanz, hervorzukommen.

Sie ging auf die Knie, um ihn zu betrachten, und ich sah, dass ihre kupferfarbenen Waden ganz nass waren von ihren vaginalen Ausscheidungen.

»Komm und sieh ihn dir an«, sagte ich. »Aber fass ihn nicht an, bevor ich es dir nicht erlaube.«

Gehorsam hockte sie sich neben mich, berührte mit der einen Hand mein Knie und mit der anderen meine Hüfte.

»Er ist so schön«, sagte sie. »Und es pocht in ihm.«

»Dich zu beherrschen ist seine Freude«, sagte ich mit deutlich gesenkter Stimme.

»An der Spitze ist er ganz nass.«

»Er will dir in den Rachen spritzen.«

»Oh ja«, flüsterte sie. »Möchte er, dass ich den Tropfen da oben ablecke?«

Ich machte eine Pause, bevor ich nein sagte.

»Ich will ihn küssen«, sagte sie. »Er ist so dunkel, dick und hart.«

»Er könnte deine Möse weit aufreißen«, sagte ich.

Sie stöhnte wieder.

»Will er mich nicht?«, bettelte sie.

»Jetzt nicht.«

»Wann denn?«

»Das sagt er nicht.«

»Aber er wird mich bald schon ficken, nicht wahr?«

»Heute Nachmittag nicht«, sagte ich, und sie jammerte erbärmlich. »Ihn beschäftigt anderes.«

»Was?«, fragte sie. »Woran denkt er?«

»Er sieht einen Mann hinter dir stehen. Einen Mann mit einem riesigen steifen Schwanz. Einen Mann, der so verrückt nach deiner Möse ist, wie du jetzt in diesem Moment diesen Schwanz willst.«

Jo stand auf und stützte sich dabei mit den Händen auf meinen Knien ab. Den Hintern reckte sie in Erwartung des Mannes, von dem ich da sprach, in die Höhe.

Das Herz schlug mir bis zum Hals. Es fiel mir schwer, meinen leidenschaftslosen Ton beizubehalten.

»Sein Schwanz ist dicker als meiner und mehr als doppelt so lang.«

»Oh ja«, flüsterte Jo. »Ich will ihn.«

»Und ganz plötzlich«, sagte ich, »ohne jede Vorwarnung steckt er sein Ding bis zum Anschlag in dich hinein.«

Jo näherte sich erneut einem Orgasmus. Sie bewegte die Hüften von links nach rechts und beugte sich weiter vor, um meinen Schwanz in den Mund zu nehmen. Aber ich legte ihr die Hand auf die Stirn und hielt sie zurück.

»Mit seinen muskelharten Schenkeln rammt er dich von hinten. Du spürst ihn im ganzen Körper.«

Ich fühlte ein Licht in meinem Schädel.

»L.!«, rief Jo.

Ich sah nach unten und konnte das dicke Weiß aus meinem Schwanz hervorquellen sehen. Es schoss aus der Spitze und rann den Schaft hinunter. Das Licht wurde heller, doch alles, was ich spürte, war, wie sich mein Arsch verkrampfte und eine große Menge Sperma aus meinem Schwanz gepresst wurde.

Jo versuchte, das Sperma mit ihrer Hand aufzufangen, aber ich hielt sie zurück. Es schien so perfekt, einen Orgasmus ohne jede Berührung zu haben.

Jo wälzte sich auf dem Boden und fasste sich mit beiden Händen in die Möse.

Ich stand auf und sah auf sie hinunter, wie sie hin und her rollte und Grimassen zog, als versuchte sie etwas aus sich herauszuziehen. Ein dicker Tropfen milchig weißer Samen fiel von meinem Schwanz auf ihre Wange.

Ich ging ins Bad, feuchtete einen Waschlappen an und wischte mir den Auswurf von der Hose. Anschließend nahm ich meinen immer noch harten Penis und wusch ihn behutsam ab. Sanft wischte ich mit dem rauen Stoff über die empfindliche Haut meiner Männlichkeit. Ich fand ihn schön. Ich spürte, wie er mit jeder Faser meines Seins verbunden war.

Auf dem College hatte ich gelernt, dass Menschen sexuelle Wesen sind. *Erfahren* hatte ich dieses Wissen bisher nie. Plötzlich begriff ich, dass mich sämtliche Schritte meines Lebens zu diesem Moment und zu dieser Erfahrung geführt hatten. Um Jo ging es dabei nicht. Auch nicht um ihre Affäre mit Johnny Fry. Das war lediglich der Auslöser gewesen, aber die Tür, die dadurch aufgestoßen worden war, hatte mich an einen völlig unbekannten Ort geführt.

Ich lachte.

Da stand ich, meinen Schwanz in der Hand, und philosophierte über Sexualität.

»Was ist so komisch?«, fragte Joelle.

Ich sah sie an und spürte, wie sich mein Schwanz wieder versteifte. Gleichzeitig wurde mir der stechende Schmerz in meinem Kopf bewusst, der mit dem rätselhaften Licht zusammenhing.

»Zieh dich an«, sagte ich.

»Gehen wir nicht ins Bett?«, fragte sie enttäuscht.

»Mir brummt der Schädel und ich habe Hunger.«

»Ich muss gefickt werden, Cordell Carmel.«

»Zieh dich an.«

Sie keuchte und verzog das Gesicht zu einem Lächeln.

»Hast du mich nicht gehört?«, fragte sie.

»Wenn du dir nichts über diesen Arsch ziehst, leg ich dich

übers Knie, und dann hast du tatsächlich einen Grund zu jammern.« Die Worte klangen irgendwie vertraut und kamen mir erstaunlich leicht über die Lippen. Fast war es so, als könnte ich die Stimme meines Vaters im Nachbarzimmer hören.

Ich unterdrückte das Bedürfnis, nach ihm zu suchen.

Stattdessen machte ich einen Schritt auf Jo zu, um meiner Drohung Nachdruck zu verleihen. Sie quiekte und sprang davon. Drei Minuten später kam sie in einem karierten Rock und einer rosa Bluse zurück. Ich konnte nicht sagen, ob sie darunter etwas anhatte.

»Gehen wir«, sagte ich.

Sie umarmte und küsste mich. Dann sah sie mir in die Augen.

»Was ist mit dir?«, fragte sie.

»Du.«

»Was soll das heißen, ich?«

»Gehen wir«, sagte ich, und sie fing an zu weinen.

Es waren keine Kummer- oder Schmerzenstränen. Es war einfach zu viel Gefühl. Sie fühlte sich genau wie ich: wie ein Korken in einem zu Tal stürzenden Wildbach, wie eine Plastiktüte, die der Wind hoch in die Luft gewirbelt hat und die plötzlich über der Erde schwebt.

Ich nahm sie beim Arm und zog sie zur Tür.

»Ich kann so nicht nach draußen«, sagte sie.

»Aber sicher kannst du das.«

Sie fasste meinen Arm mit beiden Händen und lehnte ihren Kopf an meine Schulter.

Als wir durch die Tür gingen, hatte ich das Gefühl, dass wir mehr Liebe füreinander empfanden als je zuvor und jemals wieder.

Wir gingen aus dem Haus, ihr Kopf ruhte an meiner Schulter und ihre Tränen strömten mir über die Brust.

»Meine Zehen fühlen sich ganz taub an«, sagte Joelle. »Es ist wegen all der Sachen, die du mit mir anstellst. Es ist so … verrückt.«

Es war kurz nach vier, und wir gingen den Broadway hinauf.

»Ich habe die schlimmsten Kopfschmerzen meines Lebens«, sagte ich.

»Wo genau tut es weh?«, fragte sie.

»Oben«, sagte ich, »direkt unter der Schädeldecke. Ich habe das Gefühl, mir platzt gleich der Kopf.«

Jo zog mich am Arm, und wir blieben stehen. Sie stellte sich vor mich und fing an, mir die Schläfen zu massieren. Wir standen mitten auf dem Bürgersteig und sahen einander voller Verlangen an. Dutzende Leute liefen an uns vorbei und warfen uns flüchtige Blicke zu.

»Hilft das?«, fragte sie.

»Es ist wunderbar«, sagte ich.

Ich fasste ihre Hände. Sie wehrte sich nicht gegen meinen festen Griff. Als ich losließ, legte sie beide Arme um mich, und eng umschlungen gingen wir weiter.

Cicero's ist ein kleines italienisches Restaurant am Broadway, gleich hinter der 93. Straße, das auch nachmittags geöffnet hat. Der Kellner setzte uns an einen Tisch ganz hinten im leeren Lokal. Ich bestellte einen Vorspeisenteller für zwei und eine Karaffe Rotwein.

Jo schmiegte sich an mich und hielt meine Hand. Hin und wieder küsste sie meine geschwollenen Knöchel, worauf mein erigierter Schwanz unter dem Tisch jedes Mal zu pochen anfing. Es fühlte sich wie ein Knurren an, wie ein Handy, das auf Vibration gestellt war.

»Gehen wir zurück zu mir, wenn wir gegessen haben?«,

fragte sie, nachdem der Kellner Schinken, Käse und Oliven vor uns hingestellt hatte.

»Ich will, dass du bis morgen wartest.«

»Ich kann nicht warten, Baby«, sagte sie, und als ich nicht antwortete, fügte sie hinzu: »Meine Möse klopft wie wild.«

»Ist sie nass?«

»Ja. Sehr, sehr nass.«

»Es lief dir die Beine herunter, als ich dir den Arsch geleckt habe«, sagte ich.

»Als ich deine Zunge mit dem Arsch gefickt habe«, verbesserte sie mich.

»Ich habe dich noch nie so nass erlebt«, fuhr ich fort.

»Bitte, schlaf heute bei mir«, bettelte Jo.

»Holst du dir sonst einen anderen ins Bett?«

»Nein, Baby«, sagte sie. »Es gibt nur dich.«

»Wie kann ich da sicher sein?«, sagte ich und versuchte scherzhaft zu klingen.

»Wie kannst du nur so etwas denken?«

»Du bist eine attraktive Frau, Jo, und ich merke erst jetzt, wie hungrig nach Liebe und Sex du bist. Im Park, bei dir im Flur. Bis tief in den Arsch. Wie kann so eine Frau nur *einen* Mann haben?«

»Ich bekomme das alles von dir.«

»Aber was ist mit den letzten acht Jahren? Acht Jahre lang war unser Sex ziemlich banal. Mal von vorne, mal von hinten. Das ist nicht viel.«

»Ihr Wein«, sagte der Kellner. Er stand neben uns. Wahrscheinlich hatte er alles gehört. »Soll ich Ihnen einschenken?«

»Stellen Sie ihn einfach hin«, sagte ich.

Er lächelte. Er war ein junger Asiat, wahrscheinlich Vietnamese oder Kambodschaner.

»Ich habe dich die ganze Zeit geliebt«, sagte sie.

»Aber könntest du nicht noch jemand anderen lieben?«

»Nein«, sagte sie mit absoluter Bestimmtheit.

»Oder küssen?«, fragte ich. »Könntest du einen anderen Mann küssen?«

»Warum fragst du mich das alles, L.?«

»Robert.«

Die Angst ätzte Falten in ihr Gesicht. Mir wurde bewusst, dass ich Jo noch nie zuvor in Angst erlebt hatte. Ich hatte Jo immer für stark und furchtlos gehalten.

»Mein ... mein Portier?«

»Ja. Robert.«

»Was hat er ..., was hat er gesagt?«

Schon war mein schlechtes Gewissen wieder vergessen. Ein Gefühl von Überlegenheit machte sich in mir breit, Heimtücke. Der Rolling Stones-Song *Under My Thumb* kam mir in den Sinn. Ihre Beklommenheit machte mir den Mund wässrig.

Ich schluckte und lächelte. Ich wartete.

»Was hat er gesagt?«, fragte Jo.

»Nichts.«

»Und was hat das mit mir zu tun?«

»Er wollte mich nicht zu dir hochlassen.«

»Was?«

»Wenn ich am Wochenende komme und Robert ist unten, winkt er mich einfach durch. Wenn ich dann bei dir klopfe, bist du immer gerade beschäftigt, und es dauert ein Weilchen, bis du aufmachst. Daraus schließe ich, dass er mich nicht anmeldet.«

»Und?«

»Aber heute, an einem Montag, komme ich, und er sagt: ›Moment‹, und als ich ihn nicht weiter beachte, greift er gleich zum Hörer.«

Die Lust war völlig aus Jos Gesicht gewichen. Sie sah mich besorgt an.

»Ist das alles?«

»Das hat mich darauf gebracht, dass du wochentags einen Freund hast und Robert Angst hatte, er könnte gerade bei dir sein.«

»Aber es war doch niemand da«, sagte sie.

»Das wusste er ja nicht.«

»Hast du mich deswegen gleich alles ausziehen lassen?«, fragte sie. »Damit mein heimlicher Freund nicht weglaufen konnte und im Schrank bleiben musste, während du es mir besorgt hast?«

»Ich wollte dich an Ort und Stelle, weil ich die Beherrschung verliere, wann immer ich dich sehe. Du bist die schönste Frau, die ich kenne, die einzige Frau in meinem Leben. Nein. Nein. Du bist der einzige Mensch in meinem Leben. Mein einziger Freund. Die Einzige, mit der ich reden kann. Aber ganz offenbar habe ich dich nie wirklich gekannt.«

»Wie meinst du das?«, fragte sie. »Du weißt alles über mich. Du kennst meine Mutter, meine Schwester und meine Freunde. Du weißt sogar über sämtliche Aufträge Bescheid, die ich bekomme.«

»Aber ich hatte keine Ahnung, welche geheimen sexuellen Wünsche du hast, und wusste auch nicht, dass du vor etwas Angst hast.«

»Ich habe vor nichts Angst«, sagte sie abwehrend.

»Warum wollte mich Robert dann nicht ungehindert zu dir lassen?«

»Weil ich ihm eingeschärft habe, dass wochentags niemand zu mir heraufdarf, ohne vorher angemeldet zu werden«, sagte sie. »Mein Onkel nicht und auch meine Haushälterin nicht.«

»Und ich nicht.«

»An dich habe ich dabei nicht gedacht, L. Du kommst wochentags nie. Robert hat nur versucht, seinen Job zu machen.«

Ich wollte ihr nicht gestehen, dass ich von Johnny Fry wusste. Zu dieser Art Auseinandersetzung war ich noch nicht bereit. Ich wollte sie nur ein bisschen in die Zange nehmen.

Ich versuchte zu lächeln, aber stattdessen meldete sich wieder der Schmerz unter meiner Schädeldecke und schickte Wellen durch meinen ganzen Körper.

»Was ist?«, fragte Jo.

»Mein Kopf. Er tut so weh.«

»Siehst du was?«

»Wie meinst du das?«, fragte ich.

»Siehst du verschwommene Bilder, Lichter?«

»Nein«, log ich.

Wenn ihr Leben ein Geheimnis war, sollte meines auch eins sein.

»Wenn du nach Hause willst«, sagte sie, »warte ich bis morgen.«

»Um drei?«

»Wenn du mich dann willst.«

Ich spürte diesen letzten Satz mitten in meinem Herzen. Wie eine Schwellung, angefüllt mit Lust. Sie machte sich für mich zum Objekt. Das erinnerte mich daran, wie ich vor ihrem Badezimmerspiegel gestanden und meinen angeschwollenen Schwanz wie den Stein der Weisen in der Hand gehalten hatte.

»Ich habe letzte Nacht einfach nicht genug Schlaf bekommen«, sagte ich.

»Warum nicht? Wegen der Kopfschmerzen?«

»Ich hatte Besuch.«

An diesem Nachmittag glich Joelles normalerweise ruhige Miene dem Wetter in New England. Eben noch bewölkt, hellte sie sich auf, um gleich wieder von Sturmwolken überzogen zu werden. Die Tatsache, dass ich einen nächtlichen Besucher gehabt hatte, ließ Eifersuchtswolken aufziehen.

»Wen?«, fragte sie.

»Enoch«, sagte ich trocken. »Enoch Bennett.«

»Wer ist das?«

»Erinnerst du dich, dass ich dir von einer Frau erzählt habe, die ein paar Stockwerke über mir wohnt?«, sagte ich. »Sasha?«

»Nein.«

Ich erzählte Jo alles über meine Begegnung mit Sasha und Enoch. Wie ich sie auf der Straße getroffen und ihn zusammen mit ihr ins Bett verfrachtet hatte, von seinem späten Besuch und seinem Geständnis.

»Sasha hat mir einmal erzählt, dass sie mit ihrer Mutter Streit hatte. Ich bin nicht ganz sicher, aber ich glaube, es ging um einen Mann«, sagte ich. »Vielleicht versucht sie sich über ihren Bruder an ihrer Mutter zu rächen.«

»Glaubst du, heute Morgen hatte er alles vergessen?«, fragte Jo. Die Sorgenfalten waren auf ihr Gesicht zurückgekehrt.

»Nein. Ich bin sicher, dass er sich an die Sache selbst noch erinnert, nur nicht mehr an sein Geständnis.«

»Wie schade«, sagte Jo. »So etwas ganz zu vergessen wäre das Beste.«

Die Frau, die sich vor einer Stunde noch auf dem Fußboden hin und her gewälzt und zum Orgasmus gebracht hatte, schien um Jahre gealtert und so verletzlich zu sein, dass zu befürchten war, sie könnte unter ihrem eigenen Gewicht zusammenbrechen.

»Was ist mit dir, Jo?«, fragte ich. Es war das erste Mal seit Tagen, dass ich mich ernsthaft um sie sorgte.

Sie schenkte sich ein Glas Wein ein, trank es aus und schenkte sich noch eins ein. Als auch das geleert war, schien die Anspannung etwas von ihr zu weichen.

»Du hattest recht, als du sagtest, ich hätte dir etwas verheimlicht, L.«, sagte sie. »Ich habe ein Geheimnis, ein Geheimnis, von dem ich nie jemandem erzählt habe.«

»Und was ist das?«, fragte ich leise.

»Du hast mich gefragt, warum ich in letzter Zeit sexuell so anders bin«, sagte sie.

»Ja?«

»Es hat mit Enoch zu tun.«

»Mit Enoch? Woher kennst du den denn?«

»Ich kenne ihn nicht«, sagte sie. »Aber ich weiß, was er durchmacht.«

»Wie meinst du das?«

»Erinnerst du dich?«, fragte sie und schluckte. »Erinnerst du dich, dass ich dir vor sechs Monaten vom Tod meines Onkels erzählt habe?«

»Deines Onkels, äh, Rex?«

»Ja.«

»Ja, ich erinnere mich.«

Sie hatte kaum mehr als ein paar Worte über Rex, den Halbbruder ihres Vaters, gesagt. Ihre Tante Jemma hatte ihr in einem Brief mitgeteilt, dass er in ihrem Haus auf Hawaii gestorben sei.

»Nach dem Tod meines Vaters quartierte uns Rex in einer Wohnung in Baltimore ein. Ich war vierzehn, und er erklärte meiner Mutter, es sei an der Zeit, dass ich ein Instrument lernte. Er war Klavierlehrer, bevor er sein Dachdeckergeschäft aufmachte. Ich ging also dreimal die Woche zu ihm und nahm Unterricht …«

Es war klar, worauf es hinauslief.

»Erst war es wirklich nur Unterricht. Er war ein guter Lehrer, und ich spiele immer noch gerne Klavier. Aber eines Tages sagte er, er liebe mich, und ich müsse deshalb seine Freundin werden. Es war sehr seltsam. Er rührte mich nicht an. Er erklärte mir nur, dass wir eine Beziehung miteinander eingehen würden, so als wäre ich seine Frau, andernfalls würde er unser Essen und unsere Miete nicht mehr bezahlen.

Meine Mutter hatte nach dem Tod meines Vaters einen Nervenzusammenbruch erlitten. Sie konnte nicht arbeiten, und ich war zu jung für einen Job. Meine Schwester war noch jünger als ich ...

Mein Onkel sagte, ich solle darüber nachdenken. Wenn ich nicht wolle, dass meine Mutter anschaffen gehe, müsse ich einfach wie gewohnt zur nächsten Klavierstunde kommen.«

Während Jo das erzählte, hatte sie in ihr Glas gestarrt. Jetzt blickte sie auf. Ihr Gesicht war das einer völlig anderen Frau, einer Frau, der ihre Schönheit zum Verhängnis geworden war.

»Mittwochs ging ich wieder hin«, sagte sie. »Er sagte, was ich tun sollte. Er ... er tat es wieder und wieder. Ich habe nie wieder einen Mann erlebt, der eine solche Ausdauer hatte. An manchen Tagen kam er ein Dutzend Mal. Wann immer ich mich verspätete oder ihn abwehren wollte, schlug er mich mit einem dünnen Lederriemen und drang anal in mich ein.«

Ich fasste nach ihrer Hand. Ihre Tränen fielen auf den Tisch.

»Wie ist es ausgegangen?«

»Onkel Bernard, Mutters Bruder, nahm uns zu sich. Mom zog zu ihm, und mich und August schickte er aufs College.«

»Und du hast nie jemandem davon erzählt?«

Jo schüttelte den Kopf und ließ meine Hand los.

»Nicht einmal deiner Schwester?«

»Nein. Jahre danach hat er noch regelmäßig angerufen«,

sagte sie. »Er wollte, dass ich zu ihm zurückkehre. Er beteuerte immer wieder, dass er mich liebe.«

»Hast du ihn noch einmal gesehen?«

»Nein.«

»Hat er dich verletzt? Ich meine körperlich?«

»Er liebte mich, weißt du«, sagte sie.

»Nein! Er hat dich vergewaltigt!«

»Manchmal habe ich mich darauf gefreut, ihn zu sehen«, sagte sie und griff wieder nach meiner Hand. »Manchmal wehrte ich mich absichtlich, damit er mich bestrafte.«

»Er hat dich missbraucht und terrorisiert«, sagte ich, aber sie hörte mir nicht zu.

»Es fühlte sich gut an, wenn er mich bestrafte. Manchmal trank er den ganzen Tag Wasser, und wenn ich kam, ließ er mir ein Bad ein und urinierte auf mich, weil ich so abscheulich war.«

»Gott sei Dank ist der Drecksack tot«, sagte ich, »sonst würde ich ihn umbringen.«

Jo sah mich an. Ihr Blick war klar und unschuldig.

»Er konnte nicht anders«, sagte sie und schüttelte sachte den Kopf. »Seine Stiefmutter, meine Großmutter, warf ihn hinaus, als er zwölf war. Er lebte dann bei seiner Oma, die ihn schlug und an Männer und Frauen verkaufte, die es mit ihm trieben. Er wusste nicht, was wirkliche Liebe ist.

Im Laufe der Zeit lernte ich mit ihm umzugehen und wie ich ihn dazu bringen konnte, meiner Mutter zu geben, was sie brauchte.«

»Es tut mir so leid, Baby«, sagte ich. »Das habe ich nicht gewusst.«

»Viele Jahre lang bin ich nie mit einem Mann ausgegangen«, fuhr sie fort. »Und als ich es endlich probierte, mochte ich keinen von ihnen. Ich ließ niemanden an mich heran. Erst bei dir war es anders. Als ich dich sah, wusste ich, du warst der Richtige für mich. Ich wollte nicht wieder das, was ich mit Rex gehabt hatte. Wenn ich allein sein wollte, hast du mich in Ruhe gelassen. Wenn ich mit dir schlafen wollte, warst du sanft und lieb zu mir. Mit Rex' Tod änderte sich jedoch etwas. Nach all den Jahren befiel mich plötzlich ein Hunger nach wildem Sex. Deshalb bin ich so verrückt nach dir, seit du so anders bist. Ich brauchte das, was du im Park mit mir gemacht hast, und als du so getan hast, als würdest du mich schlagen, war ich so erregt, dass ich beinahe ausgerastet wäre.«

Und deshalb, begriff ich jetzt, hatte sie auch die Affäre mit Johnny Fry angefangen. Sie wollte missbraucht und erniedrigt werden. Sie wollte wie ein Objekt behandelt werden, ein Lustobjekt.

»Möchtest du, dass ich mit zu dir komme?«, fragte ich sie.

»Nein. Ich will, dass du nach Hause gehst und darüber nachdenkst. Es ist eine komplizierte Geschichte. Du musst darüber nachdenken. Und ruh dich aus.«

»Ja, aber ich würde dich nie allein ...«

»Rede nicht mehr davon«, sagte Jo und legte mir einen Finger auf die Lippen. »Geh nach Hause und komm morgen um drei zu mir ... Wenn du mich dann noch willst.«

Obwohl mein Kopf fürchterlich schmerzte, entschloss ich mich, zu Fuß zu gehen. Mit jedem Schritt auf dem Beton spürte ich – und hörte – den Nachhall der Schmerzen im ganzen Körper. Es war wie das Dröhnen einer riesigen Basstrommel.

Ich lief nicht geradeaus, sondern im Zickzack von einer Seite des Bürgersteigs zur anderen, sah nach angeleinten Hunden und den Wolken, die am Himmel entlangzogen. Von der 63. bis zur 59. Straße zählte ich die schwarzen, getrockneten

Kaugummis, die auf dem hellen Beton klebten – es waren zweihundertzweiundneunzig. Dann wurden die Kopfschmerzen so schlimm, dass ich nicht weiterzählen konnte.

Ich ging in den Central Park und hoffte, unter den Bäumen zu sitzen würde die Schmerzen zurückgehen lassen. Aber sie wurden nur noch schlimmer. Das Licht unter meiner Schädeldecke glühte, und im Geäst über mir schienen sich Blitze zu entladen.

Ich stand auf, und mir wurde schlecht. Aber das war noch nicht alles: Mein Herz raste, mir wurde schwindlig, und meine Hände fingen an zu zittern.

Ich hasste die getrockneten Kaugummis. Irgendwie machte ich sie für mein Leiden verantwortlich.

Stunden später begann die Sonne unterzugehen. Mit dem hereinbrechenden Abend gingen die Schmerzen ein wenig zurück. Endlich vermochte ich aufzustehen und mich zum Columbus Circle zu schleppen, wo ich ein Taxi nahm.

»Was sagen Sie?«, fragte der Fahrer dreimal, bis er meine gelallten Worte verstand.

Die Fahrt kostete acht Dollar, aber ich gab ihm zwanzig und sagte, er solle den Rest behalten.

Ich brauchte eine Viertelstunde, um meine Schlüssel zu finden und ins Haus und in meine Wohnung zu gelangen. Die Schmerzen hatten mittlerweile einen neuen Höhepunkt erreicht. Sie waren so schlimm, dass sie meinen Kopf mit einem Geräusch füllten, einem tiefen Brummen.

Nach längerem Suchen fand ich den Zettel mit Cynthias Nummer, hatte aber große Schwierigkeiten, sie korrekt zu wählen.

»Du bist verbunden mit *Sprich mit einem Freund*«, sagte eine männliche Stimme. »Gib den Code deines Kameraden ein und drück die Rautetaste.«

Es kostete mich ungeheuer viel Zeit und Mühe. Blitze zuckten vor meinen Augen, dunkle Flecken trieben vorbei. Es war ein Wunder, dass ich nicht in Panik geriet. Es konnte ein Hirntumor sein, ein Parasit oder ein Virus.

»Du hast den falschen Code eingegeben«, sagte die Männerstimme, und die Verbindung brach ab.

Ich drückte den Wiederwahlknopf, es klingelte, und der Mann forderte mich ein weiteres Mal auf, den Code einzugeben.

Der Schmerz schien mir aus Augen, Nase und Mund zu quellen. Als ich endlich die Rautetaste drückte, hatte ich das Gefühl, es wäre das Letzte, was ich je tun würde.

Ich wusste, ich würde sterben, war mir aber nicht sicher, warum. Es musste etwas mit meinem verantwortungslosen Verhalten zu tun haben. Irgendwo klingelte ein Telefon. Ich glitt langsam zu Boden.

»Hallo?«

»Cynthia?«

»Cordell? Bist du das? Wie geht es dir?«

Wie geht es dir?

Diese einfache Frage nach meinem Befinden genügte, mir meine Schmerzen zu nehmen. Vollkommen. Ich wischte mir den Schleim, die Tränen und den Speichel vom Gesicht und atmete tief durch den Mund ein. Die Luft in meiner Lunge fühlte sich gut an. Die Welt füllte sich mit Möglichkeiten.

»Cordell?«

»Ja, ja, Cynthia. Es tut mir leid, dass es so spät ist, aber ich musste einfach anrufen. Mein Kopf.«

»Was ist passiert?«

Ich erzählte ihr von meinem Gespräch mit Jo, von ihrem Onkel und davon, wie tapfer sie sich geopfert hatte, um die Familie am Leben zu halten.

»Deshalb konnte ich ihr nicht sagen, was ich weiß«, sagte ich schließlich. »Ich meine, sie litt bereits so große Qualen und wusste offenbar nicht, was sie tat.«

»Ich glaube, Sie wusste das sehr wohl«, sagte Cynthia. »Sie behauptet, sie habe keinen Job finden können.«

»Da war sie erst vierzehn«, sagte ich und verteidigte Joelles Verhalten.

»Als es anfing, ja«, sagte Cynthia. »Aber sie war siebzehn, als ihr Onkel ..., Bernard?«

»Richtig.«

»... als ihr Onkel Bernard sich der Familie annahm. Eine Siebzehnjährige hätte einen Job finden können. Wenn ich dich richtig verstanden habe, hatte sie das Gefühl, Rex in gewisser Weise unter Kontrolle zu haben. Sie hat nie jemandem etwas davon erzählt und auch weiterhin Briefe von ihm bekommen, ohne zur Polizei zu gehen und ihn anzuzeigen. Es wäre interessant zu wissen, was er ihr geschrieben hat.«

»Das ist unwichtig«, sagte ich. »Sie ist ein Opfer sexuellen Missbrauchs. Sie konnte ihn nicht anzeigen, weil er sie zutiefst verletzt hatte.«

»Das ist keine Entschuldigung dafür, dass sie dein Vertrauen missbraucht«, sagte Cynthia im Brustton der Überzeugung.

»Du bist auch eine Frau«, rief ich. »Wie kannst du so etwas sagen?«

»Wenn ich ihr vergäbe, müsste ich auch Rex vergeben. Er ist ebenfalls missbraucht worden, sagst du. Er wurde an Frauen und Männer verkauft und von seiner Großmutter misshandelt. Sollte ihm deshalb vergeben werden, was er deiner Freundin angetan hat?«

»Das heißt nicht, dass Jo kein Opfer ist. Rex ist mir egal.«

»Mir auch«, sagte Cynthia. »Genau wie Joelle. Der Einzige,

der mir nicht egal ist, bist du, Cordell. Du bist der, der leidet. Du bist ein Mann, der Vertrauen und Liebe braucht. Vorhin hast du vor Schmerz kaum ein Wort herausgebracht.«

»Ja«, sagte ich. »Aber warum war der Schmerz dann so plötzlich weg? Ich war überzeugt, ich müsse sterben.«

»Weil du weißt, dass ich für dich da bin«, sagte Cynthia. »Ich lüge nicht und versuche auch nicht, dir dein Geld aus der Tasche zu ziehen. Ich betrüge dich nicht. Dein Schmerz war der Beginn der Verzweiflung, die ein jeder von uns spürt, wenn er merkt, dass man ihn im Stich gelassen hat und er ganz allein ist.«

»Bist du Therapeutin?«, fragte ich meine Telefonfreundin.

»Nein«, antwortete sie. »Der Wohltäter, der diesen Service bezahlt, will keine ausgebildeten Psychologen. Er will Leute, die zuhören und Anteil nehmen.«

Ich holte tief Luft, fing an zu weinen und konnte nicht wieder aufhören. Ich fiel zu Boden und rollte mich wie ein Embryo zusammen. Mein Gesicht verzerrte sich so sehr, dass es wehtat.

Als der Weinkrampf vorüber war, fragte Cynthia: »Kannst du wieder sprechen, Cordell?«

»Nenn mich L.«, sagte ich. »Ja, es geht wieder.«

»Bist du wütend auf deine Freundin?«

»Ich weiß es nicht. Gestern hätte ich diese Frage bejaht. Aber jetzt ... Ich weiß es nicht.«

»Was ist mit ihrem Liebhaber?«

»Ich hasse ihn«, sagte ich. »Ich hasse ihn. Aber dem kann ich keine Beachtung schenken.«

»Warum nicht?«

»Weil ich sonst noch wahnsinniger werde. All der wilde Sex mit Jo und die Nacht mit Lucy. Und dann Sisypha, von der ich geradezu besessen bin. Ich habe mich einfach nicht mehr unter Kontrolle.«

»Wer ist diese Sisypha?«, fragte Cynthia.

»Die Heldin in einem Porno, den ich gekauft habe: *Die Sisypha-Sage*. Ich kann es nicht erklären, aber sie scheint es zu verstehen.«

»Was zu verstehen?«

»Ich habe mir nur einen Teil angesehen«, sagte ich, »aber ich muss immerzu an diese Frau denken und an das, was sie ihrem Mann antut. Es ist brutal, aber ich denke, dass er jemanden braucht ..., dass ich jemanden brauche, der ... der ..., ich weiß es nicht, ... mich aufweckt.«

»Hm. Du sagst, du hast dich nicht mehr unter Kontrolle«, sagte Cynthia. »Aber vielleicht bist du lediglich dabei, deinen Weg zu finden.«

»Das ist nicht mein Weg, Cynthia. Mein Weg besteht nicht darin, es halb öffentlich im Park zu treiben und mit meiner Freundin zu wiederholen, was sie vorher mit einem anderen gemacht hat. Ich werfe nicht so einfach meinen Job hin und fange etwas Neues an, von dem ich absolut keine Ahnung habe.«

»Aber genau das tust du gerade«, sagte Cynthia. »Ich glaube, du solltest deinem Herzen folgen. Du bist allein in dieser Welt, L. Du suchst nach einer menschlichen Verbindung. Sex ist der erste Schritt zu einer solchen Verbindung. Gib nicht auf. Jo hat auch nicht aufgegeben. Sie hat einen Liebhaber gefunden, um ihre innere Leere zu füllen. Sie nimmt dich so, wie sie dich braucht.«

Dagegen konnte ich nichts sagen. Ich war einsam, verdammt einsam, und wenn ich Jo vergeben wollte, würde ich auch mir selbst vergeben müssen.

»Aber nutzt man mit wahllosem Sex die Menschen nicht aus?«, fragte ich.

»Es ist ein Geben und Nehmen«, sagte Cynthia. »Die Menschen benutzen einander, um ihr Leben auszufüllen. Eine Mutter geht mit einem einjährigen Kind auf dem Arm die Straße hinunter. Das Baby sieht eine große, schöne Frau und streckt die Hände nach ihr aus. Das Baby umarmt die Frau und küsst ihr auf die Wange – es hat seine Mutter deswegen nicht verlassen, und die schöne Frau freut sich über die Zuneigung, die ihr das Kind entgegenbringt. Es ist nichts Falsches daran, wenn Menschen sich gegenseitig helfen und einander lieben.«

»Ich glaube, ich habe noch nie das Gefühl gehabt, dass mich jemand so liebt«, sagte ich schüchtern.

»Dann ist es höchste Zeit«, sagte Cynthia. »Geh deinen Weg, L. Hab keine Angst, die Hand auszustrecken.«

Auf meinem Anrufbeantworter befanden sich drei Nachrichten. Die erste war das Angebot, meine Kreditkartenschulden auf einer neuen Karte zusammenzufassen, die in den ersten sechs Tagen nur sechs Prozent Zinsen kosten würde. Die zweite war von Sasha Bennett.

»Hi, Cordell«, sagte sie. »Ich habe Enoch gerade in ein Taxi gesetzt. Ich bin die ganze Nacht zu Hause. Wann immer du kommen magst – ich würde mich freuen.«

Der dritte Anruf stammte von Jerry Singleton.

»Ich kann nicht fassen, dass Sie so unprofessionell sind, Cordell. Ich hatte die ganze Woche alle Hände voll zu tun, nur um jemanden zu finden, der Ihren Termin übernahm. Sie sollten wenigstens anrufen, um mir das alles zu erklären.«

Nachdem ich die Nachrichten gelöscht hatte, erfasste mich die Sorge, die Kopfschmerzen könnten zurückkehren. Aber ich fühlte nur Leere. Bis in die Haarspitzen fühlte ich mich schwach und müde.

Dennoch gelang es mir, eine Nummer zu wählen.

»Hallo«, meldete sie sich nach dem dritten Klingeln.

»Ich liebe dich, Jo«, sagte ich.

»Heißt das, es ist vorbei?«

»Nein. Wie kommst du darauf?«

»Ich dachte, du wolltest mir sagen, du würdest mich verlassen. Wegen dem, was ich getan habe. Weil du mich dafür verabscheust.«

»Nein«, sagte ich. »Ich komme morgen um drei.«

»Oh«, sagte sie. »Oh. Bist du sicher?«

»Aber natürlich. Es ist schließlich nicht dein Fehler, was dein Onkel getan hat.«

»In Mutters Kirche waren sie anderer Meinung«, flüsterte Jo.

»Ja? Was haben sie gesagt?«

»Dass ein Mann nicht allein böse sein kann«, sagte sie. »Das Böse entsteht *zwischen* den Menschen.«

Ich klopfte. Sie kam sofort zur Tür und trug nichts als ein weißes T-Shirt, das ihr bis zu den Knien reichte.

»Ich habe dich erwartet«, sagte sie.

Es war 2.22 Uhr nachts.

Sasha nahm mich bei der Hand und führte mich zu einer braunen Chaiselongue, die vor einem offenen Fenster stand. Die Wohnung wurde vom Schein unzähliger Kerzen und Öllämpchen erleuchtet.

»Ich habe all diese Lichter nur für uns angesteckt«, sagte sie. »Enoch ist früher als geplant wieder abgereist, aber das war mir egal. Seit Tagen denke ich nur daran, mit dir zusammen zu sein.«

Sie stand neben der Chaiselongue und griff nach dem Saum ihres weißen T-Shirts. Zwei der Lämpchen standen rechts neben ihr auf einem Tisch, und als sie sich das Hemd bis zum

Nabel hochzog, sah ich ihre breiten Hüften und ihr dichtes Schamhaar.

Sasha war nicht dick, aber sie hatte eine sehr weibliche Figur. Sie setzte sich auf die Chaiselongue, lehnte sich zurück, hob ihren linken Fuß auf das Polster und präsentierte mir ihre Schamlippen und die Klitoris auf äußerst appetitliche Weise.

Ohne ein Wort sank ich auf die Knie, teilte ihre Schamlippen und saugte die Klitoris behutsam in meinen Mund, weit genug, um sie mit der Zunge umspielen zu können.

Sasha ließ ein Stöhnen hören, das durch die Wohnung hallte.

Viele lange Minuten kniete ich in diesem von Stöhnen erfüllten Raum und leckte und saugte an ihrer perfekt geformten Möse. Große Tropfen scharf schmeckender Flüssigkeit rannen aus ihr heraus. Wenn ich den Kopf senkte und ihr mit der Zunge durch den Schlitz fuhr, von unten bis hinauf zur Klitoris, sagte sie: »Schluck meine Säfte, Baby. Trink mich leer. Ich will, dass du keinen Tropfen verschenkst.«

Ich schluckte, was kam, und schmatzte mit den Lippen, damit sie es auch hörte.

Wieder und wieder ließ ich meine Zunge über ihre erigierte Klitoris gleiten, aber dann entzog sich mir Sasha plötzlich und setzte sich auf.

»Stell dich vor mich hin«, sagte sie.

Ich gehorchte, und mit einem gekonnten Ruck zog sie mir Hose und Unterhose herunter. Mir wurde bewusst, dass ich während der letzten Tage Gewicht verloren hatte.

Mein Schwanz stand waagerecht nach vorn. Ich starrte auf ihn und Sashas Gesicht hinunter. Es kam mir wie ein Wunder vor, dass ich hier stand. Die Tatsache, dass Sasha mich wollte, ließ meinen Schwanz steinhart werden.

Aus einer kleinen Schublade des Tischs, der nicht weit entfernt stand, holte Sasha einen Gummidildo, eine Keramiktasse mit einer Flüssigkeit und ein kleines quadratisches Päckchen mit einem Kondom.

Sie nahm das Kondom heraus, griff nach meinem Schwanz und schob das Gummi sanft über seine Spitze.

Während sie das Gummi bis zur Wurzel abrollte, sagte sie: »Der Dildo ist gewaschen und in kochendem Wasser sterilisiert worden. Er ist vollkommen sauber.«

»Was hast du damit vor?«, fragte ich sie.

»Steck deinen dicken Schwanz in mich hinein«, befahl sie mir.

Ich legte mich auf sie und tat, was sie verlangte. Es überraschte mich, wie eng sie war. Viel enger als Jo oder Lucy. Ich stellte mir vor, dass alle ihre Liebhaber kleine Schwänze hatten, und der Gedanke erregte mich.

»Nicht so schnell, Cordell«, flüsterte mir Sasha ins Ohr.

Ich wurde sofort langsamer.

»Sieh genau hin, was ich tue«, sagte sie.

Sie hielt den Dildo mit der rechten Hand gefasst und tauchte ihn in die Keramiktasse. Als sie ihn wieder herauszog, tropfte eine zähe Flüssigkeit von seiner Spitze.

»Ein besseres Gleitmittel gibt es nicht«, keuchte sie und führte den Dildo hinter mich, wo ich ihn nicht mehr sehen konnte, aber ich spürte, wie das zähflüssige Öl in meine Arschritze tropfte und auf meine Hoden floss. Dort schien es sich ein bisschen zu erwärmen.

Ich stöhnte laut, um meine Bewegung nicht unwillkürlich schneller werden zu lassen.

»So ist es gut«, sagte Sasha. »Fick meine Möse schön langsam und mit viel Liebe. Hol ihn ganz raus und schieb ihn wieder rein, als würdest du sie küssen, wieder und wieder und wieder.«

Jedes Mal, wenn sie das Wort sagte, drang ich neu in sie ein. Mein Gehorsam bereitete uns beiden große Freude.

»Sie ist so eng«, zischte ich.

Sie holte mehr Öl und träufelte es auf meinen Arsch.

Die Hitze wurde größer.

Dann spürte ich, wie die Spitze des Dildos auf mein Rektum drückte.

»Mach dich bereit, Baby«, sagte sie. »Ich schieb ihn dir ganz rein. Dann übernimmst du die Kontrolle: Wenn du ihn nicht so tief in dir willst, zieh deinen Schwanz beim Ficken nicht so weit aus meiner Fotze. Mach es mit kurzen, tiefen Stößen.«

»Was ist, wenn ...«, sagte ich, aber schon schob sich der Phallus in seiner ganzen Länge in mein Rektum und füllte es aus.

Es tat nicht wirklich weh, aber ich hatte das Gefühl, aufs Klo und meinen Darm entleeren zu müssen. Es war, als wäre ein Hohlraum, der mir früher nicht bewusst gewesen war, plötzlich ganz ausgefüllt.

»Fühlst du es, Baby?«, wisperte Sasha in mein Ohr.

»Ja.«

»Dann fick sie. Fick sie schon.«

Sie hatte mich völlig unter Kontrolle. Ich hob mich über sie und stieß in sie hinein, als bestünde allein darin mein ganzer Lebenszweck. Kurz bevor es mir kam, beschrieb sie mit dem Dildo einen weiten Kreis in mir. Es war, als packte mich jemand tief im Innern und hielte mich zurück. Mein Schwanz glitt aus ihr heraus und schwebte über ihrer Öffnung, als wollte ich ein Gegengewicht zu den neuen in mir tobenden Gefühlen schaffen.

»Ich lass ihn noch einmal kreisen«, flüsterte sie. »Okay?«

Ich nickte und hielt den Atem an.

Ich glaubte, darauf vorbereitet zu sein, aber der weite Bogen, den der Dildo zog, ließ mich aufgrunzen wie einen Eber. Noch bevor ich mich wieder entkrampfen konnte, flüsterte Sasha: »Fick mich, Daddy.«

Daddy.

Sowie ich meinen Schwanz tief in ihre enge Möse stieß, versenkte sie den Dildo in mir, und je heftiger ich sie fickte, desto unerbittlicher rammte sie den Phallus in mich hinein. Wann immer ich zu sehr aufstöhnte, beschrieb sie mit dem Ding einen Kreis und verhinderte so wirksam jeden Orgasmus.

»Wie fühlt sich dein Ständer an?«, fragte sie.

»Größer, als er jemals war.«

»Sag mir, dass du mich liebst.«

»Ich liebe dich«, versuchte ich zu sagen, aber die Worte blieben mir mit einem Schluchzer im Hals stecken.

In diesem Augenblick zog sie den Dildo aus mir heraus, und mein Rektum verkrampfte sich schmerzhaft.

»Fick mich, Daddy. Immer weiter«, befahl Sasha.

Ich tat mein Bestes, aber der Schmerz warf mich aus der Bahn. Ich rammte meinen Schwanz in ihre Möse und hielt inne, zog ihn heraus und stieß wieder zu. Da hatte sie ihren Dildo schon wieder in das dickflüssige Öl getaucht. Als sie das Ding erneut in mich hineinsteckte, fand ich meinen Rhythmus wieder. Kraftvoll.

»Du brauchst das, um mich so ausdauernd zu ficken«, sagte sie und lächelte zu mir auf.

»Ja, Mama, ja, Mama, ja, Mama«, sang ich.

Während der nächsten vielleicht drei Minuten erlebte ich puren Sex. Ich war schweißgebadet. Sie auch. Mein Rücken und mein linker Fuß schmerzten, aber ich konnte nicht aufhören, diese Frau zu rammeln, dazu hätte mich jemand bewusstlos schlagen müssen.

Als ich aus dem Tritt kam und etwas in einer Sprache schrie, die ich kannte, aber nicht verstand, dachte ich, sie würde jetzt wieder ihren Dildo kreisen lassen, und rechnete mit einer neuen, breiten Schmerzwelle, aber stattdessen rief Sasha: »Steh auf, schnell!«

Ich gehorchte, ziemlich unsicher auf den Beinen.

Mit den Zähnen riss Sasha die Spitze des farblosen Kondoms auf, fasste meinen Schwanz mit einer Hand unten an der Wurzel und fing an, ihn mit der anderen zu massieren. Fast augenblicklich spürte ich den Orgasmus. Mein Rektum zog sich zusammen und ließ den Dildo aus meinem Arsch flutschen. Ich fing an zu ejakulieren, und Sasha drückte die Eichel so, dass die dicke weiße Flüssigkeit wie beim Urinieren mit einem kraftvollen Strahl hervorschoss.

Ich schrie vor Schmerz und Ekstase. Sasha lockerte ihren Griff, und das Sperma ergoss sich über ihr Gesicht und ihre Brüste.

»Da kommen solche Mengen«, sagte sie, und ich heulte auf und versuchte Worte in meinem Mund zu formen, die sie so erregen würden wie ihre Worte mich.

Mein Unterleib zuckte immer noch, und sie hob meinen Schwanz an und lutschte meine Hoden. Sie ging nicht gerade sanft mit ihnen um, und ich dachte, der Schmerz würde meiner Erektion sehr schnell ein Ende bereiten. Aber dann steckte sie mir einen Finger in den Arsch und zog energisch an meinem Schwanz. Innerhalb von Sekunden hatte ich einen weiteren Orgasmus, der so stark war, dass ich Angst hatte, das Licht in meinem Schädel könnte wiederkehren, und mit ihm der Kopfschmerz, um mich endgültig auszulöschen.

Ich fiel neben sie auf die Chaiselongue und drückte sie fest an meine Brust. Mein Nacken und meine Schultern schmerzten.

»Da kommt so viel«, flüsterte sie mir ins Ohr und steckte ihre Zunge hinein.

Ich wollte etwas sagen, konnte aber nicht. Erst nach einer Weile fand ich die Sprache wieder.

»So ist es mir noch nie gekommen.«

»Niemals?«

»Nein.«

»Hat dir schon mal jemand einen Dildo reingesteckt?«

Ich musste an Mel denken. Ich hatte mich so sehr mit ihm identifiziert, dass ich beinahe ja gesagt hätte.

»Nein«, sagte ich endlich. »Nie.«

»Kurz bevor du zum zweiten Mal kamst, war deine Prostata riesengroß. Da war klar, dass du eine geballte Ladung abschießen würdest.«

Was sollte ich sagen? Hätte ich noch vor einer Woche eine Frau so reden hören, wäre ich davongelaufen. Jetzt fühlte ich nur, wie sich eine neue Erektion aufbaute.

Eine Weile sagten wir nichts. Meine linke und ihre rechte Hand spielten miteinander. Hin und wieder rumpelte unten ein Lastwagen über die Straße. Im Haus gegenüber brannte ein Licht.

Ich dachte an mein Telefongespräch mit Joelle und daran, dass ich ihr gesagt hatte, ich liebte sie. Das stand in keinerlei Widerspruch zu der Tatsache, dass ich hier mit Sasha auf dem Sofa lag.

»Hat Inch dir erzählt, was passiert ist?«, fragte sie.

»Ja.«

»Und?«

»Als er zu mir hereinkam, war er so aufgeregt, dass ich dachte, er hätte dich umgebracht. Danach klang sein Geständnis, ihr hättet miteinander geschlafen, nur noch halb so schlimm.«

Sasha grinste und hob den Kopf, um mich auf die Lippen zu küssen.

»Seit seinem zwölften und meinem fünfzehnten Lebensjahr treiben wir es miteinander«, sagte sie. »Er behauptet, ich würde ihn dazu zwingen, aber das stimmt nicht. Er ist es, der mich bespringen will, und ich sage jedes Mal nein. Darauf sagt er stets, okay, und macht uns beide betrunken. Nun ...«

»Dir gefällt es also?«

»Ich liebe Sex«, sagte sie mit einem Grinsen.

Das Telefon klingelte. Es war ein schnurloser Apparat, der auf dem Boden direkt neben der Chaiselongue lag. Sarah griff lässig danach. Es war kurz vor drei.

»Hallo?«, sagte sie. »Oh, hi, Martine ...«

Martine Mocking wohnte im Stockwerk zwischen uns. Sie war schwarz, etwa in meinem Alter und arbeitete für einen Theaterproduzenten am Broadway. Obwohl wir seit Jahren Nachbarn waren, hatten wir nie mehr als »Hallo« zueinander gesagt.

»Oh nein, Süße«, sagte Sasha. »Das war nur Cordell, unser Nachbar, dem es gekommen ist ... Er kommt irre heftig und spritzt mächtig ab ... Oh ja. Voll auf die Titten und den Boden ... Dick und schwarz ... Ich weiß, es ist komisch, aber sind nicht alle schwarzen Männer so drauf? ...«

Es war seltsam, neben Sasha zu liegen und ihrem Sextratsch mit einer Frau zu lauschen, die ich kaum kannte, aber wenigstens zweimal pro Woche zufällig sah.

»Ich weiß nicht«, sagte Sasha. Sie ging in die Knie und griff nach meinem Schwanz (der, während sie sprach, wieder steif geworden war). Sie hielt ihn und drückte.

»Also«, sagte sie und lächelte mir zu, »ich kann ihn kaum mit den Fingern umschließen ..., hm, er ist schon *sehr* dick ... Moment mal ...«

Sie beugte sich vor und nahm die Spitze des bereits wieder knüppelharten Schwanzes in den Mund.

»Ein bisschen salzig und sehr samtig«, sagte sie und stülpte den Mund erneut darüber.

Es tat so gut, dass ich aufstöhnte.

»Hast du gehört?«, fragte Sasha. »Er liebt Sex … Man sollte es nicht glauben, wenn man ihn so sieht. Warte einen Augenblick. Er will, dass ich ihm den Schwanz ein wenig lutsche.«

Aber stattdessen sah sie mich an und fuhr mit der Zungenspitze in die Öffnung der Harnröhre.

»Oh Gott«, rief ich.

Dann schob sie sich das Ding in den Mund, bis in den Rachen. Da drin fühlte es sich heiß und feucht an wie in ihrer Vagina. Ich stieß mit den Hüften vor, und sie vögelte mich mit dem Mund.

Es war ein solcher Genuss. Nach ungefähr einer Minute lehnte sie sich zurück, fasste meinen nassen Schwanz und grinste ins Telefon.

»Er ist jetzt ganz glitschig«, sagte sie. »Was? … Okay, ich frage ihn. Martine möchte, dass wir ficken, während ich mit ihr telefoniere.«

Ihre Hand glitt schnell und leicht meinen Ständer auf und ab. Es fühlte sich so wunderbar an, dass ich nicht ein Wort über die Lippen brachte.

»Er meint, es ist okay, Martine«, sagte Sasha.

Ich dachte, dass sie sich jetzt zum Tisch hinüberbeugen und ein neues Kondom hervorholen würde, aber nein. Sie schwang ein Bein über mich und nahm mich noch mit derselben Bewegung in sich auf.

»Oh Gott, ja!«, rief ich.

»Er ist so unglaublich dick«, summte Sasha ins Telefon. »Meine Muschi ist noch nie so weit aufgerissen worden.«

Langsam hob und senkte sie sich auf mir, biss sich auf die Lippen und lächelte mich gleich wieder an. »Oh ja, ja. Hart wie Stahl ist er ... Oh, er gibt kein bisschen nach ... Huh, huh, huh. Jetzt rammt er ihn in mich hinein. Oh ja, ja ... Und jedes Mal habe ich einen kleinen Orgasmus ... Ja, ganz sicher.« Damit wandte sie sich an mich: »Martine möchte wissen, ob ich von dir runterspringe und dein Sperma auflecke, wenn es dir kommt.« Dann wieder ins Telefon: »Es schmeckt nach Seetang. Ja, ja, ich schlucke es runter.«

Eine Weile saß sie aufrecht auf mir und bewegte sich auf und ab. Dann beugte sie sich vor und schwang vor und zurück. Und die ganze Zeit über beschrieb sie Martine, wie alles schmeckte, sich anfühlte und roch.

Sie sah mir zärtlich in die Augen, als sie sagte: »Oh ja, du hast dir den Dildo in den Arsch schieben lassen, stimmt's, Baby? Stimmt's? Erst hat er sich ein bisschen gewehrt, aber ich habe nicht lockergelassen.«

Mein Stöhnen wurde heftiger. Sasha legte das Telefon neben meinen Kopf und packte meine Schultern, um schneller und fester auf mir reiten zu können. Sie fing an zu kläffen.

»Sasha«, quietschte es aus dem Telefon neben mir. »Was macht ihr jetzt?«

»Sie reitet auf mir wie eine Wilde«, keuchte ich. »Sie hat meine Schultern gepackt und kann das Telefon nicht halten.«

»Kommt es ihr?«

»Ich glaube schon. Ja, ich glaube schon.«

»Hat sie deinen Schwanz ganz in sich drin?«

»Ja«, sagte ich. »Ich spüre, wie mir ihr Arsch auf die Eier schlägt.«

»Oh Gott«, sagte Martine. »Und was machst du?«

»Ich versuche, so tief wie nur möglich in sie hineinzustechen. Ich ficke sie.«

Mir zuzuhören muss Sasha noch zusätzlich erregt haben, denn sie schrie jetzt lauter.

»Und was machst du gerade?«, fragte ich Martine.

Schweigen.

»Sag mir, was du machst, Martine.«

»Ich habe drei Finger der rechten Hand in meiner … meiner Muschi«, sagte sie. »Und mit der Linken massiere ich meinen Kitzler.«

»Kommt es dir?«

Schweigen.

»Kommt es dir, Martine?«

Sasha saß halb aufgerichtet auf mir und weinte. Die Tränen liefen ihr über die Wangen, während ihre Hinterbacken wieder und wieder auf meine Schenkel klatschten.

»Ja, es kommt«, rief Martine.

»Ich bin da unten bei dir und ficke dich«, sagte ich. »Der fette Riesenschwanz in dir, das bin ich.«

»Oh. Oh, oh«, schallte es aus dem Telefon.

Sasha schrie.

Mein Körper versteifte sich, Sasha sprang von mir herunter und packte meinen Schwanz. Ich konnte sehen, wie sie das Sperma aufleckte, das aus der Spitze schoss, und die ganze Zeit über hörte ich Martine ächzen und kurze Laute ausstoßen.

»Oh ja, so ist es richtig, Baby«, sagte ich, und Sasha und Martine stöhnten genussvoll.

Sasha leckte mein Glied, obwohl längst nichts mehr aus ihm herauskam. Sie rieb es an ihrer Wange und schloss schwelgerisch die Augen.

»Ich reiche dir jetzt wieder Sasha, Martine.«

Sasha nahm den Telefonhörer, lächelte und sagte: »Danke für deinen Anruf, Süße … Okay, ich sag's ihm.«

Sie beendete das Gespräch, kuschelte sich neben mich und schnurrte: »Martine sagt danke. Es hat ihr bestens gefallen.« Dann drehte sie mir den Rücken zu.

Ich langte nach unten, brachte meinen halb steifen Penis in Position und schob ihn in sie hinein.

»Oh«, sagte sie. »Oh.«

»Ich möchte mit meinem Schwanz in dir einschlafen«, sagte ich.

Sie erschauderte.

Noch einmal wurde er sehr hart, und Sasha drückte sich an mich, am Ende schliefen wir jedoch beide ein. Ich wachte nur einmal auf, rutschte aus ihr heraus und spürte, wie mir eine fürchterlich quälende Ekstasewelle zwischen die Schulterblätter fuhr.

Ich träumte von einem Ozean. Ich war jung und lief nackt den weißen Sandstrand entlang. Große Fische sprangen hoch aus dem Wasser, und leuchtend bunte Vögel, vielleicht Flamingos, zogen am wolkenlosen Himmel vorüber.

Ich fragte mich, wie ich an diesen Strand gelangt war. Immer schon hatte ich dort sein wollen, nackt und jung. Aber ich wusste auch, dass ich nie hatte ankommen, sondern endlos im Dschungel hinter den Dünen umherstreifen sollen.

Ich seufzte und wachte auf, allein auf der Chaiselongue.

Die Kerzen waren verloschen, und Sasha war nirgends zu sehen.

An die Wohnungstür hatte sie eine Nachricht geklebt.

Lieber Cordell,
ich danke dir so sehr für deine hemmungslose Lust und deine ganze Art. Mein Herz flimmert immer noch. Selbst im Schlaf warst du hart. Auch ich wollte schlafen, aber erst

mussste ich es mir mit deinem steifen Schwanz in mir noch einmal besorgen. Ich habe es noch nie so genossen, mit einem Mann zusammen zu sein, und ich hoffe, dich wiederzusehen.

Jetzt muss ich zur Arbeit.

Ich liebe dich (wirklich),

Sash

Meine Gedanken schweiften in eine andere Richtung. Ich wusste Sasha und ihre netten Worte wirklich zu schätzen, aber kaum war ich unten in meiner Wohnung, vergaß ich sie.

Es war kurz vor zwölf.

Ich duschte, rasierte mich und zog meinen grauen Anzug an, mit einem schwarzen Seiden-T-Shirt statt Schlips und Kragen.

Dann nahm ich ein Taxi zur Stowe Gallery in der 63. Straße.

Ein sehr gekünstelt redender junger Mann namens Roderick warf einen Blick auf Lucys Fotos und sagte: »Nichts für uns.«

Er gab keine Erklärung ab, äußerte weder Kritik noch Bedauern, geschweige denn, dass er mir eine andere Galerie empfohlen hätte, die möglicherweise interessiert war. Er sagte einfach nur: »Nichts für uns«, und als das Telefon klingelte: »Ich muss den Anruf entgegennehmen. Auf Wiedersehen.«

Ich ging in den Galaxy Coffee Shop an der Madison Avenue, zog einen Bleistift hervor und fing an, in das kleine gebundene Buch zu schreiben, das ich seit ewigen Zeiten in meiner Aktentasche mit mir herumtrug. Ich hatte es vor sechs Jahren in einem Laden in Provincetown gekauft, um meine Gefühle in ihm festzuhalten. Seitdem hatte ich das Buch ständig dabei, fand aber nie die richtigen Worte. Wie oft hatte ich in einem

Café oder Restaurant gesessen, das Buch auf der ersten, leeren Seite vor mir aufgeschlagen – doch die Worte wollten nicht kommen.

Heute war es anders. Ich fing sofort an, einige Gedanken zu den Kindern im Sudan zu notieren. Es war weniger ein zusammenhängender Text, den ich da zu Papier brachte, als vielmehr eine Abfolge von Ideen. Wie konnte ich die Galeristen überzeugen? Wie konnten diese Kinder mit ihrer Not eine Tür öffnen, durch die ich zu schlüpfen vermochte?

Die Nightwood Gallery lag vier Blocks entfernt, und mir war klar, dass ich meine Vorgehensweise verändern musste. Bei Roderick hatte ich die Fotos einfach nur ausgebreitet und fest damit gerechnet, dass sie ihn berühren würden. Dass ihn das, was er da sähe, nicht kaltließe.

Aber jetzt war ich bereit, für meine Klientin und die Kinder zu kämpfen.

Ich war mit Isabelle Thinnes verabredet, der Besitzerin der Nightwood Gallery. Sie war weiß, etwa sechzig Jahre alt, groß, schlank und wirkte aristokratisch. Ihr grau meliertes schwarzes Haar hatte sie zu einem lockeren Knoten zusammengebunden.

Ich saß ihr gegenüber an einem Tisch mit einer grün-weiß-schwarzen Marmorplatte, legte eine Hand auf die Mappe vor mir und ließ Miss Thinnes wissen, dass ich etwas zu sagen hätte, bevor ich ihr die Arbeiten zeigte.

Isabelle Thinnes und Brad Mettleman waren gut befreundet, allein deshalb hatte sie eingewilligt, sich mit mir zu treffen. Meine vorwitzige Geste ließ sie stutzen. Plötzlich war sie gezwungen zu überlegen, wer wohl dieser Mann war, der da vor ihr saß.

Das alles glaubte ich in ihren Augen lesen zu können.

»Bevor Sie sich diese Arbeiten ansehen, muss ich Ihnen

etwas sagen, Miss Thinnes. Die Bilder werden Sie betroffen machen. Es sind Bilder von Kindern, von denen die meisten wahrscheinlich bereits tot sind. Sie werden den Tod in ihren Augen erkennen. Sie werden sehen, dass sie nicht zu retten sind. Diese Kinder sind Opfer ihres eigenen Volkes und unserer aller Gleichgültigkeit. Sie tragen Waffen oder Puppen, sie stehen vor ausgebrannten Behausungen und auf Schlachtfeldern. Es gibt viel Rauch auf diesen Fotos, Rauch, der von den zerstörten Hütten aufsteigt, in denen diese Waisen leben, Rauch von Explosionen, Rauch, der den Blick und den Verstand der übrigen Welt verschleiert. Aber nichts von dem ist wichtig.«

»Nein?«, fragte Isabelle, und ihre intelligenten blauen Augen versuchten zu ergründen, worauf ich hinauswollte.

»Nein«, sagte ich. »Solche Bilder finden Sie überall. Vielleicht nicht so gut dargeboten, vielleicht nicht mit dem gleichen unfehlbaren Auge aufgenommen. Aber jeden Abend können Sie sterbende Kinder im Fernsehen sehen, das Internet ist voll von ihnen. Auf einem der Fotos sieht man im Vordergrund ein rehäugiges Mädchen, das sich kaum auf den Beinen halten kann, so hungrig und schwach ist es. Hinter ihm flattert stolz eine amerikanische Flagge. Niemand weiß, wie die Flagge da hingekommen ist. Vielleicht handelt es sich um ein Camp, das wir gebaut haben, um den Kindern zu helfen. Ganz gleich, Ihr Publikum wird es als Anklage verstehen. Wir alle haben nichts getan, um diesen Kindern zu helfen, und sollte Amerika, unser Land, etwas getan haben, dann war es zu wenig und kam zu spät.«

»Sie verkaufen Ihre Bilder sehr gut, Mr Carmel«, sagte Isabelle Thinnes sehr ernst.

»Ich verkaufe hier noch nichts, Miss Thinnes. Bisher geht es nur um den Ansatz, das Grundsätzliche. Aber Sie und ich, wir beide wissen, dass wir über ein Geschäft reden. Ein Geschäft mit Kunst, ja, aber doch ein Geschäft. Ich persönlich glaube, dass Lucy Carmichael zu den wichtigsten jungen Fotografen gehört, die in der New Yorker Szene in den letzten zehn Jahren zu entdecken waren. Nur will das nichts heißen, wenn sich die Bilder nicht verkaufen.«

»Sie nehmen kein Blatt vor den Mund«, sagte die Galeristin, »ich könnte allerdings auch nicht sagen, dass Sie unrecht haben.«

»Deshalb«, fuhr ich fort, »habe ich Lucy überredet, eine Stiftung zu gründen, der die Hälfte der Einkünfte aus dem Verkauf dieser Fotos zukommen wird. Ich weiß, der Standardpreis für die Arbeit einer unbekannten Fotografin wie Lucy würde bei zweitausendfünfhundert Dollar liegen. Wir aber werden sechstausend verlangen.«

»Sechstausend!«

»Ja. Weil dreitausend Dollar von jedem verkauften Foto an die Lucy Carmichael-Stiftung für die Kinder in Darfur gehen.«

»Sie sagen also, diese Fotos werden bei den Leuten, die sie sehen, Schuldgefühle hervorrufen ...«

»... und ihnen gleichzeitig die Möglichkeit geben, diese Gefühle zu besänftigen«, sagte ich und führte ihren Gedanken damit zu Ende.

Miss Thinnes blickte gedankenversunken in meine Richtung, das Gesicht frei von jeder erkennbaren Regung. Nach einer Weile überzog ein Lächeln ihre Züge.

Die Durchsicht der Fotos selbst war nur noch eine Formsache. Die Entscheidung war gefallen.

Sie willigte ein, Lucy für eine Beteiligung von fünfzig Prozent auszustellen, nach Abzug des Geldes, das an Lucys Stiftung fließen sollte. Ich würde mein Geld aus Lucys Anteil beziehen. Miss Thinnes versprach, die nötigen Formalitäten bis zum kommenden Freitag zu regeln. Wir besiegelten unsere Vereinbarung mit Handschlag.

Als ich mich zum Gehen wandte, sagte sie: »Noch ein Wort, Mr Carmel.«

»Ja, Miss Thinnes?«

»Warum habe ich noch nie von Ihnen gehört? Ich dachte, ich würde jeden Fotoagenten in diesem Land kennen.«

»Ich arbeite seit ein paar Jahren für und mit Brad, Ma'am. Nur weil er so viel zu tun hat, trete ich jetzt selbst an die Kunden heran.«

»Sie sind sehr gut.«

In ihren Augen lag echte Bewunderung.

Zwanzig Jahre lang hatte ich als Übersetzer gearbeitet, und niemand hatte mir je so viel Anerkennung und Respekt gezollt.

»Ich danke Ihnen, Miss Thinnes. Ich weiß Ihre Worte zu schätzen ... Mehr, als Sie wissen können.«

Als ich zu Jo kam, trug sie eine figurbetonende weiße Bluse und eine lindgrüne Baumwollhose. Ihre braune Haut hob sich wunderschön von den hellen Farben ab.

In ihrem Blick lag Beklommenheit und Misstrauen.

Ich lächelte und umarmte sie. Ihr Anblick erregte mich vom ersten Augenblick an, und ihre Angst, von mir zurückgewiesen zu werden, goss zusätzlich Öl ins Feuer.

Ich nahm sie auf den Arm und trug sie in das kleine Gästezimmer, in dem ein großes braunes Sofa stand, ein Fernseher und eine Stereoanlage. Ich setzte mich auf das Sofa und nahm sie zwischen die Knie. Ohne ein Wort knöpfte ich ihr die Hose auf und schob sie bis auf die Knöchel hinunter. Jo trug einen grünen Tanga, den ich ebenfalls herunterzog.

»Sollten wir nicht über gestern sprechen?«, fragte sie.

Ich drehte mich und setzte sie aufs Sofa. Dann stand ich auf und schlüpfte aus meiner Hose.

Als Jo meinen steifen Schwanz sah, nahm sie ihn in die Hand und hob ihn an. Ich dachte schon, sie wollte mir die Hoden lecken, wie es Sasha getan hatte, aber dann steckte sie die Nase in die Falte zwischen Schwanz und Hodensack und atmete nur tief ein.

»Ich liebe deinen Geruch«, sagte sie.

Ich holte ein Kondom aus der Tasche.

»Zieh es mir drüber«, sagte ich.

»Warum?«

»Es macht mich weniger empfindlich, und ich will dich lange, lange ficken.«

Joelle grinste und erfüllte mir meinen Wunsch. Ich hockte mich hinter sie aufs Sofa und drang ohne Umschweife tief in sie ein. Sie war sehr nass, und nach ihrem Wimmern zu schließen, kam es ihr auf der Stelle.

Mit meiner verletzten Hand fasste ich von hinten beide Brüste, mit der Linken griff ich ihr ins Haar und zog daran. Die ganze Zeit über glitt ich langsam in sie hinein und wieder heraus, hinein und wieder heraus.

Ich wartete ihren zweiten Orgasmus ab, bevor ich redete.

»Hattest du je einen anderen, seit wir zusammen sind?«, fragte ich, ohne meinen Rhythmus zu verändern.

»Nein«, ächzte sie.

»Nie?«

»Nie.«

»Wolltest du? Gibt es einen Mann, den du gewollt hättest?«

»Nein.«

»Gab es niemals einen?«

Sie antwortete nicht.

»Niemals?«, fragte ich.

»Einmal.«

»Wann?«

»Vor sechs Monaten.«

»Nachdem dein Onkel gestorben war?«

»Am Tag danach, vielleicht auch zwei Tage.«

»Wer war er?«

»George Leland«, sagte sie und keuchte, als ich sie an den Haaren zog.

»Der Kerl, der die italienischen Krawatten importiert?«

»Ja.«

»Wollte er dich auch?«

»Ja.«

»Erzähl's mir«, sagte ich und stieß tief in sie hinein.

Sie grunzte zweimal. »Ich war abends wegen einer Präsentation bei ihm«, sagte sie. »Es war spät. Wir tranken etwas und er … er küsste mich.«

»Auf die Wange?«, fragte ich, ohne auszuatmen.

Sie schüttelte den Kopf und sagte: »Er steckte mir seine Zunge in den Mund.«

»Hat es dir gefallen?«

Sie nickte und drückte sich gegen mich. Ihre Schenkel begannen zu zittern.

»Was ist dann passiert?«

»Ich küsste ihn eine Weile und wich schließlich zurück. Aber er packte meine Hand …«

»Warum?«

»Weil er mir zeigen wollte, wie hart er war.«

»Hast du ihn angefasst?«, fragte ich. Mein Atem ging schneller.

»Er war sehr, sehr groß. Sehr lang und sehr dick. Er fragte mich … er fragte, ob ich ihn sehen wollte.«

Ich fickte sie jetzt schneller, mit kurzen, betonten Stößen. Sie stöhnte.

»Und wolltest du?«

Sie nickte.

»Hat er ihn rausgeholt?«

Sie schüttelte den Kopf.

»Nein?«, fragte ich, gleichzeitig erleichtert und enttäuscht.

»Nein, ich … Ich bin auf die Knie gegangen und habe ihm die Hose aufgemacht.«

»Hast du ihn in den Mund genommen?«

»Nein. Ich habe ihm gesagt, das würde ich nicht.«

»Was ist dann passiert?«

»Ich musste mich voll angezogen auf ihn legen. Ich hatte sogar noch die Strümpfe an. Ich nahm ihn zwischen die Schenkel, und er bewegte sich vor und zurück.«

»So wie ich jetzt.«

»Nein«, sagte sie. »Er war nicht in mir drin. Er war zu groß.«

»Was dann?«

»Es kam ihm. Mein ganzes Kleid und meine Haare waren voll davon.«

Ich zog sie wieder an den Haaren.

»Und kam es dir auch?«, fragte ich.

Sie antwortete nicht, und ich rammte meinen Schwanz kräftig und in schnellen Stößen in sie hinein.

»Ist es dir auch gekommen?«

»Ja«, rief sie, und dabei hatte sie gleich wieder einen Orgasmus. »Ich bin gekommen, gekommen, gekommen.«

Mir kam es ebenfalls, und zwar mit solcher Gewalt, dass wir vom Sofa auf den Boden fielen. Ich konnte nicht aufhören, in sie hineinzustoßen. Dabei riss ich ihr an den Haaren und schrie: »So wie jetzt, wie jetzt, wie jetzt?«

»Ja«, rief sie. »Er kam wieder und wieder, und jedes Mal spürte ich seinen Schwanz gegen meinen Kitzler pochen, und dann kam ich auch.«

Mein Orgasmus war vorüber, aber ich stieß weiter in sie hinein. Mein halb steifer Schwanz rutschte aus ihr heraus, und ich rieb ihn an ihrem Arsch. Sie hielt dagegen, drehte sich um und streichelte mir den Kopf.

Schließlich stand sie auf und zog mich auf die Beine. Sie kniete sich vor mich hin und nahm meinen Penis in die Hände. Das Kondom rutschte herunter, und sie umschloss den Schwanz mit den Handtellern.

»Hinterher war ich immer noch erregt, und da habe ich mich – so wie jetzt – vor ihn hingekniet und ihm einen runtergeholt.« Sie hielt mich und wiegte ihren Körper vor und zurück. »Er hatte eine große purpurfarbene Eichel, die so glänzte, dass ich fast mein Spiegelbild darin sehen konnte.« Ihr Rhythmus beschleunigte sich. »Er flehte und bettelte, ihn in mich reinzulassen, aber je mehr er bettelte, desto fester wichste ich ihn. Als er mir die Hände auf die Schultern legte, wusste ich, er würde gleich kommen. Ich hielt seinen Schwanz neben mein Ohr, und als es so weit war, fühlte ich sein Sperma hinten auf meine nackten Waden platschen.«

Ich kam noch einmal, obwohl ich nicht damit gerechnet hatte. Ich hatte es nicht mal gewollt. Jo hatte mich mit purer Willenskraft dazu gebracht.

Ich sank auf den Boden neben sie, und wir umarmten einander, zwei müde Kameraden nach einer holprigen Fahrt über trügerisches, nicht kartografiertes Terrain.

Es war drei Minuten nach Mitternacht, als ich aufwachte. Ich konnte mich nicht erinnern, mit Jo zurück aufs Sofa geklettert zu sein, aber da lagen wir, in der gleichen Umarmung wie zuvor auf dem Boden. Ich setzte mich auf und betrachtete ihr Gesicht. Nein, ich kannte sie immer noch nicht. Aber sie war mein einziger Freund.

Jo drehte sich weg und fing an zu schnarchen. Sie hatte einen sehr tiefen Schlaf, und wenn sie erst einmal schnarchte, wusste ich, dass sie vor Sonnenaufgang nicht aufwachen würde.

Ich ging in die Küche, schaltete das Licht an und setzte mich auf den Stuhl am Fenster, um über das nachzudenken, was geschehen war.

Mir war, als triebe ich auf einem einsamen Floß über einen trügerisch ruhigen Ozean. Niemand würde kommen, um mich zu retten. Nirgends war Land in Sicht. Aber ich hatte auch noch keinen Durst oder Hunger. Es ging mir gut, obwohl ich dem Tode nahe war.

Es war ein dummes Bild, an dem ich nichts ändern konnte. Es gab keine Rettung. Aber immerhin, sagte ich mir, hatte ich Lucy und Sasha, Cynthia und meinen neuen Beruf als Kunstagent. Ich hatte ein Leben, das es zu leben galt. Ich hatte Hoffnung, und Jo liebte mich ganz offenbar. Sie hatte Angst, mir von ihrem Verhältnis mit Johnny Fry zu erzählen, aber das war verständlich.

Bliep-bliep.

Es war ein merkwürdiges Geräusch, doch auch vertraut. Während ich noch dasaß und überlegte, was es sein könnte, ertönte es gleich wieder.

Bliep-bliep.

Ich ging den langen Flur hinunter, vorbei an meiner Geliebten, und trat in das kleine Zimmer, das sie als Büro benutzte.

Ihr Computer war eingeschaltet, die Internetverbindung aktiv. Eine Nachricht von JF1223 war hereingekommen. Ich öffnete ihre Mailbox.

Bist du da?, lautete die erste Nachricht von 19.25 Uhr.

Ich sehne mich nach dir, JJ. Die Tage ohne dich haben mir klargemacht, wie viel du mir bedeutest. Bettye ist unwichtig. Ich werde sie nie wiedersehen.

Um 22.47 Uhr hatte JF1223 geschrieben: *Hast du dir überlegt, ob du mich in Baltimore treffen willst? Mach dir keine Sorgen. Cordell wird nichts von mir erfahren. Ich weiß, dass du ihn nicht verlassen willst. Ich respektiere das.*

Die zweitletzte Nachricht lautete: *Mein Schwanz sehnt sich nach dir. Seit wir uns zuletzt gesehen haben, habe ich mir nicht mal einen runtergeholt. Ich sehe dich noch vor mir, wie du gewürgt hast, um ihn ganz reinzukriegen.*

Seine letzte Nachricht klang zerknirscht: *Es tut mir leid, dass ich das eben geschrieben habe. Aber ich sitze hier Abend für Abend und warte auf deine Entscheidung. Ich denke an deine Haut und deine Berührungen. Ich denke daran, wie du mich an dem Abend, als wir uns bei Brad kennenlernten, mit zu dir genommen hast. Nie hat mich eine Frau so überwältigt. Ich glaube, ohne dich würde ich sterben.*

Ich saß vor Jos Computer und fragte mich, was das alles zu bedeuten hatte.

Ich erinnerte mich gut an den Abend, als sie Johnny Fry bei Brad Mettleman kennengelernt hatte. Johnny hatte nicht gewusst, dass sie zu mir gehörte, und hatte mit Jo zu flirten begonnen. Sie tat ihn mit einem Lachen ab, und er fragte sie, was sie trinken wolle.

Ich sagte ihm, *ich* würde ihr etwas zu trinken holen, und nahm an, dass sein Annäherungsversuch damit beendet war. Aber dann bat mich Brad in sein Arbeitszimmer. Er hatte einen Brief von einem spanischen Maler bekommen, den er nicht verstand. Ich las den Brief zweimal und erklärte Brad, dass Miguel Rios, so hieß der Mann, ihn als exklusiven Agenten in den USA wolle. Die Sache mit dem Brief konnte nicht mehr als zwölf Minuten gedauert haben.

Zwölf Minuten. Als ich aus Brads Arbeitszimmer kam, sagte Jo, sie steuere auf einen Migräneanfall zu.

»Ich spüre es da in der Mitte«, sagte sie und deutete auf die Stelle, wo ihr drittes Auge gewesen wäre.

Zwölf Minuten. Siebenhundertzwanzig Sekunden, und ein Mann, der ihr bis zu diesem Tag völlig unbekannt gewesen war, hatte sie davon überzeugt, sich von mir in ein Taxi setzen zu lassen, damit sie möglichst schnell nach Hause kam, um es ihm auf eine Weise zu machen, wie sie es mir noch nie gemacht hatte.

Das Nächste, woran ich mich erinnere, ist, dass ich mit ihrem Metzgermesser in der Hand in der Küche stand. Ich kann mich bis heute nicht entsinnen, zur Schublade gegangen zu sein oder sie aufgezogen zu haben.

Dann stand ich vor Jo, das Messer fest in der Hand. Sie hatte keine Hose an, trug aber immer noch ihre weiße Bluse.

Ich sorgte mich einen Moment lang, dass sich die Blutflecken nicht aus der Bluse entfernen lassen würden. Ich hob die Klinge, aber der Gedanke an die Flecken ging mir nicht aus dem Kopf. Blut auf der Bluse und auf dem Teppich. *Blut lässt sich nie ganz rauswaschen*, hatte meine Mutter früher immer gesagt.

Dann stand ich im Bad, vor dem offenen Medizinschrank, und hielt ein kleines Fläschchen in der Hand.

Jo nahm hin und wieder ein Schlafmittel, wenn sie bis spät gearbeitet hatte. Bis nach Mitternacht aufzubleiben machte sie unruhig, und dann konnte sie ohne Tablette nicht einschlafen.

Ich schluckte zwei der ovalen Pillen und legte mich neben sie.

Ganz ruhig daliegend, betrachtete ich ihr Gesicht. Erst fühlte ich nichts, weder Hass noch Eifersucht. Keinen Betrug. Aber dann dachte ich an JF1223s Worte, daran, dass sie hatte würgen müssen, um ihn in sich zu halten. Ich hob einen Arm und wollte sie im Schlaf erdrosseln. Aber die Schlaftabletten kamen mir dazwischen. Ich sank nach hinten und kämpfte, um mich aus dem schwarzen Sumpf zu ziehen, der mich zu verschlingen drohte.

Ich wachte auf und lag im vollen Sonnenschein. Jo war bereits auf und ging irgendeiner Beschäftigung nach. Die Geschehnisse der vergangenen Nacht geisterten durch meinen Kopf. Ich erinnerte mich an das Messer und die Schlaftabletten. Ich erinnerte mich …

»L.?«, sagte Jo. Sie stand in der Tür und hatte das Metzgermesser in der Hand.

»Hi.«

»Ich habe das hier im Bad gefunden«, sagte sie und hielt mir das Messer vor die Nase.

»Ich … ich konnte nicht schlafen«, sagte ich. »Deshalb wollte ich etwas von deinem Hustensaft nehmen, aber die Flasche ging nicht auf, und ich habe es mit dem Messer versucht. Am Ende habe ich die Schlaftabletten gefunden.«

Sie sah mich kopfschüttelnd, aber ohne jedes Misstrauen an.

»Mit dem Einschlafen hatte ich kein Problem. Ich habe es nicht mal mehr geschafft, meinen Computer auszuschalten.«

»Dann war es also der Computer, der die ganze Zeit so gepiept hat«, sagte ich.

»Das hast du gehört?«

»Ja. Ich wusste aber nicht, was es war. Erst wollte ich dich deswegen aufwecken, aber du schliefst wie eine Tote.«

»Hm. Möchtest du frühstücken?«

»Ich verschwinde besser gleich, Schatz«, sagte ich. »Die Essigbroschüre wird sich nicht von selbst korrigieren.«

Ich stand auf, und sie trat zu mir und legte mir die Hände auf die Brust.

»Verlässt du mich jetzt?«

»Nein. Warum fragst du?«

»George Leland«, sagte sie, senkte den Blick und drückte die Stirn gegen meine Brust.

Ich hob ihr Kinn an und küsste sie auf die Nase.

»Du hattest gerade vom Tod deines Onkels erfahren, richtig?«

»Ja, aber …«

»Und seitdem hat es keinen anderen mehr gegeben?«

»Nein«, sagte sie, »keinen.«

»Was soll ich sagen? Dass du mir von George erzählt hast, hat mich so geil gemacht, dass ich nicht mehr aufhören konnte.«

»Wir sind also noch zusammen?«

»Auf jeden Fall«, sagte ich. »Bis dass der Tod uns scheidet.«

Zurück in meiner Wohnung überlegte ich, wie ich mich dem unüberhörbaren Ruf des Todes entziehen konnte. Er folgte mir, war ein schweigsamer, steter Begleiter. Cynthia hatte mir erklärt, Jo sei für ihr Tun selbst verantwortlich, und es war ziemlich offensichtlich, dass sie immer noch überlegte, ob sie die Affäre mit Johnny Fry endgültig beenden sollte.

Es war nicht so, dass ich vorhatte, Jo oder Johnny oder sonst jemanden zu töten. Aber ich hatte bereits mit dem Messer in der Hand dagestanden. Der Gedanke an die Intimitäten zwischen den beiden erfüllte mich mit Mordlust.

Ich wusste, dass ich Schluss machen musste. Ich durfte Jo nicht mehr sehen.

Beherzt griff ich nach dem Telefon, um sie anzurufen. Aber alles, was mir einfallen wollte, war ihr Name – ihr Name und seiner. Ich legte das Telefon weg und konzentrierte mich. Endlich fiel mir auch ihre Nummer wieder ein.

»Hallo«, sagte Joelle.

»Hallo, Schatz«, sagte ich, die Zunge so dick wie ein Kuhschwanz.

»Hi, Baby«, sagte sie.

»Ich wollte dir nur etwas sagen.«

»Was?«

Ich räusperte mich und schüttelte den Kopf.

»Es geht um das, worüber wir vorgestern gesprochen haben.«

»Was ist damit?«, fragte Jo.

»Vielleicht brauchst du eine Pause von mir«, sagte ich. »Vielleicht bedeutet die Sache mit deinem Onkel, dass du dir etwas Zeit nehmen solltest, um zu dir zu finden. Vielleicht brauchst du eine Therapie oder einen anderen als mich.«

»Du bist so lieb, L.«, sagte sie. »Nein, Baby, *du* bist das, was ich brauche. Das beweist du gerade jetzt, indem du mir deine Liebe zeigst. Meine Bedürfnisse sind dir wichtiger als deine eigenen.«

Wie wenig sie doch wusste. Ich versuchte, mich davor zu bewahren, sie umzubringen, und sie sang Lobeshymnen auf mich. Ich wollte die Dinge beim Namen nennen, aber die Worte waren unter lebenslanger Taubheit begraben. Meine Gefühle waren wie glühende Lava unter einer brachliegenden Landschaft. Ich bestand aus nichts als Wut und Unvermögen.

»L.?«

»Ja, Jo.«

»Ich dachte, du wärst eingeschlafen.«

»Nein, Schatz, ich bin ganz bei dir.«

Vor einer Woche noch war kaum Leben in mir gewesen. Ich wusste nicht, was Sex war und Liebe, hatte keine Ahnung von Wut und Verlangen. Ich wusste nicht, dass Blutdurst in mir schlummerte. Hätte ich doch nur umdrehen und durch die Zeit zu dem Tag zurückkehren können, an dem ich im Mittagszug nach Philadelphia sitzen wollte.

Mit Jos Metzgermesser in der Hand hatte ich in der Küche gestanden. Wie war ich dort hingekommen? Sollte ein gesunder Mensch sich nicht an die Schritte erinnern können, die ihn an die Schwelle eines Mordes gebracht haben?

Ich saß auf meinem Sofa vor dem großen Plasmabildschirm. Vielleicht hatte Sisypha eine Antwort für mich. Ich griff nach der Fernbedienung, da klingelte das Telefon.

»Hallo?«

»L.?«

»Oh. Hi, Lucy«, sagte ich.

»Du klingst komisch.«

»Komisch ist hier nichts«, sagte ich.

»Bist du in Ordnung?«

»Aber ja. Klar. Mein Herz schlägt, und der blaue Himmel ist nicht länger nur eine Erinnerung.« Das war Freestyle. So wie ich im Café meine Gedanken aufgeschrieben hatte.

»Was soll das heißen?«, fragte sie.

»Wenn du etwas ansiehst, das du schon tausendmal gesehen hast …«, sagte ich.

»Wie die Tasse da vor mir auf dem Tisch?«

»Ja, wie deine Tasse. Wenn du eine Tasse nimmst und sie

einfach nur anschaust, glaubst du zu wissen, was du da siehst. Nur stimmt das nicht ganz.«

»Warum nicht?«, fragte sie und nahm meine Worte offenbar sehr ernst.

»Weil es die Tasse in deinem Kopf ist«, sagte ich, »eine unvollkommene, vielleicht auch idealisierte Erinnerung. Wahrscheinlich hast du dir diese eine, besondere Tasse vor dir auf dem Tisch nie näher angesehen. Sie gehört dir, du benutzt sie seit Jahren, aber die kleine Macke unter dem Henkel ist dir nie aufgefallen, genauso wenig wie die Stelle, an der die Glasur Blasen geworfen hat und der Ton unbedeckt geblieben ist.«

»Du hast recht«, sagte sie. »Ich sehe sie mir gerade genauer an. Ich habe sie von einem Flohmarkt in Northampton, als ich ein Semester am Smith College studierte. Für mich ist es eine blaue Tasse, aber jetzt sehe ich, dass nur ein Teil von ihr blau ist. Eine Hälfte ist seegrün, und das Grün hat winzige goldene Einsprengsel.«

»Wahrscheinlich könntest du den ganzen Tag damit zubringen, ein Stück Geschirr zu betrachten, und alle paar Minuten würde dir etwas Neues auffallen. Da steckt womöglich ein ganzer Roman drin.«

Ich dachte, dass das alles College-Kram war. Solche Überlegungen stellten junge Leute an, wenn sie in ihrer Studentenbude über Gott und die Welt philosophierten. Und doch bedeutete es mir mehr. Ich empfand das, was ich da sagte, in dem Moment wirklich so. Mein ganzes Leben lang hatte ich den Blick über alle möglichen Dinge gleiten lassen, ohne je richtig hinzusehen, hatte nie wirklich gewusst, was ich gerade erlebte oder verpasste.

»Ich wollte mit dir über etwas sprechen«, sagte Lucy.

»Klar«, sagte ich. »Die Galerien …«

»Nein«, sagte sie. »Nein. Ich erwarte gar nicht, dass du so schnell schon etwas erreichst.«

Noch bevor ich ihr widersprechen konnte, fuhr sie fort: »Es ist wegen neulich nachts.«

»Ja?«

»Ich wollte mit dir darüber sprechen.«

»Gut«, sagte ich und dachte, vielleicht würde mich das von meinen morbiden Gedanken abbringen. »Ich hoffe, du bist nicht zu böse auf mich.«

»Oh nein«, sagte Lucy. »Nein, überhaupt nicht. Ich bin nur überrascht, dass es mit jemandem passiert ist, der so viel älter ist als ich. Böse bin ich dir ganz sicher nicht. Ich hoffe nur, du hältst mich nicht für eine Schlampe.«

»Ich denke, dass du ein ganz wundervoller Mensch bist«, sagte ich und kam mir dabei komisch vor, weil mich der Ausdruck an einen ziemlich schnulzigen Song erinnerte.

»Ich auch.«

»Du was?«

»Billy hat mich Sonntagabend besucht«, sagte sie. »Er blieb über Nacht, und ich weiß jetzt, dass er keine Ahnung von Frauen und ihren Gefühlen hat. Er ist ein netter Kerl und ich mag ihn sehr, aber er hat mich nie wirklich angefasst. Verstehst du, was ich meine?«

»Ist es wie mit dem Blick auf die Tasse?«

»Genau«, sagte Lucy. »Hör zu, L. Meine Gefühle machen mich sehr, sehr verlegen. Ich habe immer geglaubt, dass Männer und Frauen ebenbürtig sind und sich auf gleicher Augenhöhe begegnen sollten. Aber Sonntagabend wollte ich, dass mich Billy richtig durchvögelte, stattdessen war unser Sex wie immer völlig unaufregend. Ich … ich habe ihn geschlagen …«

»Warum?«, fragte ich.

»Ich weiß es nicht. Ich lag auf ihm, und er sah mich mit

seinem Welpengrinsen an, da verlor ich die Beherrschung und habe ihn geschlagen. Und als er jammerte und fragte, warum, habe ich ihm gleich noch eine verpasst.«

Ich hielt mir die Hand vor den Mund, damit sie mich nicht lachen hörte.

»Und dann?«, fragte ich.

»Er wusste nicht, wovon ich redete. Ich erklärte ihm, ich wolle Leidenschaft. Ich sagte, ich wolle, dass er mir wehtue, statt mich nur zu begehren. Ich wollte, dass er zurückschlug. Ich bin fast durchgedreht. Bis ich endlich begriff, dass du es warst, den ich wollte, Cordell.«

»Ich?«

»Ich ... ich wollte da weitermachen, wo wir Samstagnacht aufgehört hatten. Hör zu«, sagte sie. »Ich glaube nicht, dass ich so etwas irgendjemandem ins Gesicht sagen könnte. In der Nacht bei dir konnte ich mich im Spiegel deiner Schranktür sehen.«

Ich versuchte mir vorzustellen, was sie da gesehen haben mochte.

»Ich kann mir gerade nicht so recht vorstellen«, sagte ich, »in welcher Position zum Spiegel wir uns befunden haben.«

»Du konntest es nicht sehen«, sagte sie mit leiser Stimme. »Bleib mal einen Moment dran.«

Ein gedämpftes Geräusch drang durchs Telefon, dann war sie zurück.

»Meine Chefin wollte etwas von mir, aber ich habe ihr gesagt, dass ich erst dieses Telefonat beenden muss«, sagte Lucy.

Ich war überrascht, dass sie vom Büro aus anrief und dabei so ernsthaft über Sex sprach.

»Ich habe immer einen dicken Hintern gehabt«, sagte sie, »und ihn nie gemocht.«

Er war nicht wirklich dick, aber es gefiel mir, wie sie über ihn redete. Lucys Stimme war eine Rettungsleine, die mich von meinen finsteren Gedanken wegzog. Ich hätte sie angebettelt, nicht gerade jetzt aufzulegen.

Ich war fast doppelt so alt wie sie und spürte jede einzelne Minute davon. Am Telefon jedoch waren wir uns irgendwie ebenbürtig. Mehr noch. Lucy war die Wortführerin, und sie steuerte mich in genau die richtige Richtung. Wobei ich bezweifelte, dass sie auch nur irgendeine Ahnung von ihrer Macht über mich hatte.

»Als ich in den Spiegel sah, war das Gefühl jedoch plötzlich weg«, sagte sie. »Weißt du, warum?«

Ich lächelte, weil mir für einen kurzen Moment die Luft wegblieb. Ich musste husten, bevor ich nein sagen konnte.

»Weil dein Gesicht zwischen meinen Hinterbacken steckte und ich spüren konnte, wie sich deine Zunge in mich hineinbohrte«, sagte sie, und in ihrer unschuldigen Stimme blitzte kurz etwas Lüsternes auf. »Als ich meinen Hintern so auf deinem Gesicht sah und spürte, wie du deinen Kopf zwischen meine Pobacken drücktest, da habe ich mich in ihn verliebt ...«

Sie hielt inne.

»L.?«

Wieder blieb mir die Luft weg.

»Wow, Lucy«, sagte ich. »Wow. Ich ... ich weiß nicht ... Mir fehlen völlig die Worte ... Können wir uns sehen?«

»Deshalb rufe ich an«, sagte sie.

Plötzlich stieg eine fürchterliche Angst in mir auf. *Lucy muss zu mir kommen*, war alles, was ich denken konnte. *Wenn sie nicht kommt, ziehe ich heute noch los und bringe Johnny Fry um.*

... bringe Johnny Fry um?

»Ich kann nichts anderes denken, als bei dir sein zu wollen«, sagte sie. »Einfach nur dazusitzen, erregt mich schon.

Der Druck auf meinem Hintern – das bist du auf den Knien, wie du mein Arschloch küsst. Das allein will ich. Jetzt sofort.«

»Was ist mit Billy?«

»Der ist mir scheißegal«, sagte sie. »Ich will *dich*. Ich habe nichts gegen Billy. Vermutlich werden wir zusammenbleiben, heiraten und Kinder kriegen. Aber heute Nacht, da brauche ich deinen dicken Schwanz in meinem Arsch. Da ..., jetzt ist es raus. Ich habe so etwas noch nie zu jemandem gesagt ... Nie. Ich brauche dich. Verstehst du, L.?«

»Ja. Ja, ich verstehe.«

»Was machen wir also?«, fragte sie.

»Ich werde ihn dir bis zum Ansatz reinstecken«, sagte ich. »Ich werde dich öffnen wie eine reife Feige.«

»Die ganze Nacht lang?«

»Und den Morgen noch dazu.«

»Ich muss morgen wieder zur Arbeit«, sagte sie.

»Nein, musst du nicht.«

»Ich habe keinen einzigen Krankheits- oder Urlaubstag mehr. Ich würde ja bleiben, aber es geht nicht.«

»Ich habe eine Galerie für dich gefunden«, sagte ich. »Ich strecke dir fünftausend Dollar vor, und du kannst kündigen und die Fotos für die Ausstellung fertig machen.«

»Du ... du machst Witze.«

»Kommst du nun?«

»Ich bin in einer Viertelstunde da«, sagte sie.

Sie knallte den Hörer auf die Gabel, aber das gefiel mir.

Eine Stunde später lag die gerade arbeitslos gewordene Lucy Carmichael nackt und mit einer glänzenden Schicht Massageöl beschmiert auf meinem Futonsofa. Auch ich war nackt, und mein Schwanz reckte sich steil in die Höhe.

Vergessen waren das Metzgermesser und mein Blutdurst. Vergessen waren Johnny Fry und meine Wörterbücher. Ich rieb mit den Daumen durch die Kimme zwischen Lucys muskulösen Arschbacken, und sie wimmerte geradezu vor Wonne.

Ich hatte ein leuchtend gelbes Kondom übergezogen.

Sachte steckte ich meinen Zeigefinger in ihr Rektum.

»Ist es das, was du willst?«, fragte ich sie.

»Ich will deinen dicken Schwanz«, sagte sie. »Ständig habe ich an ihn gedacht.«

»Du hast an ihn gedacht, als du mit Billy gevögelt hast?«

»Ja. Ja. Ich konnte mit ihm nur kommen, weil ich mir dich dabei vorgestellt habe.«

»Auf meinen Knien, wie ich dir den Arsch küsse?«

»Ja. Jetzt mach schon.«

Ich versank in ihr wie eine Kugel in einem gut geölten Revolver. Sie antwortete mit einem dumpfen Brummen, in dem mehr Befriedigung lag, als ich mir je hätte vorstellen können. Sie bog sich mir entgegen und nahm auch noch die letzten Zentimeter in sich auf, die ich ihr beim letzten Mal erspart hatte. Sie stöhnte, ja bellte regelrecht, wie ein großes Tier fern im Wald, das seine Ekstase in die Wildnis hinausbrüllt.

Ich bewegte mich kaum, sondern schwebte über ihr, den Schwanz bis zur Wurzel tief und heiß in ihr vergraben. Sie hob den Hintern mit kreisenden Bewegungen auf und nieder und grunzte in einem fort.

»Das tut gut«, sagte sie mit vibrierender Stimme. »Das tut so gut.«

Ich blieb immer noch reglos und ließ sie selbst die süßen Stellen in sich aufspüren. Keuchend schnappte sie nach Luft, wenn sie wieder eine neue, wonnevolle Position entdeckt hatte. Sie begann sich unter mir zu winden. Ihre Schultern zuckten, und ihre Füße schnellten hoch. »Uuuh«, stöhnte sie mit dumpfer Stimme. Dann drehte sie sich zurück auf den Bauch und drückte ihren Hintern mit kurzen, scharfen Stößen gegen mich.

»Hast du dir *das* vorgestellt?«, fragte ich.

»Ja, Baby. Ja. Oh ja. Genau so. Halt ihn in mir drin und lass mich damit tanzen.«

»Press die Backen zusammen«, sagte ich.

»Ohhhh«, antwortete sie, als sie mir gehorchte.

Ich zog meinen Schwanz aus ihr heraus, obwohl ihr Schließmuskel mich gepackt halten wollte. Sie schrie vor Schmerz auf. Ein mächtiger Schauder durchfuhr sie, und sie zappelte auf dem Sofa wie ein Fisch auf dem Trockenen.

»Steck ihn wieder rein«, schluchzte sie. »Steck ihn wieder rein.«

Ich gehorchte, und sie zischte mich an: »Tu das nicht wieder, oder ich schlag dir ins Gesicht.«

Eine Stunde lang machten wir so weiter. Ich zog meinen Schwanz noch zweimal aus ihr heraus, und zweimal setzte sie sich auf und schlug mich. Ich spürte es kaum, aber das heißt nicht, dass sie nicht fest zuschlug.

Danach stieß ich sie jedes Mal zurück aufs Sofa und gab ihr, was sie wollte.

Endlich legte Lucy die Hand auf meinen Bauch und sagte: »Ich kann nicht mehr. Es tut mir leid.«

Ich setzte mich hin und nahm sie auf den Schoß. Sie legte ihren Kopf auf meine Schulter und zog die Knie an die Brust.

»Darauf habe ich mein ganzes Leben gewartet«, sagte sie. »Ich brauchte einen Kerl, der mich endlich mal ordentlich rannimmt. *Dich* habe ich gebraucht.«

Ich brachte kein einziges Wort heraus. Lucy hatte mich völlig ausgelaugt. Es war, in gewisser Weise, ein Kampf gewesen, eine Schlacht, die einer lange vergessenen Regel folgte.

»Du bist ein Kind«, flüsterte ich.

»Und du hast mich wund gefickt«, sagte sie.

»Ich bin doppelt so alt wie du.«

»Und dein Schwanz ist immer noch steif.«

Sie kniete sich vor mich hin, zog das Kondom herunter und umschloss das harte Ding mit der Hand. Anschließend schüttete sie die halbe Flasche Massageöl darüber, ruinierte das Sofa und ließ das Zeug auf den Boden laufen, aber ich beschwerte mich nicht. Sie wichste mich, ohne recht bei der Sache zu sein, und sah mich dabei mit ausdrucksloser Miene an, fast so wie ein Fremder, der dir etwas zurückgibt, das du fallen gelassen hast.

Aber die ganze Arschfickerei blieb nicht ohne Wirkung auf mich. Ich spürte ein Poltern. Erst dachte ich, es wäre die U-Bahn irgendwo tief unten oder vielleicht ein Erdbeben. Aber dann begriff ich, dass die Stöße aus meinem Innern kamen. Mein Zwerchfell bebte. Bevor ich das Gefühl lokalisieren konnte, versuchte ich es abzuschütteln. Ich wollte aufstehen, aber mein Gleichgewichtssinn war dahin, und ich fiel zu Boden.

Lucy lachte. Sie hatte meinen glitschigen Schwanz nicht losgelassen, sondern hielt ihn mit aller Kraft fest. Der Samen quoll hervor, während ich angstvoll aufschrie.

Meinen Schrecken ignorierend, rief Lucy: »So ist es richtig, Baby. Gib's mir. Das ist für mich.« Und dann: »Sieh dir an, wie es kommt.«

Ich sah hinunter auf meinen Schwanz, den sie fest gepackt hielt. Der Samenerguss schien nicht enden zu wollen. Das machte mir ebenfalls Angst. Ich hatte das Gefühl, jegliche Kontrolle verloren zu haben.

»Du kannst noch mal, Baby«, sagte Lucy. »Los doch. Ich bin doch nicht den ganzen Weg hergekommen, damit du ausgerechnet jetzt schlappmachst.«

Schweiß rann ihr übers Gesicht, ein wilder Jubel lag auf ihren Zügen. Sie so zügellos in diesem Halblicht zu sehen, ließ mich erneut kommen und aufschreien. Krämpfe durchzuckten mich, und ich wand mich auf dem Boden, als hätte ich einen epileptischen Anfall.

»Wow«, sagte Lucy, als meine Zuckungen abebbten. »Ich habe noch nie einen Mann gesehen, den es so weggetragen hat.«

Ich schüttelte den Kopf und versuchte zu grinsen. Wer weiß, wie ich aussah.

»Steh auf und trag mich ins Bett«, befahl Lucy.

Und obwohl ich nicht wusste, ob ich mich überhaupt auf den Beinen halten konnte, kämpfte ich mich hoch und wuchtete sie auf meine Arme.

Als wir im Bett waren, drehte sie mich auf den Bauch und leckte genussvoll meinen After. Es war kein Sex, aber sie wollte mir zeigen, dass sie bereit war, genauso weit zu gehen, wie sie es von mir verlangte.

Für Stunden lagen wir nebeneinander, erschöpft, aber unfähig zu schlafen.

»Hast du nicht das Gefühl, du könntest sterben?«, fragte sie mich spät in der Nacht.

»Ja«, sagte ich. »Ja, das habe ich.«

»Ist das nicht wundervoll?«

»Und furchterregend.«

»Um mich brauchst du dir keine Sorgen zu machen, L. Ich will nichts von dir, als dass du mich stundenlang fickst und dann selbst so irre kommst, dass das ganze Haus wackelt.«

»Fragst du dich nicht, warum wir das brauchen?«

Lucy antwortete nicht. Sie war eingeschlafen.

Morgens um drei saß ich in meinem Wohnzimmer und wählte eine Nummer, von der ich wusste, dass sie zu keinem Telefonanschluss gehörte. Als es klingelte, war ich sicher, dass Joelle nicht online war.

Ich loggte mich in ihren AOL-Account ein und benutzte dabei den Plasmabildschirm meines Fernsehers als Monitor.

Es gab drei E-Mails von JF1223 und zwei Antworten von ihr darauf.

JJ,

ich weiß, ich wollte, dass du Cordell verlässt. Ich verstehe jetzt, dass du es nicht kannst, und bin bereit, dich mit ihm zu teilen. Bettye habe ich aufgegeben. Selbst wenn du nicht wieder zu mir zurückkommst, werde ich sie nicht wiedersehen. Das ist mein Geschenk an dich – mein Opfer.

Wenn du mir vergibst, werde ich mich nicht mehr in deine Liebe zu Cordell einmischen. Verlass mich nicht einfach so. Es kommt mir vor, als hätten wir miteinander geschlafen, kurz davorgestanden, zum Höhepunkt zu kommen, und plötzlich stehst du auf und verschwindest ohne ein Wort aus meinem Leben.

Du bist alles für mich. Du bist mein Herz. Ohne dich kann ich weder lachen noch singen noch sonst etwas tun.

Ich liebe dich.

JF

Auf diese E-Mail mit der Betreffzeile »Verloren« hatte sie nicht geantwortet. Seine nächste Mail war mit »Gefunden« überschrieben.

JJ,

seit zwei Stunden sitze ich vor dem Computer und warte auf deine Antwort. Ich weiß, du bist online. Ich weiß, du hast meine Mail gelesen. Es ist komisch, hier zu sitzen und auf dich zu warten. Du hast stets gesagt, du müsstest bei mir bleiben, du könntest nicht anders. Du hast gesagt, du kämst nicht von mir los.

Vieles von dem, was ich mit dir machen musste, wollte ich nicht wirklich. Dir den Hintern versohlen zum Beispiel … Aber ich habe es getan und würde noch manches andere tun, weil ich dich liebe. Ich liebe die Rundung deines Nackens und die Art, wie du die Stirn kraust, wenn du etwas Wichtiges liest. Ich liebe es, wie sorgfältig du jedes Mal die Handtücher zusammenfaltest, wenn du in mein Bad kommst. Und ich liebe es auch, dass du immer auf der Hut bist und nicht mal dem Verkäufer in einem Kramladen erlaubst, dich übers Ohr zu hauen.

Ich liebe deine braune Haut und deine Augen, die hinter alles sehen, was ich sage.

Während ich auf deine Antwort warte, habe ich über all die Dinge nachgedacht, die ich an dir so liebe. Die verrückte Sache mit dem Gürtel deines Onkels und den Rosen, die du mir tags darauf geschenkt hast. Ich weiß, dass ich dich vor allem deswegen liebe, weil du mir in der schrecklichsten Phase deines Lebens vertraut hast. Und ich weiß auch, dass ich, wenn ich dich wirklich liebe, aufhören muss, an meine eigenen Bedürfnisse zu denken. Ich muss dich deinen Weg gehen lassen.

Lebe wohl, Joelle. Ich entlasse dich aus meinem Verlangen.

JF

Jo hatte sich Johnny Fry anvertraut, lange bevor sie mich in ihr Geheimnis eingeweiht hatte. Das ging aus dieser E-Mail klar hervor. Und obwohl ich wusste, dass sie ihn dazu benutzt hatte, ihre finsteren Bedürfnisse zu befriedigen, wütete die Eifersucht in mir wie ein voll aufgedrehter Motor, der nichts zu bewegen vermochte, da irgendwer die Kupplung trat.

Ich wollte die beiden tot sehen, aber nicht unbedingt selbst der Mörder sein.

Jos erste Antwort auf JF1223 trug den Titel »Betrifft: Gefunden«. Lange Zeit widerstand ich der Versuchung, die Mail zu öffnen, aber dann siegte die Neugier.

John-John,

ich weiß deine Worte zu schätzen. Ich weiß auch, wie tief die Wunde ist, denn ich habe mein ganzes Leben aus ihr geblutet. Als ich dich traf, brauchte ich etwas, und du hast es mir gegeben. Es war etwas, wovon ich nie jemandem erzählt hatte. Wie eine Geschwulst saß es tief in meinem Innern, und du hast dieses Geschwür aus mir herausgeholt. Du hast mich gewissermaßen geheilt – wenn auch nur für einen Augenblick. Und dafür werde ich dich …

Ich wollte schon schreiben, dass ich dich dafür immer lieben werde, aber das wäre zu einfach. Alle reden von Liebe: Mütter und Väter, Großmütter und Großväter. Es gibt die Liebe zu deinem Land und zu deinen Mitmenschen. Es gibt die Liebe von Kindern zu ihren Eltern, und in jeder Stadt dieser Welt spazieren Liebespaare durch die Straßen. Liebe ist ein Allgemeinplatz, und was ich für dich empfinde, ist etwas ganz Besonderes. Was ich für dich empfinde, schmerzt tief in lange verheilten Wunden, es fließt wie Blut aus mir. Wärst du ein Stück Wild – oder wäre ich eins –, würde uns ein Wolf zerfleischen und unser Blut von seinen Lefzen triefen. Dieser Wolf ist die Leidenschaft zwischen dir und mir.

Du bist ein Schmerz tief in mir, ein Schmerz, den ich nicht lindern kann, und die Worte, mit denen du mich freigibst, schmerzen mehr, als ich auszudrücken vermag. Aber wenn ich eines von dir gelernt habe, dann, dass ich trotz des Schmerzes weiterleben kann.

JJ

In diesem Augenblick, da feststand, dass er ihr näher gekommen war, als es mir je vergönnt sein würde, beschloss ich, Johnny Fry zu töten. Er hatte alles aufgegeben, nur um ihr zu sagen, dass er sie liebte, und sie gab einer Nähe zu ihm Ausdruck, die selbst noch meine stärksten Gefühle zu ihr herabsetzte. Jo und Johnny Fry demütigten mich mit dem Bruch ihrer Beziehung, und ich hasste ihn dafür, umso mehr, weil er mich in meinen Augen so nichtig wirken ließ.

Fast hätte ich mich ausgeloggt. Was konnte ich aus ihrer zweiten E-Mail noch erfahren? Ihre erste Antwort hatte mich bereits zu einem Bürger zweiter Klasse im Land meiner eigenen Vorstellung werden lassen. Aber ich konnte mich nicht einfach abwenden, ohne nicht auch ihr zweites Kommuniqué gelesen zu haben. Vielleicht vermochte es ja, irgendwie, meine Selbstachtung wiederherzustellen.

In der Betreffzeile stand »Warte«.

Nach meiner letzten Mail habe ich dein Hemd aus der Schublade geholt, deinen Geruch eingeatmet, es zusammengeknüllt und mir zwischen die Schenkel gedrückt. Zweimal bin ich gekommen, und dann habe ich mich an die Worte erinnert, die ich dir geschrieben habe.

Ich kann keinen Schlussstrich ziehen, John-John. Ich kann nicht Lebewohl sagen. Der Schmerz, den du mir bereitet hast, ist das Süßeste, was ich je erfahren habe. L. oder Bettye tun nichts zur Sache. Es macht nichts, dass du weiß bist und keine Reue zeigst. Es macht nichts, dass wir beide jeweils andere

Menschen lieben, wirklich lieben. Während ich hier sitze und an deinen Schmerz und unsere Trennung denke, wächst ein Gefühl in mir heran, das weder ein Schwanz noch eine Zunge noch ein Baby in mir auslösen könnte.

Ich denke daran, wie du in Atlantic City diesen Kerl bezahlt hast, damit er's mir besorgt, während du uns zusahst. Meine Augen ruhten die ganze Zeit auf dir. Es hat mir eine unglaubliche Lust bereitet, von dir gezwungen zu werden, mich einem Fremden hinzugeben.

Ich komme nächste Woche mit nach Baltimore. Ich werde mich dir unterwerfen und dich beherrschen, und wir werden uns unsere Herzen aus dem Leib kotzen. Später dann wird uns die Polizei finden und sich fragen, was für krankhafte Gelübde wir wohl voreinander abgelegt haben.

Johnny Fry hatte in weniger als einer Minute geantwortet.

Ich werde da sein,
JF

Ich hatte Jos Schlaftabletten eingesteckt. Es waren noch achtzehn in dem Fläschchen. Ich hätte mich auf der Stelle damit umgebracht, wäre da nicht mein Entschluss gewesen, Johnny Fry zu töten.

Ich nahm zwei der Tabletten und legte mich zu Lucy, die nackt auf dem Bettzeug lag und schlief. Die Jalousie war hochgezogen, und der fast volle Mond warf sein Licht auf ihren blassen Körper. Es ließ sie übernatürlich wirken, leuchtend wie eine Göttin.

Spontan streckte ich die Hand aus, um ihre Schulter zu berühren, hielt dann aber inne. Ich überlegte, warum ich John Fry töten musste. Es war eindeutig nicht sein Fehler, dass Jo von solch finsteren Bedürfnissen getrieben wurde. Er sagte, er tue alles, was sie wolle, um mit ihr zusammen zu sein. Sie sagte, dass es keine Liebe sei …

Das Mondlicht strich über Lucys bleiche Haut.

Ich musste daran denken, wie sich die junge Fotografin in Schmerz und Ekstase unter mir gewunden hatte. Sie liebte Billy zwar immer noch, aber ihr sexuelles Verlangen negierte dieses Gefühl. Sie wollte etwas, das sie nur bei mir bekam, aber das hieß nicht, dass ich als Person damit gemeint war. Ich gab ihr etwas, so wie John Fry Jo etwas gab. Und Jo nahm es von ihm, wie Lucy es von mir nahm.

Lucy wusste, ich hatte eine Freundin, aber Jos Gefühle kümmerten sie nicht. Es juckte sie, und ich wusste, wo sie gekratzt werden wollte.

Es wäre nicht mein Fehler, wenn ich Johnny Fry umbrächte … Das Mondlicht war hell, hätte aber ohne den Widerschein auf Lucys Haut nicht diesen Glanz verbreitet … In ihren Träumen war Lucy durch eine Wüste geirrt, als ein vorbeireitender Fremder, ein Feind ihres Volkes, sein Kamel anhielt und ihr eine Kalebasse mit eiskaltem Wasser reichte … Irgendwo da draußen verbot es sich Johnny Fry, zu onanieren, damit er wuchtige Salven in Jos enge Kehle feuern konnte … Irgendwo da draußen zitterte Jo in freudiger Erwartung darauf, in die Arme des Mannes zurückzukehren, der sie spüren ließ, dass selbst die Liebe nur ein Allgemeinplatz ist … Und irgendwann in meiner Vorstellung hatte ich nach einem Messer gegriffen und war damit durch die Zeit gelaufen, darauf hoffend, Jonny schlafend neben meiner Freundin zu erwischen. Das Erste, was sie beim Aufwachen spüren würde, wäre sein warmes Blut auf ihrer Haut, und wenn sie in Panik hochführe, würde von mir nur noch das Schlagen der Tür zu hören sein, die sich hinter der Heuchelei unserer beider Leben schlösse.

Ich schreckte aus meiner Schlaftablettenstarre auf, und das Türschlagen schien fast wirklich.

Fast wirklich ... Ich kam zu mir. Bis jetzt war mein Leben ein Traum gewesen, ein vager Gedanke von jemandem, der Cordell Carmel hieß. Ein Vorgeschmack des Mannseins in einer Welt, die mir alles nahm, bevor ich noch begriff, was das Wort *Verlust* überhaupt bedeutete. Ich kam zu mir, ein Messer in der Hand und nach Blut dürstend ...

Am nächsten Morgen wachte Lucy auf und spürte, wie ihr mein Schwanz in das Rektum fuhr. Sie schnappte nach Luft und keuchte. »Oh, oh, oh, oh.«

Ich war hart und kalt und genoss ihre Verzückung aus tiefstem Herzen.

Dieses Mal war ich es, der sich vor und zurück bewegte. Ich war es, der die süßen Stellen in ihr fand und sie bearbeitete.

Lucy grub ihre Fingernägel in meinen Bizeps. Ich fickte sie heftiger, und sie schrie, wollte aber nicht, dass ich aufhöre.

Fünfzig Minuten später waren wir geduscht und saßen am Frühstückstisch. Wir waren angezogen, bereit für die zivilisierte Welt.

Wir saßen am Tisch und besprachen ihre Aufgaben und Verantwortlichkeiten der Galerie gegenüber. Sie würde fünfzehn Fotos auswählen, die aufgehängt werden sollten, und sich um ihre Rahmung kümmern. Gleichzeitig würde ich mit Miss Thinnes Kontakt halten und dafür sorgen, dass der Vertrag am Freitag unterschriftsreif war.

Ich stellte ihr einen Scheck über fünftausend Dollar aus.

»Das ist dein Vorschuss«, sagte ich und gab ihn ihr.

»Du musst mir nicht alles geben«, sagte sie.

»Nimm es. Das ist der Beginn deines Lebens als Fotografin. Im Übrigen wirst du es für deinen Anwalt brauchen.«

»Wozu brauche ich einen Anwalt?«

»Ich habe Miss Thinnes erklärt, du hättest eine Stiftung für die Waisenkinder in Darfur ins Leben gerufen. So habe ich sie davon überzeugt, deine Fotos auszustellen. Statt sie für zweitausendfünfhundert Dollar zu verkaufen, wird sie sechstausend nehmen, von denen dreitausend in deine Stiftung fließen.«

»Für jedes verkaufte Bild?«, fragte sie.

»Für jedes verkaufte Bild.«

Lucy starrte mich mit offenem Mund an.

»Das war mein Traum«, sagte sie zögernd.

»Wenn ein Traum stark genug ist, wird er Wirklichkeit«, antwortete ich und dachte, dass das auch auf Albträume zutraf.

Lucy stand auf, die Hände unbewusst zu Fäusten geballt.

»Das war mein Traum«, sagte sie noch einmal. »Jetzt kann ich den Kindern helfen und ein kleines Waisenhaus unterstützen. Ich könnte … ich könnte …«

Sie legte mir die Arme um den Hals, ließ sich auf meinen Schoß fallen und fing an zu weinen. Tränen verschluckten ihre Worte.

Nicht, dass es wichtig gewesen wäre, was sie sagte. Auf die Idee mit der Stiftung war ich nicht um des guten Zwecks willen gekommen. Ich wusste nur: Wenn die weißen Besucher der Galerie die Möglichkeit bekamen, etwas gegen ihre Schuldgefühle zu tun, würde sich das für mich auszahlen. Letztlich war ich ein Schwindler, wie viel Gutes dadurch am Ende auch bewirkt werden mochte. Dieses junge weiße Kind sorgte sich mehr um Schwarzafrika und mein Volk als ich – denn ich gehörte nirgendwohin. Ich hatte nichts, nur das Echo eines verlorenen Herzens und verschwimmende Bilder von etwas, das, wie ich mittlerweile wusste, niemals Liebe gewesen war.

Aber selbst das war nicht mehr wichtig, denn jetzt zählte nur noch die Ermordung Johnny Frys, des Mannes, der meine Vorstellung vom Mannsein in den Dreck getreten hatte.

Lucy ging zur Bank. Sie fragte, ob sie am Abend wieder zu mir kommen könne, aber ich erklärte ihr, dass ein alter Mann wie ich eine Pause zwischen Verabredungen wie unseren brauche.

»Ich muss mich ausruhen«, sagte ich. »Du weißt, dass ich dir zwanzig Jahre voraushabe.«

»Und das ist längst nicht alles«, antwortete sie.

Ich schob sie zur Tür hinaus, um nicht gleich wieder über sie herzufallen.

Anschließend rief ich Linda Chou an, Brad Mettlemans Empfangsdame.

»Ich habe gerade überlegt, ob ich heute nach fünf kurz vorbeischauen könnte, um ein paar Dinge zu besprechen«, sagte ich, da ich wusste, dass Brad das Büro immer schon um vier verließ.

»Natürlich«, sagte sie entzückt. »Ich bin mindestens bis sieben da.«

Mein tägliches Leben schien unverändert. Ich wohnte immer noch in derselben Wohnung und saß mittags zu Hause. Ich trug dieselben Kleider, benutzte dasselbe Telefon und hatte nach wie vor dieselbe Freundin – wenigstens nach außen hin. Mein Leben musste jedem Betrachter so langweilig und nüchtern erscheinen wie die ganzen letzten zwanzig Jahre, die zu diesem Tag geführt hatten.

Innerlich aber war ich ein neuer Mensch, wenn auch sicher kein besserer. Nein, besser war ich nicht, aber anders, schließlich würde ich einen Mord begehen. Das unterschied mich von all den anderen Liebenden auf dieser Welt.

Ich saß auf meinem Sofa und spürte ein neues Gewicht in mir. Ich war eine Naturgewalt. Ich war bereit, bis zum Äußersten zu gehen.

Die Zeit verstrich. Ich hatte keine Eile. Ich war völlig ruhig und verspürte keinerlei Verlangen nach Liebe, Sex oder Erfolg. Entweder bekam ich *alles*, oder es war auf ewig verloren – in beiden Fällen blieb mir nichts zu wünschen.

Die Digitaluhr des Kabelempfängers unter dem Fernseher zeigte mit hellroten Ziffern die verstreichenden Minuten an, und meine Gedanken begannen sich aufzulösen. Zurück blieben einzelne Worte – Mord, Leben, Süße, Sex –, die schließlich ihre Bedeutung verloren. Sie waren wie die stillen Augenblicke vor einem plötzlichen Geräusch, und nach einer Weile waren sie nicht einmal mehr das. In ein Insekt verpflanzt, wären sie vielleicht noch als Summen vernehmbar gewesen, in mir selbst waren sie kaum mehr als ein Reiben: das Reiben eines längst verpufften Gedankens an einem anderen.

Warten, warten, warten.

Als das Telefon klingelte, sprang ich auf. Mein Denken hatte sich so weit von mir gelöst, dass der Lärm unmöglich schien.

»Hallo?«, fragte ich wie betäubt.

»Hallo«, sagte eine dunkle Frauenstimme. »Könnte ich bitte mit Cordell sprechen?«

»Am Apparat.«

»Hallo, ich heiße Brenda. Eine Freundin hat mich gebeten, Sie anzurufen.«

»Welche Freundin?«, fragte ich und sank bereits wieder zurück in meinen Zustand meditativer Entrücktheit. Die Stimme der Frau klang tief und sinnlich.

»Cynthia«, sagte sie.

»Cynthia?«

»Mit Nachnamen heißt sie Cook, aber den benutzt sie bei *Sprich mit einem Freund* nicht.«

»Cynthia hat Sie gebeten, mich anzurufen? Warum?«

»Sie glaubt, es wäre gut, wenn wir uns mal unterhielten.«

»Warum?«, fragte ich.

»Ich weiß es nicht. Sie hat mich angerufen und nur gesagt, Sie müssten mit mir reden, um sich über etwas klar zu werden.«

»Aber ich kenne Sie nicht«, sagte ich.

»Ich kenne *Sie* nicht«, sagte sie ziemlich geheimnisvoll.

Wut stieg in mir auf. Cynthia hatte mich verraten, und dieser Verrat bedrohte die Gelassenheit, zu der ich gerade erst aufgrund meiner Entscheidung, John Fry zu töten, gefunden hatte.

»Sie hat nichts Falsches getan«, sagte Brenda, als könnte sie meine Gedanken lesen.

»Warum hat sie Ihnen meine Nummer gegeben?«

»Sie sagte, Sie befänden sich in einer schwierigen Phase und würden deshalb mit mir reden wollen.«

»Warum?«

»Hören Sie zu, Cordell, wenn Sie sich nicht mit mir treffen wollen, ist das absolut okay.«

»Treffen? Ich dachte, Sie wollten mit mir *reden*?«

»Ich will gar nichts«, sagte Brenda matt. »Cynthia meinte, es könnte Ihnen guttun, wenn wir zusammen essen gingen, und deshalb hat sie mich gebeten, Sie anzurufen. Bis auf Ihren Namen weiß ich so gut wie nichts von Ihnen.«

Etwas an der Art, wie sie ihre Worte setzte, ließ mich zögern. Fast hatte ich das Gefühl, bereits früher mit ihr gesprochen zu haben. Vielleicht hatte Cynthia ja recht, und Brenda konnte mir auf irgendeine Weise helfen. Vielleicht würde ich Johnny Fry nicht umbringen müssen, wenn ich mit Brenda sprach …

»Wann?«, fragte ich.

»Ich bin nur ein paar Tage in der Stadt«, sagte sie. »Heute Abend um zehn würde mir gut passen.«

»Wo?«

»In Michael Jordan's Steak House.«

»Im Grand Central?«

»Bis dann«, sagte sie und hängte auf.

Ich legte das Telefon weg und glitt zurück in meinen tranceartigen Zustand angenehmer Losgelöstheit. Brendas Anruf entschwand wie ein Traum, wurde zu einer vagen Erinnerung. Ich brauchte Cynthias Hilfe nicht. Ich musste nur Johnny Fry töten. Nicht, weil ich dann Jo zurückbekommen würde. Jo war für mich verloren. Ich war so etwas wie ein Haustier für sie, nach Johnny Fry hingegen verzehrte sie sich.

Nein. Ich würde Johnny Fry töten, weil er ein Parasit war, der sich unter meiner Haut eingenistet hatte. Er musste herausgeschnitten und zerquetscht werden. Er war wie eine fette weiße Made voll mit stinkendem eitergelbem Blut, die glaubte, von meinem Tisch leben zu können.

Meine Hände waren so taub wie meine Lippen und Zehen. Mein Atem ging langsam, und ich saß da … und wartete.

Als die Ziffern der Digitaluhr auf 16.09 Uhr sprangen, stand ich auf und ging aus dem Haus. Auf tauben Füßen lief ich zum U-Bahnhof.

In der U-Bahn setzte ich mich neben eine junge schwarze Frau, die Verbformen in ein französisches Arbeitsbuch eintrug.

Als sie einen Fehler machte, unterbrach ich sie und sagte ihr die richtige Form. Sie bedankte sich und machte weiter, ließ das Buch dann aber sinken.

»Sind Sie Tourist?«, fragte sie.

»Nein«, sagte ich. »Ich bin Amerikaner, aus San Francisco, lebe aber schon seit mehr als zwanzig Jahren in Manhattan.«

»Oh«, sagte sie und nickte fast schon herablassend. Sie war kleiner als Jo und bei Weitem nicht so schlank. Ihre Lippen waren groß und schön geformt, und wenn man ganz genau hinsah, konnte man links und rechts auf ihrer Nase einige wunderhübsche Sommersprossen erkennen.

»Ich dachte, Sie kämen vielleicht aus einem französischsprachigen Land.«

»Ich habe Sprachen studiert«, erklärte ich ihr. »In Berkeley.«

»Wow. Ich lerne Französisch am City College in Harlem. Ich würde gern ins Ausland gehen.« Sie seufzte und sah hinaus ins vorbeifliegende Dunkel.

»Warum?«, fragte ich.

»Um einen guten schwarzen Mann zu finden.«

»Gibt es denn hier keine guten schwarzen Männer?«

»Hm«, sagte sie und zog die Oberlippe angewidert hoch. »Die Männer hier sind Hunde. Sie dealen und fixen und wollen, dass ich sie durchfüttere und ihnen die Miete bezahle.«

»Alle Männer sind Hunde«, sagte ich, »die Franzosen eingeschlossen. Genau wie Afrikaner, Jamaikaner und Pygmäen, egal was für eine Sprache sie sprechen.«

Die junge Frau grinste, und der Zug verlangsamte seine Fahrt. Ich hatte Angst, dass sie aussteigen würde. Ihr Lächeln ließ mich wünschen, sie bliebe noch etwas.

»Steigen Sie aus?«, fragte ich.

Offenbar wollte sie etwas sagen, tat es aber nicht. »Nein. Und Sie?«

»Ich auch nicht.«

Sie lächelte, während sich die Leute an uns vorbeischoben. Der Waggon war sehr voll, und wir wurden auf der hellblauen Plastikbank aneinandergedrückt.

»Französisch zu lernen wird mir also nicht helfen?«, fragte sie. Die Türklingeln rasselten und die Türen bockten, weil die Leute sie noch aufhielten, um ein- und auszusteigen.

»Schaden wird es Ihnen sicher nicht«, sagte ich. »Manchmal ist es allerdings besser, etwas nicht zu wissen.«

»Ich will aber so viel wie möglich wissen«, sagte sie und sah mir in die Augen.

Ihre lila-grüne Bluse öffnete sich ein wenig und schenkte mir einen Blick in ihren Ausschnitt. Ich versuchte, nicht zu auffällig hinzusehen.

»Wir behaupten immer, dass wir alles wissen wollen«, antwortete ich. »Aber dann eröffnet Ihnen Ihre Mutter eines Tages, dass sie Ihren Bruder mehr liebt als Sie, oder Ihre Frau, dass sie lieber in einem Bett voller Scherben als mit Ihnen schlafen würde. Der Arzt, die Bank … Wirklich wissen wollen wir nur die Dinge, die uns glücklich machen oder mit uns persönlich nichts zu tun haben.«

»Das klingt aber traurig«, sagte die junge Frau. Ich schätzte sie auf siebenundzwanzig. »Sind Sie traurig?«

»Ja«, sagte ich. Mit einem Kribbeln verschwand die Taubheit aus meinen Händen und Füßen. »Sehr traurig, würde ich sagen.«

»Warum?«

»Wie heißen Sie?«

»Monica. Monica Wells.«

»Ich heiße Cordell Carmel.«

Monica hielt mir die Hand hin, und ich schüttelte sie.

»Freut mich, Sie kennenzulernen, Mr Carmel«, sagte sie.

Ich sah mir die hübsche, mollige kleine Frau an und dachte, dass man mit seinem Körper zwar immer nur einem Weg folgen, gedanklich und emotional aber gleichzeitig in zwei entgegengesetzte Richtungen gehen konnte.

Ich war unterwegs, um Johnny Fry zu töten, saß aber auch in diesem U-Bahn-Wagen, um Monica Wells dazu zu bringen, mich anzulächeln.

»Eigentlich ist nur ein Teil von mir traurig«, sagte ich.

»Und welcher Teil ist das?«

»Der, der nicht mit Ihnen spricht.«

»Wie meinen Sie das?«

»Ich stehe an einem Wendepunkt meines Lebens, Monica«, sagte ich und nannte sie bewusst bei ihrem Namen. »Fast so lange, wie ich in dieser Stadt lebe, war ich freiberuflicher Übersetzer, habe diese Arbeit aber letzte Woche an den Nagel gehängt. Außerdem habe ich mich von meiner Freundin getrennt und mich mit verschiedenen Frauen getroffen. Das klingt alles toll, ist es aber nicht. Meinen Job habe ich einfach so hingeschmissen, und meine Freundin, auch wenn sie's nicht sagen will, liebt einen anderen …«

»Wie schade«, sagte Monica. »Trifft sie ihn regelmäßig?«

»Ich weiß es nicht. Vielleicht.«

»Können Sie die Miete zahlen, so ohne Job?«, fragte sie.

»Ich habe schon was anderes. Wer weiß, am Ende verdiene ich damit vielleicht sogar mehr Geld als vorher. Aber das Ganze ist so … verwirrend.«

»Ja«, sagte sie. Ihre Hand bewegte sich ein Stück vor, als wollte sie meinen Arm berühren, aber sie hielt sie zurück.

»Und Sie?«, fragte ich. »Wie sieht Ihr Leben aus?«

»Ich wohne bei meiner Mom im East Village«, sagte sie. »Mit meiner Tochter.«

»Wie alt ist sie?«

»Fünf.«

»Ein schönes Alter. Da läuft sie, redet und geht allein aufs Klo, aber tut noch, was Sie sagen …, meistens.«

»Ja«, sagte Monica, senkte den Kopf und grinste. »Sie ist ein liebes Mädchen. Vermisst ihren Daddy, aber daran ist nichts zu ändern.«

»Hat er Sie verlassen?«

»Er sitzt im Gefängnis.«

»Oh. Das tut mir leid.«

»Ist schon okay«, sagte sie und hob abtuend die Hand. »Er hing ständig mit seinen Freunden herum, und am Ende hat's ihn erwischt.«

»Wie viele Jahre muss er absitzen?«

»Hm. Wissen Sie, deswegen gehe ich wieder zur Schule. Ich will, dass meine Tochter mit allen möglichen Leuten aus allen möglichen Schichten zusammenkommt. Ich will, dass sie auf eine französische Schule geht. Dann kriegt sie eine ganz andere Welt zu sehen.«

»Ich kenne eine Frau, die am New Yorker Lycée Français arbeitet«, sagte ich. »Ich habe für sie schon einiges übersetzt.«

»Ist sie eine Schwarze?«, fragte Monica.

»Nein. Sie heißt Marie Tourneau und ist fast immer in der Schule zu erreichen. Sie könnten sie anrufen und sagen, ich hätte Ihnen geraten, sich an sie zu wenden. Dann wird sie mich anrufen, und ich werde Sie in den höchsten Tönen loben.«

»Sie kennen mich doch gar nicht«, sagte Monica.

»Ich kenne Sie wahrscheinlich besser als irgendwer, dem Sie sich offiziell vorstellen«, sagte ich. »Ich weiß zum Beispiel, dass Sie versuchen, sich und Ihrer Tochter ein besseres Leben zu ermöglichen, und ich weiß, wie viel Ihnen die Schule dabei bedeutet. Wie heißt Ihre Tochter?«

»Mozelle.«

»Also dann, erzählen Sie mir von Mozelle.«

Mozelle war ein Einzelkind. Sie liebte Buntstifte, gelbes Papier und Musik und half ihrer Mutter und Großmutter abends beim Kochen.

An den Wochenenden machten Mutter und Tochter immer etwas Besonderes, gingen in den Zoo in der Bronx, ins Museum of Natural History oder ins Metropolitan Museum. Einmal waren sie mit der Fähre nach Staten Island gefahren, nachdem sie das Jüdische Museum besucht hatten.

»Ich will, dass Mozelle die Geschichte der einfachen Leute kennenlernt«, sagte sie. »Sie soll wissen, wo wir herkommen – wir alle.«

Der Zug hielt an der 135. Straße. Als Monica aufstand, um auszusteigen, stand auch ich auf.

»Wollen Sie auch ins College?«, fragte sie mit einem plötzlichen Anflug von Angst in der Stimme. Schließlich kannte sie mich nur aufgrund unserer kurzen Unterhaltung.

»Ich wollte eigentlich nur bis zur 95. Straße«, gestand ich ihr, »aber mir hat das Gespräch mit Ihnen so gut gefallen, dass ich sitzen geblieben bin. Jetzt gehe ich auf die andere Seite und fahre zurück.«

»Aber dann müssen Sie neu zahlen«, sagte sie. »Wenn Sie bis zur 145. fahren, können Sie ungehindert rüber.«

»Das macht nichts«, sagte ich. Wir standen bereits auf dem Bahnsteig. »Ich bringe Sie noch bis zum College, und dann fahre ich zurück. Das ist es wert.«

Am Fußgängerübergang sagte ich: »Also, Monica ... Wir sind uns einig, dass alle Männer Hunde sind, und Sie wissen, dass ich mit vielen Frauen ausgehe. Sie wissen auch, dass ich einen Job habe, nicht deale und keine Drogen nehme. Wenn Sie also nichts dagegen hätten, mit mir auszugehen, würde ich Sie gerne zum Abendessen einladen.«

Die Ampel schaltete auf Grün, aber Monica blieb stehen.

Sie war deutlich kleiner als ich, aber nicht annähernd so stämmig, wie ich gedacht hatte.

»Warum wollen Sie mit mir ausgehen?«

»Als ich sagte, dass ich traurig bin, wollten Sie mir im ersten Moment die Hand auf den Arm legen und sagen, dass alles in Ordnung kommt. Aber Sie haben es dann nicht getan, weil Sie mich nicht gut genug kennen.«

»Natürlich nicht.« Ihr Lächeln kehrte zurück, wie das erste Licht, das morgens die Dunkelheit durchbricht.

»Wenn wir zusammen essen gehen, lernen Sie mich besser kennen, und wenn ich dann wieder traurig bin, können Sie mir ruhig die Hand auf den Arm legen.«

»Ist das alles, was Sie wollen?«

»Im Moment bin ich schon glücklich, hier mit Ihnen zu stehen.«

»Heute Abend?«, fragte sie.

»Morgen.«

»Wohin gehen wir?«

Ich gab ihr die Adresse meines italienischen Stammlokals an der Sixth Avenue.

»Um wie viel Uhr?«

»Sieben?«

»Okay. Ich komme.« Sie machte einen Schritt auf die Straße, aber die Ampel war längst wieder auf Rot gesprungen.

Ein heranrasender Wagen hupte laut, und ich packte sie am Arm und zog sie zurück auf den Bürgersteig.

Statt mir zu danken, fragte sie: »Kennen Sie diese Frau wirklich, diese Marie Tourneau?«

»Ja, Ma'am.«

Die Ampel wurde grün, und ich ließ sie los.

Zusammen gingen wir zum U-Bahn-Eingang, und da trennten wir uns. Sie hatte schon den halben Weg zum College zurückgelegt, als sie sich noch einmal umdrehte. Ich winkte ihr zu, und sie fing aus vollem Halse an zu lachen.

»Ich dachte, Sie kämen um fünf«, sagte die kleine Linda Chou, als sie das Büro meines alten Freundes Brad Mettleman aufsperrte.

Sie hatte bereits abgeschlossen, und ich konnte sehen, dass sie gerade erst ihren rubinroten Lippenstift aufgefrischt und die rasierklingendünnen Maskarastriche an ihren Augen nachgezogen hatte.

Sie war höchstens fünfundzwanzig und dünn. Nicht unterernährt wie die Kinder auf Lucys Fotos, aber drahtig wie die alten Männer und Frauen, die unter der Armutsgrenze auf Farmen im Mittleren Westen leben, wo die Leute noch vor Ehrfurcht erschaudern, wenn sie von Gott, der Sünde und George Washington reden hören.

»Es tut mir leid«, sagte ich, »wirklich. Ich saß in der U-Bahn ..., geriet ins Grübeln ... Und schon war ich an der 135. Straße.«

»So weit sind Sie gefahren?« Sie konnte wunderbar große Augen machen.

»Es tut mir leid«, sagte ich noch einmal. »Erst bin ich unhöflich, und dann lasse ich Sie warten.«

»Das macht nichts. Die Blumen sind so schön. Möchten

Sie sie sehen?« Sie lächelte und neigte ihren Kopf etwas zur Seite.

Mit einer spielerischen Geste fasste sie den Ärmel meiner braunen Jacke und zog mich aus dem Eingangsbereich in ihr Büro.

Die gelben Rosen waren wirklich schön. Sie standen in einer schlanken gläsernen Vase, ohne das Grünzeug, das so viele untalentierte Blumenhändler gewöhnlich benutzen.

»Die Rosen passen zu Ihnen«, sagte ich und sah sie an.

Sie biss sich auf die Unterlippe, und ich bedauerte, dass ich später mit Brenda verabredet war, wer immer diese Brenda auch sein mochte.

»Was wünschen Sie, Mr Carmel?«

»Warum setzen wir uns nicht?«, schlug ich vor.

Vor ihrem Arts & Craft-Schreibtisch aus massiver Eiche standen zwei Besucherstühle. Sie setzte sich auf den einen, ich mich auf den anderen. Unsere Knie waren nur Zentimeter voneinander entfernt.

Meine Tage waren gezählt, da war ich mir sicher. Ich konnte Johnny Fry umbringen, aber ich bezweifelte, dass ich damit durchkäme. Die Polizei würde mich verhaften oder gleich erschießen, und vor Gericht drohte mir die Todesstrafe oder lebenslange Haft.

Es ist merkwürdig, dass mir das alles nichts ausmachte. Ich war wohl nicht ganz bei Sinnen – und irgendwie gefiel es mir, dass plötzlich so gut wie jeder Augenblick mit den kleinen schönen Dingen des Lebens gespickt war.

Ich konnte fast hören, wie Linda das Herz schlug.

Meine Nasenflügel bebten, und sie lächelte mich an.

»Ich bin mit Miss Thinnes handelseinig geworden. Sie wird Lucy Carmichaels Arbeiten ausstellen«, erklärte ich ihr.

»Tatsächlich?« Lindas Augen und ihr Mund formten drei

perfekte Kreise, ohne dass sie dafür ihr einladendes Lächeln aufgegeben hätte. »Sie ist eine echt harte Nuss. Brad hat in den letzten zwölf Jahren ganze zwei Ausstellungen mit ihr organisieren können.«

»Ich habe an ihr Gewissen appelliert«, sagte ich, »und ihr erklärt, dass Lucy eine Stiftung für die Waisenkinder im Sudan ins Leben gerufen habe. Wie es scheint, gefällt Miss Thinnes der Gedanke, dass sie da etwas tun kann.«

»Ist das nicht etwas zynisch?«, fragte Linda und schlug die Beine übereinander. Sie trug ein oberschenkellanges orangefarbenes Seidenkleid mit gelben Fischmustern darauf. Es war so geschnitten, dass man den Eindruck hatte, weit mehr von ihren Schenkeln zu sehen, als sie tatsächlich zeigte.

Der Anblick erregte mich, aber es war dieses Wort, das mich aufhorchen ließ: *zynisch*. Nicht das Wort selbst, sondern die Provokation, die es in sich barg. Sie warf mir vor, Miss Thinnes' hehre Absichten nicht zu achten, sondern auszunutzen.

Das erinnerte mich an meinen Vater.

Für einen Augenblick sah ich ihn im Wohnzimmer unserer Wohnung in der Isabella Street in Oakland stehen. Ich erzählte den Leuten schon so lange, ich käme aus San Francisco, dass ich unsere kleine Hinterhauswohnung in Oakland mitunter vergaß.

Mein Vater saß auf dem verschlissenen kastanienbraunen Fernsehsessel, den er irgendwo in den reichen Weißenvierteln zwischen Berkeley und Oakland am Straßenrand gefunden hatte.

Verstand ist die einzige Waffe, die ein Nigger hat, sagte er. Dabei sprach er so schnell, wie er es immer tat. *Ob die Weißen dich lieben oder hassen, ist ganz gleich. Weil sie nie so fühlen wie du. Nein, nein. Nicht auch nur eine Minute. Die Weißen werden dich nie verstehen und nie das tun, was du willst. Können sie nicht. Deshalb musst du lernen zu denken wie sie und herausfinden, was ihnen im Kopf rumgeht, damit du sie dazu bringen kannst, zu tun, was du willst.*

»Ja«, sagte ich zu Linda. »Sie haben recht. Ich habe sie glauben gemacht, dass sie den Menschen im Sudan helfen kann, indem sie der weißen Fotografin, die dort war und diese Kinder fotografiert hat, Geld hinterherwirft. Sie will sechstausend Dollar pro Foto nehmen.«

»Sechstausend?«, sagte Linda. »Wahnsinn.«

»Auch Lucy glaubt, dass sie den Menschen dort helfen kann«, sagte ich mit einem Lächeln, das womöglich traurig wirkte.

»Sie glauben es nicht?«, fragte Linda, nahm das eine Bein vom anderen und stützte die Ellbogen auf eine sehr maskuline Weise auf ihre Knie.

»Sie sind sehr hübsch, Linda Chou.«

»Ist das die Antwort?«

»Nein«, sagte ich. »Ich glaube ... Ich glaube nicht, dass wir ... Ich meine, niemand von uns versteht, wie tief der Schmerz in den Menschen sitzt. Wir denken – und glauben, die anderen denken ebenso. Wir fühlen – und glauben, die anderen fühlen ebenso. Aber die meiste Zeit machen wir uns in dieser Hinsicht etwas vor.«

Meine Worte überraschten uns beide.

»Na prima«, sagte Linda Chou und lächelte.

»Waren Sie je mit einem Mann zusammen und haben sich dann von ihm getrennt, weil Sie festgestellt haben, dass Sie nichts von ihm wussten?«, fragte ich.

»Ja«, sagte sie mit neu erwachtem Interesse.

»Man sieht die Menschen an und fragt sich, was um alles in der Welt man sich nur gedacht haben mag, als man sich mit ihnen einließ. Wie konnte ich diesen Menschen küssen oder auch nur mit ihm sprechen? Er war nie der, für den ich ihn gehalten habe.«

Linda biss sich wieder auf die Lippen.

»Was hat das mit den Kindern in Darfur zu tun?«, fragte sie und rechnete ernsthaft mit einer Antwort.

»Die Menschheit ist wie ein Körper«, sagte ich und dachte, dass ich am liebsten auf die Knie gegangen wäre und mein Gesicht zwischen ihren Schenkeln vergraben hätte. »Nicht ein paar Menschen hier und ein paar Menschen da. Vor einigen Tagen habe ich mir die Hand verletzt. Ich hatte Schmerzen, und obwohl die Diagnose eindeutig war, musste der Arzt doch noch alles mögliche andere in Betracht ziehen. Warum zum Beispiel war ich gefallen? Hatte ich Fieber? War da eine Blockade in meinem Kopf? Hatte sich die Verletzung entzündet? Dann hätte er mir keine Spritze direkt in die Hand geben können, das hätte zu sehr wehgetan. Wir sind ein System, wir alle, aber wir denken und verhalten uns nicht so. Wir nehmen Schuldzuweisungen vor, haben Mitleid und sehen weg. Deshalb habe ich kein Vertrauen in die Menschen. Sie sind blind.«

»Aber *Sie* nicht«, sagte Linda Chou, ohne dass ich hätte sagen können, ob sie sich über mich lustig machte.

»Würden Sie mit mir ausgehen?«, fragte ich sie.

»Wohin?«

»Ich weiß nicht. Zum Tanzen?«

»Sie tanzen gerne?«

»Ich kann nicht tanzen. Aber Sie sehen wie eine gute Tänzerin aus, und ich bin bereit, für ein Rendezvous mit Ihnen ein paarmal zu Boden zu gehen.«

»Aber was ist, wenn Sie Fieber haben oder gar einen Tumor?«

»Dann sterbe ich tanzend«, sagte ich. »Was könnte schöner sein?«

Linda lachte sehr laut. Vermutlich war sie irritiert, weil sie nicht mit so einer tiefschürfenden Unterhaltung gerechnet hatte. Ich musste an Lucy denken, wie sie sich an mich drückte, als ich im Schlaf in sie eindrang. Sie wollte es, aber gleichzeitig war es ihr zu viel.

»Okay«, sagte sie. »Wann?«

»Heute Abend geht es nicht. Ich habe später noch einen Termin. Aber übermorgen gerne.«

»Okay«, sagte sie und zuckte lächelnd mit den Achseln. »Ich suche uns ein nettes Lokal aus, und Sie holen mich hier um neun Uhr ab.«

»Ich muss mal eben zur Toilette«, sagte ich. »Haben Sie etwas dagegen, wenn ich Brads benutze?«

»Nein. Gehen Sie nur.«

Ich trat in Brads großes, modern eingerichtetes Büro und ging zum Bad hinüber, lehnte mich hinein, drehte das heiße und das kalte Wasser auf und produzierte reichlich Lärm. Dann machte ich mich klein, hockte mich vor Brads Schreibtisch und öffnete die unterste Schublade.

Ich wusste, dass er eine unregistrierte Pistole darin aufbewahrte. Eine .32er, die er einem drogensüchtigen Klienten abgekauft hatte, und zwar, wie er sagte, damit der Junge sich etwas zu essen leisten konnte und mit dem Ding niemanden umbrachte oder sich gar selbst erschoss.

Eine Woche später starb der Junkie an einer Überdosis. Brad verdiente hunderttausend Dollar an seinen Aquarellen. Der Junkie hatte nicht mal eine Freundin gehabt, der Brad etwas hätte zahlen müssen.

Ich steckte die ungeladene kleine Pistole in die linke Brusttasche meines Jacketts und die Schachtel mit der Munition in die andere. Dann ging ich ins Bad, betätigte die Spülung, drehte die Hähne zu, die wie silberne Eidechsen aussahen, und ging zurück in Lindas Büro.

Linda saß hinter ihrem Schreibtisch, vor ihr lagen einige Dokumente.

»Das sind drei Standardverträge, wie wir sie für unsere Klienten und Händler benutzen«, sagte sie. »Sie sollten sie mitnehmen und durchlesen. Wann treffen Sie Miss Thinnes das nächste Mal?«

»Samstag.«

»Lesen Sie die Verträge durch, und wir besprechen, was Sie fordern sollten, wenn wir tanzen gehen.«

»Vielleicht«, sagte ich.

»Vielleicht?«

»Nun ... Es wäre keine sehr gelungene Verabredung, wenn ich Sie für Ihr Essen und das Tanzen arbeiten ließe.«

»Machen Sie sich keine Sorgen«, sagte Linda mit einem genießerischen Lächeln. »Ich werde Sie auf der Tanzfläche ebenfalls arbeiten lassen. Bis Sie nicht mehr können.«

Ich brachte die junge Empfangsdame zu ihrer U-Bahn-Haltestelle und gab ihr einen Abschiedskuss auf die Wange. Ich freute mich auf unsere Verabredung, aber das Gewicht in meiner Tasche erinnerte mich daran, dass ich bis dahin womöglich längst tot war. Aus irgendeinem Grund musste ich darüber lachen.

Ich spazierte durch den Central Park zur Fifth Avenue und wandte mich südwärts. Die Luft war schwül und die Straße voll mit Menschen – Sekretärinnen, dickleibigen Geschäftsmännern, heimatlosen Rauchern. Limousinen spuckten Leute aus oder holten sie ab, und überall sah man Liebespaare, ganz normale Liebespaare.

Ich ging zu einer Telefonzelle und rief Joelle an.

»Hallo«, sagte sie. Es klang, als hätte sie den Anruf erwartet.

»Hallo.«

»Oh …, L.«

»Hast du mit jemand anderem gerechnet?«

»Nein, nein.«

»Ich könnte auflegen und später noch mal anrufen.«

»Nein. Wo bist du?«, fragte sie. »Du klingst, als stündest du draußen vor der Tür.«

»Ich bin auf der Fifth Avenue. Mein Typ aus Philly fährt heute Abend um zehn von Penn Station. Ich bringe ihm meine Seiten. Was hast du gemacht?«

»Nichts. Gearbeitet.«

»Keine interessanten Anrufe?«

»Nein. Ich …«

»Ja?«

»Ich muss nächste Woche nach Baltimore. Sie lesen eine Messe für meinen Onkel.«

»Warum solltest du da hinfahren?«, fragte ich.

»Ich habe das Gefühl, ich muss«, sagte sie und klang dabei irgendwie komisch.

»Ich begleite dich«, bot ich ihr an.

»Nein.«

»Ich denke, ich sollte mitkommen. Ich meine, nachdem wir darüber gesprochen haben, habe ich das Gefühl, das alles hat auch mit mir zu tun.«

»Nein, L. Das ist etwas, das ich allein tun muss.«

»Oh. Okay.«

»Kommst du später noch?«, fragte sie so süß, dass ich einen

Augenblick lang vergaß, wie stumpfsinnig und banal unsere Liebe war.

»Okay«, sagte ich. »Ich komme.«

Es war kurz nach halb neun, als ich den Grand Central erreichte. Der Verkehr ebbte ab, trotzdem waren noch viele Leute unterwegs.

Ich ging in einen Buchladen und suchte nach einem Roman, den ich hätte lesen können, während ich auf Brenda wartete. Ich blätterte durch John Updike, Colson Whitehead, Philip Roth und das Sexbuch eines bekannten Fernsehstars, aber ich merkte schnell, dass ich nicht in Leselaune war.

Ich war wütend und fühlte mich von Cynthia verraten. Und je länger ich darüber nachdachte, desto wütender wurde ich.

Warum konnte ich niemandem trauen? Warum betrogen mich alle?

Ich ging zu einer Telefonzelle und gab die Nummer gleich im ersten Anlauf richtig ein. Ihr Telefon klingelte dreimal, dann meldete sich ein Anrufbeantworter.

»Hier ist Cynthia, ich telefoniere gerade, rufe aber gerne zurück, wenn du deinen Namen und deine Nummer hinterlässt.«

»Ich bin's, Cordell«, sagte ich ohne besonderen Tonfall. Ich gab ihr die Nummer des öffentlichen Fernsprechers, vor dem ich stand und hängte ein.

Dreißig Sekunden später dachte ich, was für ein Narr ich doch sei, dort zu stehen und darauf zu warten, dass sie zurückrief. Da klingelte es.

»Hallo?«

»Cordell?«

»Warst du gerade in einem Gespräch?«

»Ich habe auf deinen Anruf gewartet. Wie geht es dir?«

»Ich fühle mich irgendwie betrogen von dir.«

»Oh, bitte nicht«, sagte sie. »Ich habe lange darüber nachgedacht, ob ich Brenda anrufen soll, und bin mir daher sicher, du solltest sie treffen und mit ihr sprechen. Ganz sicher.«

»Wer ist sie?«

»Jemand, der dir auf deiner Reise weiterhelfen wird.«

»Was ist sie? Eine Therapeutin? Eine Prostituierte?«

»Sie ist eine sehr starke Frau. Eine Frau, die deinen Kummer verstehen wird.«

Kummer.

»Cynthia«, sagte ich. »Du kannst mich keinesfalls gut genug kennen, um mich mit einer Frau zusammenzubringen.«

»Das will ich auch gar nicht«, sagte sie. »Darum geht es nicht. Aber dieses Treffen mit Brenda könnte zu einem Wendepunkt in deinem Leben werden. Es könnte dir begreiflich machen, wie wichtig es für dich ist, deinen Mitmenschen gegenüber offen zu sein.«

Ich wollte wütend sein, konnte es aber nicht. Die Sorge in Cynthias Stimme war echt, und das allein zählte für mich.

»Ich hoffe, du hast recht«, sagte ich. »Ich fange langsam an zu glauben, dass ich dieses Trauma mit Jo nicht überlebe.«

»Hast du mit ihr darüber gesprochen?«

»Nein.«

»Ist sie zu ihrem Liebhaber zurückgekehrt?«

»Ich glaube, sie hat es vor. Sie fahren zusammen nach Baltimore, um an einer Messe für den Onkel teilzunehmen, der sie missbraucht hat.«

»Was gibt dir das für ein Gefühl?«

»Ein beschissenes.«

»Was willst du jetzt tun?«, fragte sie.

»Es gibt ein paar Dinge, die ich dir nicht sagen kann, Cynthia. Ich hoffe, dafür hast du Verständnis.«

»Vollkommen. Aber du musst wissen, dass du mir alles erzählen kannst. Alles. Ich werde immer auf deiner Seite sein.«

Diese Tage waren so voller Gefühle. Tränen stiegen mir in die Augen und schon rannen sie mir übers Gesicht. Ich wusste nicht, wohin ich mich wenden sollte, und so sagte ich: »Ich muss jetzt Schluss machen«, und hängte ein.

Ich ging die 42. Straße in Richtung Broadway, sah in die Schaufenster und dachte über die Liebe nach. Ich dachte an meine Mutter in ihrer Seniorenresidenz in Connecticut. Alle zwei Wochen rief ich sie an, und dann sprachen wir drei Minuten miteinander, manchmal auch weniger. Ich fragte, wie es ihr ging und ob sie etwas brauchte. Immer war alles in Ordnung, und sie brauchte nichts.

»Ich liebe dich«, sagte ich jedes Mal, nachdem wir uns bereits verabschiedet hatten.

Darauf sagte sie zögernd: »Äh, oh ja. Bis dann.«

Cynthia hingegen, obwohl ich sie noch nie gesehen hatte, war bereit, so etwas wie eine Verpflichtung einzugehen. Sie saß vor ihrem Telefon und wartete darauf, dass meine Nummer auf ihrem Display erschien.

Kein Wunder, dass Jo mich allenfalls für Durchschnitt hielt. Ich hatte nicht mal gewusst, wie ich reagieren sollte, als ich sie mit ihrem Liebhaber erwischte. Er fickte sie in den Arsch, als gehörte sie ihm, nur ihm allein. Sie nickte und nannte ihn Daddy. Und was tat ich?

Ich fühlte nach der Pistole in meinem Jackett. In dem Moment schlug mir ein Regentropfen ins Gesicht. Ich hatte einen Brookstone-Schirm in meiner Aktentasche. Als ich ihn aufgespannt hatte, regnete es bereits in Strömen. Meine Füße wurden nass, aber das war nicht so schlimm.

An der Ecke Sixth Avenue blieb ich neben einem jungen

Schwarzen stehen, der nicht älter als zwanzig war. Er trug eine schwarze Hose und ein weites T-Shirt und wurde klatschnass.

»Welche Richtung gehen Sie?«, fragte er schüchtern.

»Westlich.«

»Könnte ich ...?«

Ich machte eine einladende Geste mit der Aktentasche, und er duckte sich zu mir unter den notdürftigen Schutz meines Schirms.

Wir gingen Seite an Seite, eng beieinander, ohne uns zu berühren oder miteinander zu reden. Um uns herum rannten die Leute in alle möglichen Richtungen oder standen in Türeingängen. Ein extrem dicker Kerl hatte einen so kleinen Schirm, dass es fast so aussah, als trüge er nur einen Hut.

Nach ein paar Blocks sagte der junge Mann: »Ich will zu Billy's Burger hinter der Tenth. Gehen Sie auch so weit?«

»Klar.«

Es war komisch, so neben jemandem herzugehen, den ich nicht kannte. Ich musste an die glasäugigen Wölfe im Museum of Natural History denken. Manches tut man aus Instinkt, und das ist etwas Kostbares in unserer sogenannten zivilisierten Welt ...

Als wir die Tür des Fast-Food-Restaurants erreichten, fragte mich der junge Mann: »Wohin gehen Sie?«

Er schielte und hatte einen Silberzahn.

»Ich gehe spazieren, um die Zeit totzuschlagen«, sagte ich.

»Wollen Sie irgendwas?«, fragte er mich.

»Wie bitte?«

»Ich könnte Ihnen einen blasen.«

»Äh ..., nein. Nein, danke.«

»Würde nichts kosten. Wohnen Sie in der Gegend?«

»Tut mir leid ..., nein.«

»Okay. Danke fürs Bringen.«

Damit drehte er sich weg und ging ins Restaurant, wo ihn andere junge Männer begrüßten und auf Wangen und Lippen küssten.

Auf dem Weg zurück zum Grand Central dachte ich an den letzten Besuch bei meiner Mutter. Das Einzige, worauf sich meine Geschwister und ich hatten einigen können, war, dafür zu sorgen, dass sie einen schönen Alterssitz bekam. Wir alle steuerten monatlich etwas bei, und ihre staatliche Rente reichte für den Rest. Im kleinen Gemeinschaftssaal gab es Bingo-Abende und abendliche Filmvorführungen. Sie hatte einen weißen Freund, der noch Tennis spielte und die Woche über mit ihr zu Abend aß.

»Könntest du dir vorstellen, ihn zu heiraten?«, fragte ich meine Mom während eines unserer Dreiminutengespräche.

»Oh nein, Eric«, sagte sie. Sie nannte mich oft beim Namen meines Bruders, und ich fragte mich, ob sie überhaupt noch wusste, dass sie zwei Söhne hatte.

»Oh nein«, wiederholte sie. »Ich habe ja nicht mal deinen Vater geheiratet.«

»Was?«

»Ich habe ihn nie geheiratet. Ich bin eine freie Frau. Er kann mich nicht als sein Eigentum betrachten. Keiner kann das.« Sie wirkte aufgeregt, fast zornig.

»Du wolltest also nie verheiratet sein?«

»Nein, Sir. Ich nicht.«

»Ja, Sir?«, fragte die junge lateinamerikanische Empfangsdame.

»Ich heiße Cordell«, sagte ich. »Sie heißt Brenda. Wir sind um zehn zum Essen verabredet.«

Die hübsche Frau sah auf ihren Bildschirm und lächelte.

»Ihr Gast ist bereits da, Cordell. Gehen Sie an der Bar entlang und dann gleich rechts.«

Am Eingang zum Restaurant stand ein pummeliges weißes Mädchen in einem blauen Rüschenkleid und lächelte mich an.

»Hier entlang«, sagte sie und hielt sich die Speisekarten vor das großzügige Dekolleté.

Das Restaurant war in zwei Bereiche unterteilt. Der erste war kleiner, aber mit großen Tischen und einer Bank für acht oder neun Paare ausgestattet. Der nachfolgende, in dem unser Tisch stand, war offen und man sah bis hinauf zum türkisfarbenen Dach der Bahnhofshalle, auf das die Tierkreiszeichen gemalt waren, mit kleinen gelben Lichtern für die Sterne.

Das Mädchen brachte mich zu einem Tisch, von dem aus man die Halle bestens im Blick hatte. Ich freute mich so über den Ausblick, dass ich dem Profil meiner unbekannten Verabredung keine allzu große Aufmerksamkeit schenkte.

Sie war schwarz, mit einem karamellfarbenen Ton, und hatte geglättetes Haar. Sie trug ein rotes Kleid und schien eine gute Figur zu haben.

Das Mädchen führte mich bis an den Tisch und legte die Speisekarten ab. Erst jetzt sah ich Brendas Gesicht richtig.

»Äh … äh …«, sagte ich und starrte die Frau an, die sich Brenda nannte.

»Vielleicht sollten Sie sich setzen, Cordell«, schlug sie vor.

Jetzt erst merkte ich, dass die Bedienung den Stuhl für mich hielt. Ich nickte ihr zu, ließ mich aber viel zu schnell fallen und saß zunächst auf der Kante.

»Ist schon okay«, sagte ich zu dem Mädchen. »Alles bestens.«

Die pummelige Kleine verschwand, und ich starrte in Brendas strahlendes Gesicht.

»Ich kann es nicht glauben«, sagte ich.

»Sie kennen mich?«

»Ich … ich …«, sagte ich. Dann holte ich Luft. »Sie sind ein … ein Traum, kein Mensch.«

Ihr Lächeln war schlau.

»Gab es mich nur in Ihrer Fantasie?«

»War Mel Schauspieler oder jemand, der nicht wusste, was ihn erwartete?«, fragte ich.

»Das ist Ihnen aufgefallen?«

Die Überraschung auf ihrem Gesicht ließ mich frohlocken. Ich musste mich unglaublich zusammenreißen, um nicht anzufangen zu kichern und aufgeregt auf meinem Stuhl herumzurutschen.

»Wie hat Cynthia das geschafft?«, fragte ich. »Wie konnte sie das? Und wie kommt es, dass *Sie* … da mitmachen?«

Sisypha lächelte verschmitzt. Ihre Augen trotzten meiner Unterwürfigkeit.

»Ich bin eine Frau, und Sie sind ein Mann«, sagte sie. »Das wird niemand ändern. Cynthia arbeitete vor langer Zeit im Sexgeschäft. Wir kennen uns aus Hollywood, daher hat sie meine Nummer.«

»Und Sie sind nach New York gekommen, nur weil Cynthia Sie einfach so angerufen hat?«

»Das war eher eine glückliche Fügung …«

Schon dieses Wort beschwingte mich. Mit dem rechten Fuß morste ich ihren Namen auf den Boden. Der Morsecode war meine erste Fremdsprache. Als Junge hatte ich beim Abendessen gesessen und *Fuck you, Daddy, Arschloch* gemorst, während mein Vater sich aufspielte.

»… ich musste wegen der Spiele nach New York«, erklärte Sisypha. »Cynthia wusste, dass ich hier sein würde, und so rief sie an und sagte, da stehe jemand am Scheideweg. Sie sagte,

Sie hätten die *Sisypha-Sage* gesehen und seien begeistert gewesen.«

»Sie haben ihn sich unterworfen«, sagte ich.

»Ist es das, was Sie wollen?«

Ich sah mich nach einem Kellner um, aber es war keiner in der Nähe.

»Was ... was sind das für *Spiele*?«, fragte ich und hoffte, das Herz würde mir nicht aus der Kehle springen.

Sisypha (so hieß sie für mich) lehnte sich zurück, lächelte und zeigte mir ihre Zähne.

»Die Sex-Spiele«, sagte sie. »Sie werden alle drei Jahre in New York abgehalten und bestehen aus zwölf Hauptteilen und zweimal so vielen Unterhaltungsvorführungen.«

»Ich habe noch nie davon gehört«, sagte ich, und ihr Lächeln wurde breiter.

»Das können Sie auch kaum. Da werden gewisse Regeln überschritten, und deshalb findet alles hinter verschlossenen Türen statt. Die Karten kosten tausend Dollar, Austragungsorte sind Lagerhäuser in Brooklyn und der Bronx.«

»Und Sie, Sie mögen diese, hm, diese Wettbewerbe?«

»Ich bin Jurorin«, sagte sie. »Ich sitze in verschiedenen Jurys.«

»Vorhin bin ich die Straße entlanggegangen«, sagte ich. »Es regnete, und weil ich einen Schirm hatte, fragte mich ein junger Kerl, ob er ein Stück mit mir gehen könne.«

Ihr Gesicht hatte etwas Hartes, aber ihre Schönheit war unbestreitbar. Ich wollte ihre Aufmerksamkeit, wollte, dass sie mir zuhörte.

»Und?«, fragte sie.

»Als wir ankamen, bot er an, mir zum Dank einen zu blasen.« Das letzte Wort flüsterte ich.

»Und? Haben Sie sein Angebot angenommen?«

»Nein. Nein, ich … Ich war nicht interessiert.«

»Verstehe. Und warum erzählen Sie mir das?«

»Bis vor einigen Tagen war mein Leben so langweilig wie eine leere Papiertüte«, sagte ich. »Einmal pro Woche habe ich mit meiner Freundin geschlafen, hin und wieder mit kleinen Variationen, aber meistens war unser Sex völlig einfallslos. Nie hat sich mir eine andere Frau sexuell genähert, geschweige denn ein Mann. Und jemanden wie Sie habe ich erst recht nicht getroffen.«

»Und wie bin ich?«, fragte sie.

»Sie sind ein Mensch, der in dieser Welt lebt. Sie treffen Ihre eigenen Entscheidungen und leben danach. Sie machen Ihre geheimen Wünsche wahr. Sie sind alles, was ich sein möchte, aber das wusste ich vorher nicht.«

»Sie wollen eine Frau sein?«

»Nein. Ich will frei sein.«

In Sisyphas Augen leuchtete etwas auf, das nichts mit Humor oder Empörung zu tun hatte. Sie sah mich forschend an und faltete die Hände.

Sie trug keinerlei Schmuck.

»Sind in Amerika nicht alle frei?«, fragte sie.

»Freiheit ist ein Geisteszustand«, antwortete ich und fragte mich, wo ich das aufgeschnappt hatte, »nichts Äußerliches. Wir sind Sklaven der Schwerkraft, unserer Sterblichkeit und der Wechselfälle der Natur. Unsere Gene bestimmen uns stärker, als wir es uns vorstellen mögen. Unsere Körper kennen keine absolute Freiheit, nur unser Geist, der kann es … kann es wenigstens versuchen.«

»Das klingt sehr intellektuell, Cordell«, sagte Sisypha und sah hinter mich.

»Möchten Sie etwas trinken?«, fragte der in Schwarz und Weiß gekleidete Kellner.

In seinem frisch rasierten Gesicht waren Kerben, und er stand so dicht neben mir, dass ich den Zederndunft seiner Jacke riechen konnte.

»Für mich nur Wasser«, sagte Sisypha. »Und den Caesar Salad mit Huhn.«

»Für mich die Schweinekoteletts«, sagte ich. »Mit grünen Bohnen.«

»Sehr gut«, sagte er, ohne sich etwas aufzuschreiben.

Ich holte Luft und wusste einen Moment lang nicht, wie ich wieder ausatmen sollte. Ich wollte ihr erzählen, dass ich vorhatte, Johnny Fry zu töten, hielt mich aber zurück.

»Würden Sie ... würdest du gerne heute Nacht mit mir zu den Spielen gehen?«, fragte sie.

»Ja«, sagte ich, ohne zu wissen, auf was ich mich da einließ. »Sehr gern.«

Das schien Sisypha glücklich zu machen. Vielleicht war es für sie eine Art Unterwerfung. Vielleicht war es das tatsächlich.

Nach dem Salat bestellte sie Käsekuchen.

»Du solltest einen Kaffee trinken«, sagte sie. »Die Spiele fangen erst sehr spät an. Nach Mitternacht.«

Ich bestellte einen dreifachen Espresso und eine Crème Caramel. Beides war köstlich.

Während des Essens redete Sisypha von gewöhnlichen, mitunter langweiligen Dingen. So erfuhr ich, dass sie aus Milwaukee kam und drei Jahre Betriebswirtschaft studiert hatte. Sie besaß die Rechte an sämtlichen Bildern, die es von ihr gab, und konnte vom Verkauf über das Internet recht gut leben.

»Meine Kundschaft ist überschaubar, aber treu«, sagte sie. »Die Leute mögen meinen ernsten Unterton. Ich spreche gerne über Liebe und Verlust und darüber, wie unerfüllbar unsere Wünsche sind.«

»Du meinst, weil wir etwas wollen und gleichzeitig auch das Gegenteil davon?«

Sie lächelte und sagte: »Cynthia hat mir gar nicht gesagt, dass du auch mir guttun würdest.«

»Wann gehen wir zu den Spielen?«

»Ich weiß es nicht. Demnächst. Wir könnten nach dem Essen noch etwas spazieren gehen. Der Wagen holt mich vom Hotel am Columbus Circle ab. Du könntest mich hinbringen.«

»Wenn es nicht regnet.«

Der Pornostar lächelte, und ich wusste, es würde nicht regnen.

»Worüber hast du mit Cynthia gesprochen?«, fragte Sisypha.

Wir gingen die Sixth Avenue hinauf und näherten uns der 44. Straße. Autos rasten die Avenue hoch, wir waren die einzigen Fußgänger. Die menschenleere Straße war von einer herben Schönheit und hatte etwas Abwartendes, das zu meinen Gefühlen passte.

»Ich habe meine Freundin mit diesem Kerl erwischt«, sagte ich. »Einem Weißen namens Johnny Fry.«

»Und du warst eifersüchtig?«, fragte sie eher lässig.

Ich betrachtete ihre geschmeidige Figur. Tag für Tag ging diese Frau mit einer ganzen Reihe gut bestückter Liebhaber ins Bett. Nein. Nicht mit Liebhabern. Dabei ging es um etwas anderes als um Liebe.

»Er … er fickte sie, und sie sah ihn an, als wäre er ein Gott … Dann drehte er sie um und fickte sie in den Arsch. Das war zu viel für mich«, sagte ich.

Die Frau namens Brenda blieb stehen. Sie legte einen Finger unter mein Kinn und drehte mein Gesicht zu sich hin. Ich dachte, sie wollte mich etwas fragen, sie sah mir jedoch nur in die Augen und schien in ihnen nach etwas zu suchen.

Nach einer Weile sagte sie: »Erzähl weiter«, und wir nahmen unseren Spaziergang wieder auf.

»Sonst gibt es nichts zu erzählen«, sagte ich. »Sie war meine Freundin und mein einziger Freund. Es gibt niemanden in meinem Leben, mit dem ich darüber sprechen könnte. Niemanden, der mich wirklich kennt.«

»Deshalb hast du Cynthia angerufen?«

Schon der Name machte mich nervös.

Wir kamen an einem Bistro vorbei, das Trente-Sept hieß. Es war geschlossen, aber vor der Eingangstür befand sich eine kleine hölzerne Bank, die an das Ladengitter gekettet war. Ich machte zwei unsichere Schritte und ließ mich darauf sinken. Mein Atem ging schwer, ich zitterte.

Sisypha setzte sich neben mich, und ich spürte ihre Wärme. Sie legte mir eine Hand aufs Gesicht und schmiegte sie um meine Wange.

»Hast du … hast du etwas unternommen?«, fragte sie.

»Nein, nichts. Sie haben mich nicht mal gesehen. Ich bin einfach wieder gegangen.« Ich zögerte. »Er war zu groß. Ich fühlte mich wie ein Nichts.«

»Und du hast Angst, sie verlässt dich, wenn du ihr sagst, dass du Bescheid weißt?«, fragte Sisypha.

Ihre Stimme war sanft. Ich wandte mich ihr zu. Sie betrachtete mich mit tiefer Besorgnis.

»Ich habe das Gefühl, ohne Haut und Knochen zu sein – alles, was mich zusammenhält, ist sie. Wenn sie geht, falle ich auseinander, und von mir bleibt nichts als ein großer Haufen blutiger Innereien.«

Sisypha griff nach meiner verletzten Hand. Es gab keine sexuelle Spannung zwischen uns. Wir waren uns nur nahe. Es war, als trennte uns überhaupt nichts.

»Wirst du es ihr sagen?«

»Ich glaube, ich kann es nicht.«

Der Gedanke, Johnny Fry zu ermorden, erschien mir mit einem Mal lächerlich. Er war unwichtig, völlig unwichtig. Nur Sisypha war wichtig, sie und ihre Hand zu fühlen, die meinen Schmerz bedeckte.

»Warum nicht?«, fragte sie flüsternd.

»Ihr Onkel«, sagte ich.

»Was ist mit ihm?«

»Er hat sie vergewaltigt ..., vor langer Zeit, als sie noch ein Kind war. Dann ist er gestorben, und sie brauchte etwas ... etwas, das ich ihr bis dahin nicht gegeben hatte.«

»Viele Menschen hatten eine harte Kindheit«, sagte Sisypha. »Das ist nicht deine Schuld.«

»Genau das denkt auch Cynthia. Sie sagt, jeder sei für sich selbst verantwortlich.«

»Das stimmt«, sagte Sisypha mit überraschendem Nachdruck. »Eine schwarze Frau, die sich von einem Weißen in den Arsch ficken lässt und dabei von ihrem Mann – einem Schwarzen – erwischt wird, hat eine gehörige Abreibung verdient.«

»Ja«, sagte ich und flüsterte noch immer. »Aber verstehst du denn nicht? Als ich die beiden sah, wurde mir mit einem Mal klar, dass sie mehr brauchte, als ich ihr geben konnte. Ich hatte nie auch nur die geringste Ahnung gehabt, was in Jos Kopf vorging, Johnny dagegen sah sie ein einziges Mal und wusste sofort, woran er bei ihr war.«

Sisyphas Empörung wich einem plötzlichen Erstaunen.

»Das war dir in dem Moment schon klar?«, fragte sie.

»Ja. Und ich hasste sie beide dafür, besonders Johnny, aber gleichzeitig wusste ich auch, dass sie keine Angst hatten, das zu tun, was sie wollten. Und als Jo mich dann dazu brachte, genau das mit ihr zu machen, was auch Johnny mit ihr gemacht hatte …«

»Was?«

»Aber verstehst du denn nicht?«, sagte ich. »Selbst wäre ich nie darauf gekommen.«

»Und warum bis du dann so außer dir? Solltest du nicht froh sein, dass du nicht mehr so blind bist?«

»Ja, aber ich bin nicht glücklich damit. Ich habe meinen Job geschmissen und ein neues Leben angefangen. Ich bin mit zwei Frauen ins Bett gegangen, nur …«

Brenda streichelte meine verletzte Hand.

»Gibst du auf?«, fragte sie.

»Ich verstehe nicht, was du meinst.«

In diesem Augenblick hielt eine große Stretchlimousine vor uns am Bürgersteig. Ich rechnete damit, dass jemand ausstieg, aber der große Lincoln stand nur da, als wartete er auf uns.

»Läufst du vorm Leben davon?«

»Ich habe kein Leben, vor dem ich davonlaufen könnte«, sagte ich. »Da ist niemand.«

»Aber es ist ihre Schuld, dass du dich so fühlst.«

»Wenn du tief in dir drin einen rätselhaften Hunger verspürtest …, und dann eines Tages erkennen würdest, was du brauchst, würde dich dann jemand, den du liebst, davon abhalten können?«

»Er würde es wollen«, sagte sie. »Er würde wollen, dass ich bei ihm bleibe.«

»Aber du wärst schon weg.«

Sisypha schnappte nach Luft. Wieder dachte ich, dass sie mich etwas fragen wollte.

»Was?«, fragte ich.

»Ich will dich um etwas bitten, Cordell. Aber dazu ist es noch zu früh.«

»Was ist es?«

Sie lächelte und stand auf.

»Sollen wir fahren?«, sagte sie und zeigte auf die Limousine.

Wie aufs Stichwort öffnete sich die Fahrertür, und ein großer, äußerst gut aussehender Asiat stieg aus. In seinen schulterlangen schwarzen Haaren glänzten einige graue Strähnen. Sein Gesicht war vollkommen ausdruckslos. Er trug eine Fahreruniform und hatte sehr kräftige Hände.

»Ist das dein Wagen?«, fragte ich Sisypha.

»Natürlich.«

»Woher wusste er, wo er dich finden würde?«

»Ich habe einen kleinen Apparat bei mir, den er lokalisieren kann. Ich sage ihm nur, wann er mich abholen soll, und er kommt, wo immer ich bin.«

»Miss Landfall«, sagte der Fahrer grüßend.

»Ja, Wan«, sagte sie. »Das ist mein Gast – Cordell.«

Er nickte und öffnete den Wagenschlag.

Wir kletterten auf die Rückbank, mit Blick in Fahrtrichtung. Uns gegenüber saß ein Paar, ein Mann und eine Frau. Die Frau war vollkommen weiß, von den platinfarbenen Haaren bis zu dem winzigen Satinslip, über dem sie keinen Rock oder sonst etwas trug. Der Mann neben ihr war schwarz wie die finsterste Nacht, in die man mit verbundenen Augen starrt.

»Caesar, Inga«, begrüßte Sisypha die beiden. »Das ist mein Freund Cordell.«

Caesar grinste und bleckte dabei seine weißen Zähne.

Statt etwas zu sagen, zog Inga ihr Mieder herunter und entblößte zwei feste, hochstehende Brüste.

»Ich mag einen Schwanz zwischen meinen Brüsten, während ich gefickt werde, Cordell«, sagte sie mit einem höhnischen Grinsen.

Der Wagen rollte vom Bordstein.

»Oh nein«, fuhr Sisypha dazwischen. »Ich habe keine Lust, auf der ganzen Fahrt nach Brooklyn deine Möse riechen zu müssen. Wenn ihr mit uns fahren wollt, müsst ihr eure Hosen anbehalten.«

»Peng!«, rief Caesar.

»Ich habe keine Hose an«, sagte Inga und sah mir in die Augen.

Sie war höchstens einundzwanzig. Aber ihre Augen ließen auf mehr Erfahrung schließen, als ich jemals haben würde. Sie hatte Energie.

Ich war froh, dass Sisypha sie unterbrochen hatte. Ich war zwar mit der Aussicht auf Sex in diesen Wagen gestiegen, aber an Inga war ich nicht interessiert. Sie war nur Fleisch, und ich war zu der Überzeugung gelangt, dass ich nach etwas anderem suchte.

Ich wandte mich an meine Gastgeberin. »Wolltest du mich nicht etwas fragen?«

»Später«, sagte sie und strich mir über die Hand. »Vielleicht.«

Während der Fahrt sprach Caesar von seinen afrikanischen Vorfahren. Er behauptete, von Nomaden abzustammen, deren Geschichte seit zweitausend Jahren überliefert sei.

»Vor sechsundsiebzig Generationen«, sagte er, »lag mein Vorfahre bei Julius Caesar. Alle erstgeborenen Jungen meiner Stammlinie tragen seitdem seinen Namen.«

»Und was treibt Sie zu den Sex-Spielen?«, fragte ich.

Der große Afrikaner neigte den Kopf, als versuchte er,

eine Beleidigung in meinen Worten zu erkennen. Er nahm die Brille ab, und ich sah, dass er blutrote Kontaktlinsen trug.

»Sex«, zischte er. »Lange, harte Schlachten in den Betten der schönsten Menschen dieser Welt.« Er legte den Arm um seine Begleiterin und nahm ihre Brüste in seine großen Hände. Sie verdrehte die Augen.

»Die Spiele«, fuhr er fort, »sind der einzige Grund, warum ich mir kein Messer in den Bauch ramme.«

»Oh Gott«, stöhnte Inga. »Ich kann ihn fühlen, obwohl er gar nicht in mir drin ist.«

Der rotäugige schwarze Gott grinste mich an, und meine Gedanken wanderten zurück zu Mel. Stand mir Ähnliches bevor?

Ich hatte Angst, den gleichen Fehler wie Mel zu begehen. Was mich aber vor allem beschäftigte, war, dass ich es offenen Auges tat. Vielleicht hatte Sisypha ja recht. Vielleicht suchte ich nach Bestrafung, genau wie Jo bei Johnny Fry.

Noch einmal beschloss ich, Johnny Fry zu töten.

Das würfelförmige Lagerhaus, zu dem Wan uns fuhr, lag inmitten eines Gewerbegebiets. Außer einem Obdachlosen, der seinen Einkaufswagen durch die Straßen schob, war weit und breit keine Menschenseele zu sehen.

Die grüne metallene Eingangstür öffnete sich, als wir uns ihr näherten. Zwei splitternackte Frauen – eine weiß, eine dunkelhäutig – lächelten Sisypha zu und umarmten sie.

Zusammen gingen wir einen langen, staubigen Gang zu einem alten Lastenaufzug hinunter, dessen unebener Boden aus Holzplanken gezimmert war. Wan bediente den Fahrstuhl, während sich die beiden nackten Frauen mit Sisypha unterhielten.

Ich hörte nicht zu, sondern versuchte, meinen Atem zu kontrollieren. Vor Angst war ich wie versteinert. Alle Ruhe und Gelassenheit, die mir mein Entschluss, Johnny Fry zu töten, beschert hatte, war wie weggeblasen. Die Leute um mich herum fassten sich an und sahen herausfordernd zu mir herüber.

Der Aufzug hielt. Wan rollte die Tür zur Seite.

In dem Raum vor uns brannten unzählige bunte Lichter. Mindestens dreihundert Leute hatten sich dort eingefunden, saßen auf beweglichen Tribünen mit jeweils einem Dutzend Sitzreihen und drängten sich um die runde Plattform in der Mitte des Raumes.

Fast alle waren nur dürftig bekleidet, auch die Älteren und Wohlgenährten. In einer Ecke sah ich einen Mann und eine Frau auf dem Boden, die es langsam und konzentriert miteinander trieben. Direkt hinter ihnen kniete ein Mann und befriedigte einen anderen mit dem Mund.

Starker Körpergeruch hing in der Luft.

Mir brach der Schweiß aus. Meine jüngsten sexuellen Abenteuer wirkten mit einem Mal wie Kinderkram.

»Hier«, sagte Sisypha und gab mir eine kleine rosa Pille.

»Was ist das?«

»Etwas, das deine Blässe vertreibt.« Sie lächelte und machte einen Kussmund. Dann wandte sie sich zur Seite, und ich sah, wie der junge Mann am Schwanz seines Partners riss, der darauf zu ejakulieren begann. Die drei Frauen, die daneben standen, applaudierten und johlten.

Ich schluckte die Pille und fragte: »Wo sollen wir uns hinsetzen?«

»Da drüben«, sagte Sisypha.

Sie führte mich zu einem Tisch nahe der Plattform. Ich setzte mich, stützte meinen Kopf auf die übereinandergeschlagenen Arme und wartete darauf, dass die Pille etwas bewirkte, irgendetwas.

Hier und da hörte ich Stöhnen und Grunzen. Es roch nach Sex.

Lange Zeit blickte ich nicht auf.

Den Schritten und dem Rascheln der Kleider nach zu urteilen, kamen immer noch mehr Leute herein, aber der Lärm legte sich. Daraus schloss ich, dass sich die Leute auf die Tribünen zurückzogen.

Ich hielt meinen Kopf in den Armen vergraben und die Augen fest geschlossen. Alle Erlebnisse der letzten Tage geisterten mir durch den Kopf. Ich sah kein Licht, so finster war es in meinem Denken.

»Komm«, sagte Sisypha, und ihre kühle Stimme strich mir wie eine zarte Hand über den Nacken. »Es geht los.«

Ich hob den Kopf und begriff, dass die Angst zwar noch da war, aber gedämpft zu sein schien.

Die Tribünen waren voller Männer und Frauen, die auf die Show warteten.

»Was kommt jetzt?«, fragte ich.

»Es ist wie bei den Olympischen Spielen«, sagte Sisypha. »Es geht darum, wer der Beste ist.«

»Der Beste im Sex?«

»Genau«, sagte sie und drehte mir ihr Milchkaffee-Gesicht zu, das so schön war wie eine Kindheitserinnerung.

»Was heißt das?«, fragte ich.

»Sex ist alles Mögliche. Einige Männer denken dabei an ihre Mutter, für viele Frauen ist der Vater das Ideal. Ich kenne Männer, die eine Frau nur ansehen, wenn sie riesige Titten hat. Es gibt alle möglichen Obsessionen und Perversionen, und in den Wettbewerben wollen wir sie bewerten. Heute Morgen zum Beispiel mussten wir unter verschiedenen Bewerbern den mit dem größten Schwanz auswählen. Das war nicht einfach.«

»Wieso?«, fragte ich. Die Pille tat inzwischen ihre Wirkung. »Dazu braucht man doch nur ein Maßband.«

»Einige Männer haben sehr lange Schwänze, die aber nicht sehr dick sind«, erklärte sie. »Andere haben große Dinger, die nie richtig steif werden, und wenn einer eine Zweipfundsalami hat, die er nicht hochkriegt, gibt's natürlich Punktabzug.«

»Verstehe«, sagte ich.

Ich hob die Hand, um ihre Wange zu berühren.

Ihr Gesicht verhärtete sich, und sie sagte: »Fass mich nicht an, solange ich dich nicht darum bitte.«

Ich zog die Hand zurück und schob sie unter den Tisch.

»Was kommt als Nächstes?«, fragte ich, um meine Verlegenheit zu überspielen.

»Der Hahnenkampf«, sagte sie.

»Was ist das?«

»Das wirst du schon sehen.«

Das Licht ging aus, und ein einzelner Scheinwerfer fuhr zum hinteren Teil der leicht erhöhten Plattform. Die Tribünen standen in zwei Bögen zu jeweils dreien um die Empore, davor und dahinter.

Bei dem Mann im Scheinwerferlicht handelte es sich um den, der Mel in der *Sisypha-Sage* an den Rahmen gekettet hatte. Er trug purpurne Hotpants und ein rotes Samthemd mit weiten, langen Ärmeln. Sein goldenes Haar hatte einen Irokesenschnitt.

Er hob die Arme, und die roten Ärmel rutschten ihm bis zu den Ellbogen herunter. An jedem seiner Finger glitzerte ein Ring.

»Nutten und Zuhälter!«, rief er. »Metzen und Masochisten, Schänder und Geschändete, Rammler und Gerammelte!

Willkommen, willkommen, willkommen! Willkommen zur Hauptattraktion!«

Er verbeugte sich so tief, dass er mit der Stirn fast den Boden berührte. Sein Irokesenkamm strich über die Planken. Die Leute sprangen auf und schrien, warfen mit Blumen und Küssen um sich und reckten ihm ihre nackten Brüste, Schwänze und Ärsche entgegen. Sie tanzten, zündeten Feuerzeuge an und hielten sie lobpreisend in die Höhe.

Eine Frau brach in Tränen aus.

Viele lachten.

Der Sex-Clown wartete, bis sich der Tumult etwas legte. Sein Blick, zuvor voller Spott, wurde wohlwollend. Ich musste an Sasha denken, wie sie ihren heulenden Bruder angesehen hatte – voller Liebe, wie ich plötzlich begriff.

»Jetzt kommt die Hauptattraktion«, rief der Sex-Clown, »der Hahnenkampf.«

Wieder brach überschwänglicher Jubel los, wieder wartete der Clown.

»Während der letzten drei Tage haben sechzig Heteros im griechisch-römischen Stil miteinander gekämpft, um unter sich die beiden Besten zu ermitteln. Sechzig bulldozerstarke Männer haben gegeneinander gekämpft, um es bis in die Endrunde zu schaffen.«

Zwei weitere Scheinwerfer flammten auf, einer auf der linken, der andere auf der rechten Seite der Plattform. Sie hüllten zwei Männer in Licht, einen Weißen und einen Schwarzen. Der schwarze Mann trug eine cremeweiße Robe, der weiße ein glitzerndes grünes Tuch.

Das Publikum war außer sich.

»Entschuldige«, flüsterte Sisypha mir ins Ohr.

Als ich mich ihr zuwandte, schob sie mir ihre Zunge in den Mund und zog meinen Kopf zu sich heran.

Es war die Art Kuss, nach der man sich als Heranwachsender sehnt. Die Art Kuss, die Frauen auf Filmleinwänden pflegen – ein seelenvoller Aufruf an mein Mannsein. Das Johlen der Menge verstummte. Meine Ängste hatten sich in Luft aufgelöst.

Sisypha lehnte sich zurück und sah mich an.

»Es tut mir leid, dass ich dir gesagt habe, mich nicht anzufassen«, sagte sie. »In bestimmten Kreisen bin ich eine Ikone, und die Männer recken sich nach mir, ohne meine Würde zu achten.«

»Das wollte ich nicht.«

»Ich weiß«, sagte sie und wandte ihre Aufmerksamkeit wieder der Bühne zu.

»Diese beiden Männer sind auf sämtliche Geschlechtskrankheiten untersucht worden«, sagte der Sex-Clown gerade. »Eine Woche lang wurden sie isoliert, und wie ich bereits sagte: Beide sind strikte Heteros. Aber selbst das Blut solcher Männer kann im Zweikampf überkochen …« Das Johlen der Menge war ohrenbetäubend. »Sogar ein Hetero kann ihn im Zweikampf hochkriegen, wenn er von Dr. Themopolis die magische Injektion bekommt.«

Die nackten Frauen, die uns begrüßt hatten, kamen aufs Podium und zogen den Kämpfern die schönen Roben von den Schultern.

Beide Männer waren kräftig und muskulös. Ihre Brustkörbe hoben und senkten sich erwartungsvoll. Sie waren eingeölt, und ihre Körper glänzten im Scheinwerferlicht. Und beide hatten riesige, vorstehende Schwänze, mit Penisringen, die ihnen halfen, ihre Erektion zu halten.

Männer und Frauen johlten.

Ich drehte mich Sisypha zu, weil ich sie etwas fragen wollte, aber sie legte einen Finger auf die Lippen. Im gleichen

Moment hob der Sex-Clown die Hand, und die Menge verstummte.

»Möge der Bessere gewinnen«, sagte er und verbeugte sich tief, während er rückwärts das Podium verließ.

Ohne Umschweife gingen die beiden Männer aufeinander los, laut krachend stießen ihre Körper zusammen. Jeder von ihnen mühte sich, seinen Gegner zu fassen zu bekommen, aber das Öl machte es schwer, einen Griff anzusetzen. Der weiße Kämpfer verpasste dem schwarzen einen Faustschlag, der ihn zu Boden streckte. Die Menge jubelte. Dann sprang er dem Schwarzen auf den Rücken, wurde aber abgeworfen, als sich der Schwarze wieder erhob. Die beiden keuchten immer lauter und stießen gegeneinander, während sie sich zu fassen versuchten.

Irgendwann gelang es dem Weißen, den Schwarzen auf den Bauch zu werfen. Die Leute hinter mir sprangen auf, um besser sehen zu können. Es wurde ganz still, aber die Luft knisterte vor Spannung.

Wieder wurde der Weiße abgeworfen, und die Leute sanken auf ihre Plätze zurück.

Viermal traktierte der Weiße den Schwarzen mit Fausthieben, und der Schwarze schlug nicht ein einziges Mal zurück. In meiner wilden Aufregung dachte ich, das sei womöglich eine Regel: Überlass dem Weißen den Vorteil, den er auch draußen in der Welt hat.

Aber so war es nicht.

Ohne Pause ging der Kampf weiter. Das Keuchen der Kämpfer erfüllte den Raum. Hin und wieder wichen sie dem direkten Kontakt aus und umkreisten einander schwer atmend, aber wann immer sie aufeinander losgingen, entlud sich ungeheure Gewalt. Der schwarze Mann blutete aus dem linken Nasenloch, der weiße Kämpfer humpelte.

Plötzlich löste sich der Schwarze aus einer Umklammerung und schlug dem Weißen mit furchtbarer Kraft dreimal in den Magen.

Fast das gesamte Publikum sprang auf. Der weiße Mann ging in die Knie, krümmte sich und wurde von seinem Gegner bäuchlings zu Boden gestoßen. Sofort sprang der Schwarze auf den Weißen und packte ihn mit einer Art Polizeigriff. Er strich mit seinem harten Schwanz über die zusammengekniffenen Hinterbacken des hingestreckten Mannes und sah ins Publikum.

»Eins!«, erklang es wie aus einem Mund, und der Schwarze trieb sein steifes Glied tief in seinen geschlagenen Gegner.

Der Weiße brüllte vor Schmerz.

Kaum hatte sich der Schwarze wieder aus ihm zurückgezogen, schrie die Menge: »Zwei!«

Wieder stieß der Schwarze zu. Sein Gegner mühte sich freizukommen und schrie laut auf.

Meine Fäuste waren geballt, und ich konnte nur hoffen, dass es bald vorüber sein würde.

Der schwarze Mann zog seinen Schwanz erneut aus dem Rektum des weißen Mannes und blickte grinsend in die Runde, um den Jubel des Publikums zu genießen.

»Drei!«, dröhnte es, und er fuhr ein letztes Mal in seinen besiegten Widersacher, sprang dann auf und hob die Arme in die Luft. Der weiße Mann krümmte sich und schien zu weinen.

Brüllend stürmte das Publikum die Bühne.

»Ich glaube, wir sollten gehen«, rief Sisypha. »Jetzt ist hier alles zum Abschuss freigegeben.«

Es stimmte. Die Leute rannten aufs Podium und rissen sich ihre spärliche Bekleidung vom Leib. Es wurde gejohlt, geküsst und gefickt. Zwei Männer kämpften miteinander. Der Sex-Clown (später fand ich heraus, dass er Oscar hieß) sprang schreiend herum und schlug auf die Leute ein, als wollten sie ihm ans Leder.

Der Gewinner des Hahnenkampfes wehrte männliche und weibliche Bewunderer ab, die offenbar alle Sex mit ihm wollten. Aber er war noch berauscht von seinem Sieg, schrie unverständliche Worte in die Menge und reckte die Fäuste.

Den weißen Ringer konnte ich nicht mehr sehen.

»Komm, schnell«, sagte Sisypha und zog mich am Arm.

Uns voran gingen die beiden nackten Frauen, die uns schon bei unserer Ankunft begleitet hatten. Sie führten uns in einen Gang hinter den Tribünen und schlugen die Tür hinter uns zu, noch bevor uns noch irgendjemand folgen konnte. Am Ende des Ganges befand sich ein Treppenhaus.

»Es ging so verdammt schnell«, sagte die Dunkelhäutige im Laufen. »Ich dachte, Mike Dour hätte mehr Ausdauer.«

Die Weiße stimmte ihr zu.

»Peanut hat ihn böse erwischt«, erklärte Sisypha den Mädchen, die beide nicht älter als neunzehn sein konnten.

»Er hat ihn echt gut gefickt«, sagte die Dunkelhäutige grinsend.

Stockwerk um Stockwerk gingen wir die breite hölzerne Treppe hinunter.

Als wir endlich unten ankamen, öffneten die beiden Mädchen die Türen und ließen uns hinaus auf die dunkle Straße. Wans weiße Limousine erwartete uns.

»Auf Wiedersehen, Miss Landfall«, sagte das weiße Mädchen.

»Ihr beiden solltet mit uns kommen«, sagte sie darauf.

Die zwei nackten Schönen fühlten sich geehrt.

»Sehr gern«, kam es wie aus einem Mund.

»Wan«, sagte Sisypha. »Hol ihnen was zum Anziehen aus dem Kofferraum.«

Der Chauffeur öffnete uns ungerührt die Türen, wühlte hinten im Kofferraum und kam schließlich mit zwei einfachen weißen Kitteln für die Mädchen zurück.

»Wie heißt ihr?«, fragte Sisypha, als wir losfuhren.

»Ich bin Krista Blue«, sagte die Weiße.

»Und ich bin Freefall«, antwortete die Dunkelhäutige. »Freefall La Vida.«

»Wie alt seid ihr?«

Krista war achtzehn, Freefall neunzehn. Sie hatten beide für einen Mann namens Andy gearbeitet, mal als Models, dann wieder als nackte Kellnerinnen. Und natürlich prostituierten sie sich ab und zu.

»Die Leute sind voller Vorurteile«, sagte Freefall zu mir, als wir die Brooklyn Bridge überquerten. »Sie glauben, wer vom Ficken lebt, ist sonst nichts im Leben. Dabei kann man ficken und trotzdem alles Mögliche sein. Eine Frau kann Mutter, Ärztin, Tänzerin *und* Prostituierte sein. Eine Prostituierte kann eine kluge kleine Tochter haben, die sie liebt und um die sie sich kümmert.«

»Ja«, sagte ich, und sie lächelte mich an. »Die meisten Leute glauben, sie seien etwas Besseres.«

»Ich mag den Jungen, Miss Landfall«, sagte Freefall, und ihre leuchtenden Augen schauten mich trunken an. »Ist das Ihrer?«

»Ich weiß es nicht«, sagte Sisypha. »Gehörst du mir, Cordell?«

»Mit Herz und Seele«, sagte ich. »Mit Hirn und Hintern.«

»Uuuuh«, jauchzte Sisypha, »das klingt ja wunderbar.«

Freefall beugte sich zu mir herüber und küsste mich.

»Wohin wollt ihr zwei?«, fragte Sisypha.

»Wir wohnen in Newark«, sagte Krista, »aber wenn ihr noch Lust auf Party habt, ist das auch okay.«

Wir fuhren zu einem Privatklub in der 33. Straße East. Das Einzige, was auf seine Existenz hinwies, war ein kleines, entfernbares Messingschild, das nicht mehr als fünfzehn Zentimeter breit und hoch war. Es hing neben einer sehr gewöhnlich aussehenden Tür. Der Wilding Klub bestand aus drei ehemaligen Wohnhäusern, die miteinander verbunden worden waren.

Von außen war er unscheinbar, florierte aber bestens.

Hinter dem Eingang befand sich ein kleines, ganz mit dunklem Holz und blauem Samt ausgeschlagenes Foyer, über das ein befrackter Gentleman von gut sechzig Jahren wachte. Er trug weiße Handschuhe und hatte weiße Koteletten.

»Miss Landfall«, sagte er und starrte mich an.

»Das geht in Ordnung, Winter«, sagte sie. »Krista, Freefall und Cordell gehören zu mir.«

»Die Damen kenne ich«, sagte der distinguierte Empfangschef.

»Cordell kommt aus der anderen Welt«, sagte Sisypha. »Aber er ist in Ordnung.«

»Heben Sie die Arme, Sir«, verlangte Winter durchaus respektvoll.

Ich stand immer noch unter der Wirkung der Pille, die ich genommen hatte, und hielt die Hände hoch wie ein Verbrecher in einem altmodischen Fernsehmelodram.

Als mir der Gentleman die Pistole und die Munition aus der Jacke holte, war ich überrascht. Ich hatte die Waffe nicht vergessen, sie schien mir aber irgendwie nicht Teil dieser Wirklichkeit zu sein, genauso wenig, wie ich in den frühen Morgenstunden eines normalen Wochentags in diesen noblen Klub passte.

»Wussten Sie von dieser Pistole, Ma'am?«, fragte Winter Sisypha.

»Er hat oft eine Waffe bei sich«, sagte sie. »Ja, ich wusste von der Pistole, habe aber vergessen, ihn zu bitten, sie im Wagen zu lassen. Er ist zum ersten Mal mit mir hier.«

»Verstehe«, sagte Winter, der mit jedem Augenblick größer zu werden schien.

Ich hatte das Gefühl, dass er mehr als nur ein livrierter Türsteher war. Sisypha, die sonst immer eine Aura von Überlegenheit verbreitete, begegnete ihm mit großer Ehrerbietung.

»Ich muss Sie bitten, Waffe und Munition hier bei mir zu lassen, bis Sie wieder gehen, Mr Cordell«, sagte er und hielt beides vor sich hin.

»Dagegen ist nichts zu sagen, Mr Winter.«

»Einfach nur Winter«, sagte er.

Er legte das Diebesgut in die Schublade eines Wandschranks und gab mir eine Spielkarte, die Kreuzacht, als Pfand.

Gleichzeitig zogen Krista und Freefall ihre geborgten Kittel aus. Sie gaben sie Winter, der ihnen eine Nummer und eine Spielkartenfarbe auf die Hand stempelte, damit sie einen Abgabebeleg hatten, ohne etwas mit sich herumtragen zu müssen.

Anschließend folgten wir Winter durch eine mit blauem Samt bezogene Schwingtür und fanden uns in einer anderen Welt wieder.

Bis auf fünf hell erleuchtete Nischen, in denen es Menschen auf verschiedene Art miteinander trieben, war der erste Raum fast dunkel.

In der ersten Nische fickte ein sehr dicker älterer Mann eine kleine junge Frau, die mit gespreizten Beinen an einem Geschirr vor ihm hing. Sein Schwanz war von durchschnittlicher Größe, und er musste sich den Bauch hochhalten, um in sie eindringen zu können. Jedes Mal, wenn er seinen Schwanz in ihr versenkte, schlug die Frau ihn mit einer gelben Fiberglasrute auf Schenkel, Hintern oder Rücken. Der Mann, dessen weißer Körper mit roten Striemen bedeckt war, schrie jedes Mal vor Schmerz auf.

»Leide für mich, Jerry«, rief die junge Frau, wenn sie ihre gelbe Rute schwang.

Die Frau, eine Asiatin, schien sich völlig auf diesen Mann zu konzentrieren. Sie beobachtete sein Gesicht, wie eine Katze auf eine Maus lauert, die den Kopf aus ihrem Loch steckt. Wenn er in sie eindrang, zeigte sie keinerlei Reaktion, aber wenn er unter ihren Schlägen erzitterte, kniff sie wonnevoll die Zehen zusammen, und ein Ausdruck der Befriedigung machte sich auf ihrem jungen Gesicht breit.

»Komm weiter, Cordell«, flüsterte Sisypha, »das ist nur der Anfang.«

»Aber sie ... sie scheint so glücklich«, sagte ich. Die rätselhafte Pille und der viele Sex versetzten mich in einen Zustand von Trunkenheit.

»Macht dich das glücklich?«, fragte sie, legte einen Finger unter mein Kinn und drehte mein Gesicht in ihre Richtung.

»Am liebsten würde ich weinen, aber ... aber ich weiß nicht, warum.«

In der nächsten Nische, einer Duschkabine, war eine Frau mit zwei Männern zu sehen. Das Wasser lief, und die Frau stand zwischen den beiden Männern. Sie war in ihren Vierzigern und hatte eine Durchschnittsfigur, blasse Haut, leicht hängende Brüste und ein schlichtes Gesicht, das durch seinen genießerischen Ausdruck eine interessante Note gewann. Der Mann hinter ihr war dünn und gebräunt. Er musste um die fünfzig sein, hatte verblichene Tätowierungen auf den Unterarmen und sah alles andere als gut aus.

Der hässliche Mann fickte die Durchschnittsfrau in den Arsch – sehr, sehr langsam. Er schob seinen kleinen Schwanz sechsmal ganz in sie hinein, was jeweils etwa eine Minute dauerte. Währenddessen kniete ein hübscher blonder Junge mit muskulösem Oberkörper und einem mächtigen, erigierten Schwanz vor ihr und seifte ihr Brüste und Beine mit einem Schwamm ein.

Die Frau starrte den Jungen staunend an und brach fast in Tränen aus, so sanft berührte er sie. Und immer wenn sie kam, lächelte er und nickte ihr ermutigend zu.

In der nächsten Nische saßen zwei elegant gekleidete Männer auf einer Bank. Ihre Küsse waren leidenschaftlich und tiefgründig. Hin und wieder lösten sie sich voneinander, lehnten sich zurück und sahen sich an, bevor sie wieder hungrig übereinander herfielen.

»Können wir in den nächsten Raum gehen?«, fragte ich Sisypha. Mir war längst klar geworden, dass der Wilding Klub nach einem bestimmten Prinzip aufgebaut war.

»Ist dir der Raum unangenehm?«, fragte sie.

»Sehr.«

»Die Männer?«

»Alles.«

»Warum?«, fragte sie und stellte sich vor mich hin. Sie würde mir den Weg versperren, bis ich ihr geantwortet hatte.

»Zu viel Gefühl«, sagte ich. »Das ertrage ich nicht.«

»Warum bist du mit mir hergekommen?«, fragte sie.

»Weil ich eine bestimmte Geschichte in meinem Kopf nicht loswerde.«

Aus der nächsten Nische waren die ekstatischen Schreie einer Frau zu hören: »Oh Gott, oh Gott, oh Gott!«

Die Schreie erinnerten mich an Sashas Mutter.

Ich blickte auf.

»Sieh nicht hin«, sagte Sisypha. »Sieh mich an.«

»Was ist?«, fragte ich mit einem Schluchzer.

»Was für eine Geschichte?«, fragte sie. »Die mit deiner Freundin?«

»Nein. Ich meine, ja …, in gewisser Weise. Aber eigentlich geht es um deinen Film. Die *Sisypha-Sage* ist meine Geschichte, nur viel intensiver.«

»Besser?«, fragte sie mit einem schelmischen Grinsen.

Die ganze Zeit über rief die Frau in der nächstgelegenen Nische nach Gott.

»Nein. Stärker, furchterregender, etwas, das mich magisch anzieht. Du.«

Sie nahm meine Hand und führte mich zum Ausgang. Als wir an der Nische vorbeikamen, aus der die Frauenschreie drangen, sah ich ein schwarzes Paar in Missionarsstellung. Man konnte hören, wie ihre Körper heftig aufeinanderschlugen. Die Frau starrte ihren Partner an, und in ihren Augen lag Angst und Verzauberung, während er schneller und schneller seinen Schwanz in sie hineinstieß.

Durch die Tür am Ende des dunklen Raumes kamen wir in eine ausgesprochen vornehm wirkende hell erleuchtete Bar. Erst jetzt fiel mir auf, dass wir Krista und Freefall verloren hatten. Ich vermisste sie nicht und fragte daher auch Sisypha nicht nach ihnen.

Die Bar hätte überall in Manhattan sein können, wäre nicht hin und wieder eine Nackte aufgetaucht und hätte vor der Theke nicht ein Mann mit dem Kopf unter dem Chiffonkleid einer Frau gekniet.

Während er ihr einen Cunnilingus bescherte, sprach sie mit einem anderen Mann.

»Ich sehe dich in zwanzig Minuten im grünen Salon«, hörte ich sie sagen, als wir an ihnen vorbeigingen.

»Vielleicht sollten wir etwas trinken«, schlug ich vor.

»Das würde nicht gut zu deinem Cocktail passen.«

»Wie meinst du das?«, fragte ich.

Sisypha öffnete eine weiße Tür und bedeutete mir mit einem Nicken, vorauszugehen.

»Die Pille, die du genommen hast, bestand aus vier verschiedenen Drogen, die dich in unterschiedlicher Weise beeinflussen …, nacheinander«, sagte sie, und wir gingen schon wieder durch eine Tür. »Die erste Droge wird bald ihre Wirkung verlieren, sie hat dich entspannt. Die zweite wird dein Denken intensivieren und die dritte macht dich hart und geil.«

»Und die vierte?«

»Die streckt dich zu Boden.«

Wir standen in einem leeren, langen Flur mit schwarz-weiß gemusterten Fliesen. Wände und Decke waren kirschrot gestrichen.

Ich blieb stehen und fasste Sisypha am Arm.

»Ich gehe besser nach Hause«, sagte ich.

»Warum?«

»Ich kenne hier niemanden, und ich habe Angst.«

»Ich will, dass du diese Nacht bei mir bleibst.«

Sie sah mir in die Augen. Sisypha war nicht älter als dreißig, viel jünger als ich. Aber für mich war sie eine Göttin.

»Wusste Mel, was ihn erwartete?«, fragte ich.

»Nicht ganz.«

»Wirst du mich auch so behandeln?«

»Du bist nicht Mel«, sagte sie. »Du musst nicht auf einen Rahmen gespannt werden und von einer Frau den Arsch aufgerissen bekommen, die dir sanft über die Wangen streicht, oder?«

Ich fasste sie zärtlich bei den Händen.

»Zerstöre mich nicht, Sisypha«, sagte ich mit einer Stimme wie ein Betender.

Der nächste Raum war ein Restaurant. Auch er war hell erleuchtet, hatte zwölf Vierertische und vier Ecknischen für jeweils sechs Leute. Fünf der mittleren Tische waren besetzt, meist mit Paaren, nur an einem saßen vier Personen.

Von den Nischen war nur eine belegt. Ein Mann und eine Frau saßen dort, aber ich konnte ihre Gesichter nicht sehen.

»Miss Landfall«, begrüßte der Oberkellner, ein korpulenter Latino, meine Begleiterin.

»Pedro«, sagte sie mit perfekter Aussprache.

»Ihre Nische?«, fragte er.

»Uns reicht ein Tisch.«

Als wir saßen und die Speisekarten vor uns lagen, sah Sisypha mich an.

»Was?«, fragte ich.

»Wie viel weißt du von mir?«, fragte sie.

»Ich kenne nur die ersten Szenen der *Sisypha-Sage*«, sagte ich. »Die Extras auf der DVD habe ich mir nicht angesehen.«

»Hast du die Blogs über mich und meine Website gelesen?«

»Nein.«

»Bist du in meinem Fanklub?«

Ich schüttelte den Kopf und fragte: »Wie viele Mitglieder hat er?«

»Zuletzt waren es 11 462.«

»Wow.«

»Mehr als die Hälfte sind Frauen«, fügte sie stolz hinzu.

»Liegt es daran, dass du so selbstsicher und dominant bist?«, fragte ich.

»Willst du, dass ich dich ficke, Cordell?«

»Nein.«

»Dass ich mit dir schlafe?«, fragte sie mit sarkastischem Unterton.

»Nicht mal das«, sagte ich.

»Was dann? Was willst du von mir?«

»Du hast mich angerufen«, sagte ich.

»Aber du hast nach mir verlangt.«

Mit einem Mal wurde ich ziemlich verwegen. »Ich hoffe«, sagte ich, »von dir etwas zu lernen. Zu sehen, wie du … mit den Dingen umgehst. Meine Freundin behandelt mich wie ein Schoßhündchen. Bis vor einer Woche war ich so gut abgerichtet, dass ich nicht mal gefragt habe, ob ich auch während der Woche zu ihr kommen darf. Wenn wir telefonierten und sie sagte, sie müsse jetzt Schluss machen, habe ich nie etwas dagegen eingewandt, egal wie gerne ich noch mit ihr geredet hätte. Und sie hat einen Liebhaber, der sie auf ihrem Teppich flachlegt, im Park fickt und männliche Prostituierte dafür bezahlt, sie zu nehmen, während er zusieht und raucht.«

Ich fragte mich, woher ich das mit dem Rauchen hatte. Ich hatte Johnny Fry noch nie rauchen gesehen.

»Darf ich Ihnen etwas zu trinken bringen?«, fragte uns ein Kellner.

Mir wurde bewusst, wie viele Kellner und Kellnerinnen es in meinem Leben gab. Menschen, die mich bedienten, ohne mich zu kennen. Der hier war klein und dunkel, hatte winzige Augen und sprach ohne Akzent.

»Wasser, Roger«, sagte Sisypha. »Und zwei gemischte Salate.«

Ich widersprach ihrer Bestellung nicht. Ich hatte das Gefühl, mit einem einzigen Hieb den Tisch zerschlagen zu können, aber ich hielt mich im Zaum.

»Wozu brauchst du die Pistole?«, fragte sie. Ich konnte ihr

von den Augen ablesen, dass sie wusste, ich wollte Johnny Fry damit töten.

Fuck you, dachte ich. *Wenn du sowieso alles weißt, brauche ich dir nichts zu erzählen.*

»Ich habe sie von einem Freund bekommen«, sagte ich. »Manchmal stecke ich sie ein.«

»Zum Schutz?«

»Zum Spaß.«

»Spürst du die zweite Droge jetzt?«

»Oh ja«, sagte ich. »Ich könnte dich auf den Arm nehmen und mit dir um den Block rennen. Aber ich muss es nicht.«

Sie langte über den Tisch und kniff mir mit aller Kraft in meine verletzte Hand.

Ein Wutanfall erfasste mich, wie ein Taifun. Ich brüllte, sprang auf und schleuderte meinen Stuhl hinter mich. Sämtliche Gäste wandten sich zu mir um, selbst das Paar in der Nische reckte die Köpfe. Die Frau war, wie ich trotz meines Wutanfalls feststellte, ziemlich alt, der Mann sicher noch keine dreißig.

»Stimmt etwas nicht, Sir?« Pedro, der Oberkellner, kam herbeigelaufen, um den Stuhl aufzuheben.

»Ich ... ich ... ich«, stammelte ich.

»Es ist sein erstes Mal«, erklärte Sisypha.

Pedro hielt mir den Stuhl hin, und ich fügte mich, indem ich mich setzte.

Sisypha grinste.

»Was hast du mir gegeben?«, fragte ich.

»Eine Designerpille«, sagte sie. »Der Typ, der sie mischt, lebt in Berlin. Er hat Tausende von Kunden. Wir zahlen ihm jährlich eine bestimmte Summe, und dafür versorgt er uns mit Drogen, die so geheim und neu sind, dass sie niemals illegal sein können.«

»Ich spüre dein Kneifen immer noch«, sagte ich. »Am liebsten würde ich aufspringen und durch die Wand da rennen.«

»Vielleicht sollten wir nach dem Essen ins Gym gehen«, schlug sie vor.

»Gehen wir sofort«, sagte ich.

Sie lächelte und nickte.

Wir gingen, ohne zu zahlen. Ich nahm an, Sisypha sei Mitglied im Wilding Klub.

Wieder liefen wir einen leeren Gang hinunter. *Gänge und Kellner*, dachte ich, *sind das Schanzkleid meines inhaltslosen Lebens.*

Dieser Gang war mit einem roten Teppich ausgelegt, die Wände waren braun gestrichen. Wir liefen hintereinander.

»Was wolltest du mir sagen?«, fragte ich Sisypha.

Sie drehte sich um und sah mich an.

»Ich mag dich, Cordell«, sagte sie. »Aber …«

»Aber was?«

»Ich kenne dich nicht.«

Noch bevor ich etwas erwidern konnte, wandte sie sich wieder um.

Das Gym war mehr, als ich erwartet hatte. Es gab eine Fitnessbar und etliche Trainingsgeräte, sogar einen Ring zum Boxen oder für Wrestling. Wie in allen anderen Räumen liefen auch hier zahlreiche nackte Männer und Frauen herum, die ihre Körper zur Schau stellten. Aber es gab keinen Sex. Die Leute posierten oder trainierten, mehr nicht.

Sisypha und ich setzten uns an einen kleinen weißen Tisch in der Bar. Sie nahm einen Selleriesaft, ich einen Beruhigungstee. Die Droge in mir war wie ein hellwaches zweijähriges Kind, das nach Unfug Ausschau hält. Auf nichts außer Sisypha vermochte ich mich länger als ein paar Sekunden zu konzentrieren.

»Was magst du an mir?«, fragte ich sie.

Sie lächelte und schüttelte den Kopf.

»Bitte antworte mir«, sagte ich. »Ich weiß, es ist dumm und kindisch, aber ich wusste ja nicht, was diese verdammte Droge mit mir anstellen würde.«

»Gibst du der Pille die Schuld?«, fragte sie lächelnd.

»Bitte.«

»Ich glaube, Liebe ist etwas Materielles«, sagte sie, nahm meine Hand und streichelte sie. »Sie wird jeden Tag auf ganz natürliche Weise produziert, wie Zahnstein, Blut und Haut. Die meisten Menschen, die ich kenne, speichern sie nicht, sondern verschenken sie. Sie geben sie undankbaren Kindern, Geliebten, die es nicht verdienen, treulosen Freunden und den vielen Fremden, die sie jeden Tag treffen …«

Genau deshalb wollte ich mit Sisypha zusammen sein: Ihr Wissen war wie frisches selbst gebackenes Brot, Penizillin gegen ein verrücktes Fieber.

»Aber hin und wieder treffe ich einen Mann, der sein Liebesreservoir nie angezapft hat, und es genügt, seinen Nacken zu streicheln, und all die Süße fließt aus ihm heraus.«

Sie strich mir immer noch über die Hand. Ich starrte ihr hungrig in die Augen.

»Ein Mann wie du ist ein Schatz für eine Frau wie mich«, sagte sie. »Die meisten Menschen, Männer wie Frauen, wollen nur etwas von uns *nehmen*, aber hin und wieder treffen wir jemanden, der voller Liebe ist und sie uns *geben* will.«

»Ich?«

»Warum nicht du?«, fragte sie.

»Ich bin kalt und langweilig«, sagte ich. »Ich bin … ich bin gewöhnlich.«

»Nein, Cordell«, sagte sie und hielt meine Hand. »Du bist etwas Besonderes. Du hortest deine Liebe zwar, aber deine Fähigkeit, immer mehr davon zu produzieren, ist nie beeinträchtigt gewesen. Du bist eine Schatztruhe. In dir ist genug Leidenschaft, um jemanden ein Leben lang reich zu machen.«

»Ich verstehe dich nicht«, sagte ich.

»Das weiß ich«, sagte sie. »Und ich wünschte, ich könnte es dir erklären ... Aber ich kenne dich nicht.«

»Was heißt das?«, fragte ich. »Müssen wir erst eine Weile Freunde sein, damit du mich kennenlernst und es mir dann sagen kannst?«

»Ich werde dich wahrscheinlich nie wiedersehen, Cordell.«

»Warum nicht? Ich meine, könnten wir nicht Freunde werden?«

»Bren«, sagte da ein großer schwarzer Mann mit goldmetallicfarbener Hose und weißem Baumwollhemd. Man konnte sehen, wie sein riesiger Schwanz gegen den engen, glänzenden Stoff drückte.

»Hallo, Stan«, sagte Sisypha mit gespielter Unterwürfigkeit. »Das ist mein Freund Cordell.«

»Freut mich, dich kennenzulernen«, sagte der unsterblich schöne Mann. Er war kahlköpfig und hatte sich die Kopfhaut gewachst. »Komm, Bren, gehen wir ins Spielzimmer.«

Zum ersten Mal in dieser Nacht schien meine Begleiterin unsicher zu werden.

»Hm ... Ich bin mit Cordell hier«, sagte sie.

»Ich bring dich in fünfundvierzig Minuten zurück – wenn du dann noch zurückwillst.«

»Hast du etwas dagegen?«, fragte mich Sisypha.

»Ja, das habe ich«, sagte ich, ohne zu zögern. Ich würde mich nicht wie Mel verhalten.

»Aber du hast gesagt, du wolltest nicht mit mir schlafen.«

»Ich will mit dir zusammen sein«, sagte ich. »Die ganze Nacht.«

Sisypha holte tief Luft und schenkte mir ein Lächeln.

»Es tut mir leid, Stan«, sagte sie. »Er braucht mich bei sich.«

»Er kann ja mitkommen«, sagte Stan mit einem Schulterzucken. »Vielleicht lernt er noch was.«

Sisypha schüttelte den Kopf und lächelte. Man konnte sehen, dass es zwischen ihr und dem Mann eine Vorgeschichte gab. Hätte ich nicht so energisch protestiert, wäre sie mit ihm gegangen.

Einen Moment lang hatte ich Angst, etwas falsch gemacht zu haben. Vielleicht hätte ich sie ins Spielzimmer gehen lassen sollen, damit er ihr seinen dicken Schwanz in den Arsch schieben konnte. Aber dann stellte ich mir Jo vor, wie sie mich fragte, ob ich etwas dagegen hätte, wenn Johnny Fry in unser Bett klettern und sie mit ihm vögeln würde, während ich dasaß und die *New York Times* las.

Die Droge tat ihre Wirkung.

Ich sprang auf und schrie: »*Fuck you!* Verschwinde, du Pisser!«

In Sisyphas Augen blitzte Angst auf.

»Was?«, sagte Stan.

»Ich habe gesagt: Verpiss dich.« So etwas hätte ich normalerweise allenfalls gedacht, ausgesprochen hätte ich es nie. »Ich muss mir doch deine Scheiße nicht anhören.«

Stan schüttelte den Kopf und achtete nicht weiter auf mich. Er sah Sisypha an. »Was machst du jetzt, Bren? Du weißt, dass du mit mir kommen solltest.«

»Hast du mich nicht gehört, Mann?«, sagte ich. »Du sollst dich verdammt noch mal verpissen.«

Das war der Mann, der ich immer hatte sein wollen. Wenn

mein Vater mich schlug, erniedrigte und mir vorschrieb, wann und wie lange ich abends ausgehen durfte, selbst noch, als ich sechzehn war – ich hatte dieser Mann sein wollen. Wenn sich meine Lehrer weigerten zu glauben, dass ich klug war und voller Fähigkeiten steckte, und mich die Polizei aufhielt, weil ich durch ein Viertel ging, in dem nur Weiße lebten – ich hatte mich wehren wollen. Ich wollte mich meinem Vater, allen Rassisten und Schlägern entgegenstellen, auf die ich traf, aber bis heute hatte ich nicht den Mut dazu gehabt. Und selbst wenn es mit meinem Aufbegehren gleich schon wieder vorbei sein sollte – endlich war ich aufgestanden, und das konnte mir keiner mehr nehmen, bis zu meinem letzten Atemzug nicht. Stets würde ich zurückblicken und sagen können, dass ich in dieser Welt meinen Mann gestanden und nicht einfach kampflos irgendeinem Wichser erlaubt hätte, zu kommen und mir meine Frau zu nehmen.

Mir meine Frau zu nehmen. Die Worte fühlten sich wie Ratten an, die mir die Arme hinunterliefen. Ich sprang auf und ging mit geballten Fäusten auf Stan los. Ich hatte keine Ahnung, was ich da tat, aber Sekunden später lagen wir beide auf dem Boden, rangen miteinander und versuchten uns zu schlagen.

Rückblickend sehe ich, wie dumm das von mir war. Stan war zehn Zentimeter größer und mindestens fünfzehn Kilo schwerer als ich, und sein schmuckes weißes Hemd stand weit genug offen, um die durchtrainierte Brustmuskulatur erkennen zu lassen.

Aber ich kämpfte wie ein Wilder, bis mich irgendjemand bei Armen und Beinen packte und wegzerrte. Ich wehrte mich gegen die Männer, die mich da festhielten, und wäre fast wieder freigekommen.

Jemand sagte etwas zu mir. Eine Ewigkeit lang konnte ich

nichts verstehen, weil ich einen unbändigen Drang nach Gewalt verspürte. Ich fühlte, wie sich meine Hände um Stans Hals schlossen.

»Verstehen Sie mich?«, sagte die männliche Stimme.

»Was?«, sagte ich.

»Wollen Sie mit diesem Mann kämpfen?«, fragte die Stimme.

»Ja!«

»Sehen Sie mich an«, sagte die Stimme.

Der Befehl rührte mich. Ich drehte mich um und sah Oscar, den Sex-Clown, neben mir stehen. Sein Haar war so wild wie immer, aber er trug einen dunklen Anzug, der seinen schlanken Körper eng umschloss.

»Was wollen Sie?«, fragte ich ihn.

Ich überlegte, ob das alles aufgezeichnet wurde. War ich das Opfer in ihrem neuesten Film?

»Sie können mit Stan Stillman im Ring kämpfen, mit Boxhandschuhen«, sagte Oscar.

»Okay«, sagte ich und wollte bereits wieder auf Stan losgehen, doch die Männer hielten uns erfolgreich voneinander getrennt.

Ich wurde in ein Hinterzimmer gebracht, wo man mich auszog und mir Boxhandschuhe über die Fäuste streifte. Ich keuchte. Immer wieder rauschte das Blut in meinen Ohren, und zwischendurch fragte ich mich, ob das alles wohl eine Show war.

Man brachte mich zu einem Ring und stellte mich in die Ecke schräg gegenüber Stan Stillman. Er war riesig. Wenn ich an diesen frühmorgendlichen Zornesrausch zurückdenke, kann ich nur staunen, dass ich nicht verkrüppelt oder gar tot aus dem Ring getragen wurde. Stan war eins neunzig groß und gut hundert Kilo schwer. Genau wie ich war er bis auf seine großen weißen Boxhandschuhe nackt. Nein, er trug noch etwas auf der Haut: Sein Penis war so groß, dass man ihn mit Klebestreifen an den linken Schenkel geklebt hatte, wohl um Verletzungen vorzubeugen. Die Oberarmmuskeln waren wie mächtige Steine, und der Bauch sah aus wie ein Waschbrett. Das schöne Gesicht war zu einer hasserfüllten Grimasse verzerrt.

Aber ich hatte keine Angst. Alles, was ich sah, war Fleisch, das ich zerreißen wollte. Alles, was ich wusste, war, dass ich diesen Kerl umbringen wollte. Dabei gab es keinen Grund für meinen Zorn. Ich dachte dabei nicht an Sisypha oder daran, dass er mich abgetan hatte, als wäre ich ein niederes Wesen. Ich hatte einfach nur Lust, ihn sterben zu sehen.

»Wenn ich diese Glocke läute, Mr Cordell«, sagte Oscar, der Sex-Clown, »endet die Runde. Wenn Sie diesen Ton hören«, er schlug mit einem Löffel gegen die dumpf klingende Glocke, »will ich, dass Sie zurück in Ihre Ecke gehen. Wer zuerst zu Boden geschlagen wird, hat den Kampf verloren. Möge der Bessere gewinnen.«

Mir rauschte wieder das Blut in den Ohren, wie das laute Störgeräusch eines Radios.

Oscar war ebenfalls nackt. Er war ein weißer Mann mit einem knabenhaften Körper. Seine Haut hatte eine orangefarbene Tönung, und sein Schwanz war krumm und rosa. Er war mehr als halb erigiert. Oscar würde unseren Kampf genießen.

Er schlug gegen seine Kuhglocke, und ich rannte auf Stans Faust los, stieß mit dem Kopf dagegen und wäre beinahe zu Boden gegangen. Stan grinste triumphierend, allerdings glaube ich nicht, dass er auf Sisyphas Droge in meinen Adern zählte. Ich wich zurück, als würde ich fallen, aber der Schmerz löste einen wahren Rausch in meinem Hirn aus, der die Wucht seines Schlages in meine rechte Hand leitete.

Als ich seinen Kopf seitlich traf, wusste ich, dass ich nie wieder eine so große Befriedigung erfahren würde. Der Schlag kam kurz und hart. Ich hörte ihn grunzen und hoffte, dass ich ihn zu Boden strecken würde. In seinem Gesicht war jedoch nur Überraschung zu erkennen.

Einen Moment lang bekam ich Angst, doch schon setzte der Rausch wieder ein.

Stan Stillman war nicht ungeübt im Boxen. Er zielte auf mein Gesicht und traf bei jedem dritten Mal. Seine Arme waren länger als meine, und selbst wenn ich seine Schläge mit den Handschuhen oder Armen abfing, spürte ich die Erschütterung bis ins Mark. Aber der Schmerz machte mich nur noch wütender, und ich ging immer wieder mit einem wahren Schlagwirbel auf ihn los, wobei ich mein Ziel so gut wie immer verfehlte.

Wieder und wieder traf er mich, aber nach einer Weile spürte ich nichts mehr.

Ich sah meinen Vater vor mir, wie er mir im Hinterhof unseres Wohnblocks das Boxen beibringen wollte, ein ausgewachsener Mann, der mich mit Fausthieben traktierte und zu Boden streckte.

Ich hatte mit meinem Vater geboxt und später im YMCA in Oakland, aber alles, was ich noch wusste, war, dass ich die Hände hochhalten und mit den Ellbogen die Schläge auf den Körper abwehren musste. Ich hielt mich ziemlich gut, bis Stan mir einen Kinnhaken verpasste, der mich rückwärts in die Seile schickte.

Ich liebte diese Seile. Wie die rauen Küsse einer neuen Liebe scheuerten sie mir mit ihren dicken, groben Strängen die Haut auf. Ohne ihren Biss in meine Ellbogen wäre ich in die Knie gegangen und hätte den Boden geküsst.

Die Kuhglocke ertönte, und als ich den Blick hob, sah ich,

wie Stan von drei Männern gehalten wurde, die ihn zurück in seine Ecke zerrten.

Hände berührten mich, und dann saß ich auf einem Hocker und fragte mich, ob ich jemals wieder würde aufstehen können.

»Cordell!«, rief jemand.

Ich drehte mich nach links und sah Sisypha dort stehen. Das rote Kleid schmiegte sich perfekt um ihre honiggoldene Figur. Mit Furcht in den Augen sah sie mich an, die Hände unter den perfekten Brüsten gefaltet.

Meine Liebe zu ihr, das war das Rauschen in meinem Kopf. Ich spürte mein Herz hämmern, und schon erklang wieder die Kuhglocke. Ich sprang auf die Füße und stakste los, die Hände unten und mein hässliches Gesicht vorgereckt.

Der Rest des Kampfes lief in Zeitlupe ab. Stan hatte einen Schlag von mir gespürt, und obwohl ich ihm nicht hatte wehtun können, kreiste er nun entgegen dem Uhrzeigersinn um mich und stieß mit der Faust nach mir. Ich genoss diese Bestrafung. Mit jedem neuen Treffer, den Stan auf mir landete, fühlte ich neue Kraft in mir, und jedes Mal, wenn er in Erwartung meines Gegenschlags seinerseits den Kopf einzog, fühlte ich mich siegessicher.

Aber dann traf Stan gleich dreimal meine Nase und setzte zu einem linken Schwinger an, mit dem er genau auf mein Kinn zielte. Der Schlag hob mich, immer noch in Zeitlupe, von den Füßen. Ich flog etwa einen halben Meter und drohte in mich zusammenzustürzen – wie ein altes Gebäude, das mit einer Sprengladung dem Erdboden gleichgemacht wird. Ich stürzte und dachte, dass Stan nun Sisypha bekam. Mit seinem großen, dicken Schwanz würde er sie ficken, bis sie schrie.

Aber als ich in der Hocke ankam und beinahe umgefallen

wäre, machte sich nochmals die zweite Droge meiner Designerpille bemerkbar.

Mit der ganzen Kraft meiner Schenkel warf ich mich der Schwerkraft und meiner Niederlage entgegen. Ein Gefühl von Schwerelosigkeit erfüllte mich. Ich sah, dass Stan einfach so dastand, seines Sieges sicher. Da kam ich, und ich flog fast. Alles, was ich noch tun musste, war, meine Faust auszustrecken.

Dieses Mal grunzte er vor Schmerz, nicht aus Überraschung. Dieses Mal fiel er rückwärts in die Seile und ging zu Boden. Meine Knie wackelten, aber ich stand. Aufrecht.

Stan sprang zurück auf die Füße und stürzte auf mich los, doch ein halbes Dutzend Männer ging dazwischen und hielt ihn fest. Oscar rannte zu mir, hob meine Hand und erklärte mich zum Sieger.

Zum ersten Mal seit Beginn des Kampfes sah ich mich um und stellte fest, dass mehr als sechzig Leute gekommen waren, um uns zuzusehen. Sie applaudierten und johlten.

»Der Gewinner ist«, rief Oscar, »Mr Cordell!«

Der kleine Clown hatte jetzt einen vollen Ständer. Krumm, wie er war, ragte er himmelwärts, die Spitze in den Bauchnabel grabend.

Männer und Frauen hoben mich auf die Schultern und marschierten in einer Siegesparade mit mir durch den Raum. Von dort oben sah ich, wie Stan mit Sisypha stritt. Er packte sie, aber Oscar ging dazwischen.

Endlich stellte mich die Menge wieder auf den Boden, und Sisypha kam grinsend auf mich zu. Im Arm hielt sie meine Kleider und Schuhe.

»Komm«, sagte sie. »Wir müssen uns beeilen.«

Oscar half mir aus den Handschuhen, und nackt, wie ich war, folgte ich der Frau, die zum Symbol meines Lebens (und Johnny Frys Tod) geworden war. Sie führte mich in einen schmalen Gang mit schwarz gestrichenen Wänden, der von roten Glühbirnen schwach erleuchtet wurde.

»Das war so wunderbar«, sagte Sisypha. »Ich hatte nicht gedacht, dass du gegen ihn ankommst. Es tat mir so leid, dass du die Pille genommen hattest.«

»Was wollte Stan noch von dir?«

»Er wollte mich mit nach Hause nehmen.«

»Selbst nachdem er verloren hat?«

»Er denkt, er hätte ein Recht dazu«, sagte sie.

»Warum?«

»Wir sind verheiratet.«

Während mir noch durch den Kopf ging, was Sisypha da gerade gesagt hatte, wurde uns der Weg von einer weißen Frau versperrt. Sie war sehr dick, aber nicht abstoßend. Ihr nackter Körper hatte immer noch eine gewisse Form, und ihre Haut war straff. Sie hatte einen blassen Teint und dunkelrote Lippen. Ihr Gesicht glich dem der braven jungen Mädchen in der Junior-Highschool, die sich die Jungen vorstellten, wenn sie sich nachmittags zu Hause einen herunterholten, bevor die Eltern von der Arbeit kamen.

Der Gang war so schmal, dass Sisypha kaum an der Frau vorbeikam. Als ich es meinerseits versuchte, wurden wir eng aneinandergedrückt. Sie lächelte mich an und gab mir einen flüchtigen Kuss. Ich dachte noch darüber nach, wie ich an ihr vorbeikommen könnte, als sich meine Zunge in ihren Mund bohrte.

Ein paar Sekunden blieben wir so stehen.

Die Frau griff mir in den Schritt und sagte: »Das gefällt mir.«

Sisypha nahm meinen Arm und zog mich hinter sich her.

»Ich vernasch ihn gleich hier, Schwesterherz«, sagte die dicke weiße Frau. »So wie der drauf ist, dauert es nicht lange.«

»Entschuldige«, sagte Sisypha. »Wir haben eine Verabredung.«

Wenige Augenblicke später kamen wir an eine Tür. Sisypha schob mich hindurch. Der Raum dahinter war klein und schmucklos und führte in einen weiteren, noch kleineren Raum. Dieser wiederum war mit rotem Teppich ausgelegt, Wände und Decke waren mit rotem Stoff tapeziert.

»Es tut mir leid«, sagte ich zu Sisypha. »Ich meine, erst will ich nicht, dass du mit deinem eigenen Mann gehst, und dann knutsche ich mit dieser Frau.«

Sisypha küsste mich auf die Lippen.

»Das liegt an der Pille. Du musst jetzt ficken.«

Sisypha stieg aus ihrem roten Kleid und sah im weichen Licht des kleinen Raumes wie mein am strengsten gehütetes Geheimnis aus.

»Sisypha«, sagte ich, »ich …«

Sie legte mir einen Finger auf die Lippen und sagte: »Keine Sorge, Baby. Ich weiß, du kannst mich heute nicht lieben, deshalb habe ich Celia bestellt.«

»Wen?«, fragte ich.

In dem Augenblick öffnete sich die Tür.

Die Frau, die hereinkam, stammte von einem Ort noch tiefer in mir als der, den Sisypha einnahm. Sie war nackt, klein, aber drall, mit einem großen, wohlgeformten Hintern. Ihre Haut war so schwarz, wie Haut nur schwarz sein konnte, und doch waren ihre großen runden Brustwarzen noch dunkler. Ihr dichtes Haar hatte sie zu einer Art Wildblume hochgebunden, und das Einzige an ihr, was nicht schwarz war, war ihr Schamhaar: Das hatte sie sich gebleicht und so rasiert, dass es wie eine züngelnde Flamme aussah.

»Das ist mein Freund Cordell, Celia«, sagte Sisypha.

»Hallo«, sagte ich.

»Oh, schau nur, wie er sich den Schwanz hält, Sissy«, sagte Celia. »Willst du mich, Cordell?«

Ich nickte und war so gut wie sicher, dass mir die Drogen in meinen Adern einen Herzanfall bescheren würden.

Als Celia lachte, konnte ich sehen, dass sie Lücken zwischen den Zähnen hatte. Ihr Gesicht war zwar nicht hübsch, aber auf jene Weise freundlich, die einem sagte: Egal wie lange du diese Frau kennst, es gibt immer noch Wege, sie besser kennenzulernen.

Wir gingen in den kleinen Nebenraum.

»Knie dich hin, Cordell«, sagte Celia, und ich ließ mich lautstark zu Boden sinken.

Celia beugte sich vor, und eine ihrer üppigen Brüste deutete auf mich.

»Leck sie ganz sanft«, flüsterte sie, und ich gehorchte.

»Uuuuh, das tut gut. Siehst du, wie sie wächst und härter wird?«

»Ja.«

»Leck noch mal.«

Sisypha legte mir eine Hand auf die Schulter, und ich ließ meine Zunge um Celias hart werdende Brustwarze kreisen.

»Uuuh«, sagte sie. »Zweimal geleckt, und schon ist sie steinhart.«

Ich versuchte ruhig zu atmen, aber es ging nicht.

»Jetzt die andere«, sagte sie.

Gehorsam tat ich wie mir geheißen. Ich folgte Celias Gesten und Bewegungen, und Sisypha legte mir ihre Hand auf die andere Schulter.

»Uuuh, verdammt«, sagte Celia. »Okay, Cordell. Jetzt hab ich was für dich. Etwas, das jeder Mann will, auch wenn er es sich noch nie eingestanden hat. Willst du es?«

»Ja.«

»Obwohl du nicht weißt, was es ist?«

»Alles«, sagte ich und sah in ihre hungrigen jungen Augen, in denen sich meine Blicke spiegelten.

»Meine Titten sind voll mit Milch«, sagte Celia. »Muttermilch.«

Ich hob den Mund, um mit den Lippen eine Brustwarze zu fassen zu bekommen, und sie schlug mich.

»Ich habe nicht gesagt, dass du sie haben darfst«, sagte sie in einem belehrenden Ton.

»Bitte, lass mich trinken«, sagte ich. Ich konnte die blasse Flüssigkeit an ihrer reifen Brustwarze sehen. Ein Tropfen formte sich.

Ohne ein weiteres Wort drückte mir Celia die nasse Warze in den offenen Mund. Ich saugte zweimal daran, und ein dünner Strahl warmer, fast süßer Flüssigkeit ergoss sich bis hinten in meine Kehle. Ich trank von ihr und rieb mir den Schwanz. Sisypha massierte mir sanft den Hals.

Während ich noch saugte, zog mir Celia ihre Brustwarze wieder aus dem Mund. Dabei kam es zu einem schmatzenden Geräusch.

Sie drückte ihre Brust, und aus der Warze sprühte Milch über mein Gesicht und meinen Oberkörper. Ich öffnete den Mund, um sie aufzufangen.

»Oh, Baby«, jauchzte Celia. »Das will ich sehen. Streck die Zunge raus. Hol dir alles. Uuuh.«

Ich war sicher, dass sie mir auch die andere Brust anbieten würde, doch das tat sie nicht. Stattdessen sagte sie: »Leg dich hin, Baby. Leg dich auf den Rücken.«

Ich wollte gehorchen, war jedoch körperlich dazu nicht in der Lage. Der Geschmack ihrer Milch in meinem Mund erzeugte ein Kribbeln in mir, das meine gesamte Motorik störte.

»Leg dich hin«, befahl Celia und stieß mir gegen die Brust.

Ich fiel rückwärts in Sisyphas Arme. Sie saß hinter mir, legte mir einen Arm um den Hals und hielt mich so, dass ich in Celias gottgleiches Gesicht sah.

Die schwarze Frau setzte sich auf mich und beugte sich zu mir herunter. Aus ihrer linken Brust tropfte es noch immer, und mein Verlangen nach Sex war größer als je zuvor.

»Sissy wird dich festhalten, und ich ficke dich«, sagte Celia. »Hörst du mich?«

Ich nickte.

»Ich will, dass du mir dabei ins Gesicht siehst, hörst du mich?«

Wieder nickte ich.

Und dann ließ sie sich auf meinen erigierten Schwanz herab. Es war, als füllte die Idee reiner Seide meinen Kopf, ich war ein gigantisches Kreuzfahrtschiff, das in einen viel zu kleinen traumweichen Hafen steuert. Celia bewegte sich langsam auf mir auf und ab, ohne mich dabei ganz aus ihrer Vagina zu entlassen.

»Mach die Augen auf«, befahl sie und schlug mich.

Ich spürte das Kribbeln wieder. Dieses Mal fühlte es sich an, als rollte der ganze Raum auf Rädern. Aber Celia ritt jetzt schneller auf mir, und ich hatte keine Zeit für irgendeinen anderen Gedanken.

Ich versuchte den Kopf zu bewegen, aber Sisypha hielt mich so, dass ich nur in Celias Augen sehen konnte.

»Du kannst nicht weg, Baby«, sagte Celia. »Sissy hält dich fest, und ich geb dir die Sporen. Du kannst nicht weg.«

Ich rammte meinen Schwanz tief in sie hinein.

»So ist es recht«, sagte sie. »Fick mich, Daddy. Das ist das Einzige, was du tun kannst.«

Ich vögelte sie wie ein Besessener, obwohl mir doch mein ganzer Körper noch vom Kampf mit Stan wehtat.

»Wohin willst du spritzen, Baby?«, fragte Celia. »Auf meinen Arsch, in mein Gesicht? Oder willst du, dass ich deinen Samen schlucke wie du meine Milch?«

Sie wurde immer wieder durch meine wilden Stöße unterbrochen, und sah mir direkt in die Augen. Ihr Blick war sanft, fast besorgt. Ich wollte ihr antworten, fand aber keine Worte.

Sisypha ließ mich los, beugte sich vor und zog mir fest an den Brustwarzen.

»Komm schon«, sagte Sisypha. »Spritz in sie rein, tu es für mich.«

Ich packte Celias unmöglich schlanke Taille und rammte meinen Schwanz so tief in ihre Möse wie nur möglich.

Sie biss die Zähne zusammen und stöhnte: »So ist es gut, Baby. Gib's mir. Spritz es rein. Alles, alles rein damit.«

Ich spürte die Ejakulation nicht, aber ich wusste, dass sie heftig war und immer noch mehr kam.

Der Applaus überraschte mich nicht, wirklich nicht, nur wusste ich nicht, woher er kam. Ich sah hinüber in den größeren Raum und begriff, dass die kleine rote Plattform, auf der wir uns befanden, irgendwie in eine der Nischen im Eingangsbereich des Klubs geraten war. Zehn oder zwölf Leute hatten uns zugesehen. Ganz hinten stand auch die ältere Frau aus dem Restaurant. Auf ihrem faltigen Gesicht lag ein Ausdruck großen Hungers. Etwas an ihrem Verlangen stachelte meine Leidenschaft weiter an.

»Fick ihm den Arsch, Celia«, sagte Sisypha. »Er kann noch mal.«

Celia kniete sich zwischen meine Füße, spreizte und schulterte meine Beine. Als ich ihre Zunge in meinem Rektum spürte, war ich sofort wieder steif.

»Gib mir die Vaseline, Sissy«, sagte Celia, und einen Moment später schon war sie mit den Fingern in mir.

Ich versuchte mich aufzurichten, aber Sisypha hielt mich fest. Celia saugte an meinem Schwanz und ließ die Finger in meinem Arsch kreisen.

»Oh, Baby«, sagte Celia. »Du hast recht, Schätzchen. Sein Sperma kocht und blubbert schon. Scheiße, gleich geht er hoch.«

Und ich kam, während Celia mir ihre Milch auf die Eier tropfen ließ.

»Ja. Komm, komm«, sagte sie.

Das Publikum applaudierte.

Ich hatte das Gefühl, ohnmächtig zu werden. Mir war schwindlig. Der Boden rumpelte, und wir waren wieder dort, wo wir ursprünglich gewesen waren.

Celia beugte sich vor und küsste mir auf die Lippen.

»Du bist süß«, sagte sie.

»Dein Kuss«, sagte ich.

»Was ist damit?«

»Ich weiß es nicht. Ich weiß gar nichts.«

»Oh, Baby«, sagte sie und senkte ihre neunzig Pfund auf mich.

Ich schloss die Augen und seufzte.

»Ist das deiner, Sissy?«, fragte Celia meine Begleiterin.

»Ich weiß es noch nicht«, antwortete Sissy.

»Wenn nicht, gib mir seine Nummer. Verdammt.«

Ich war von Nebel umgeben. Celia verabschiedete sich mit einem Kuss und überließ es Sisypha, mir zu helfen.

»Ich habe das Gefühl, mein Kopf ist voller Watte«, sagte ich.

»Das ist der Beginn der vierten Phase«, erklärte Sisypha mir. »In einer Stunde bist du bewusstlos.«

»Sollte ich mich entschuldigen?«, fragte ich.

»Wofür?«

»Dafür, wie ich mich in ihrer Liebe verloren habe.« Das klang wie ein schlechter Song aus den Siebzigern.

»Willst du Celia?«, fragte sie.

»Ich habe ihre Milch getrunken«, sagte ich.

»Was für ein Gefühl war das?«

»Wie bei der Mutter, die ich nie hatte«, sagte ich, ohne zu denken.

Sisypha war wieder in Rot gekleidet. Sie nahm meine Arme und zog mich, bis wir voreinander auf dem Boden knieten.

»Wir haben nicht lange Zeit«, sagte sie. »Also hör mir zu und sag mir, ob du willst.«

»Ob ich was will?«

»Es hat mit deiner Freundin zu tun.«

»Was ist mit ihr?«

»Mein Bruder hat mich vergewaltigt, als ich elf war«, sagte sie. »Er sollte mich beschützen, tat es aber nicht, und als du mir von Joelle erzähltest, wurde mir klar, dass du sie beschützt, egal wie sehr sie dir wehtut.«

Ich spürte, wie sich die Wirkung der vierten Droge anbahnte, Sisyphas Worte berührten mich aber dennoch.

»Das tut mir so leid«, sagte ich. »Die Sache mit deinem Bruder, meine ich.«

»Es ist vorbei«, sagte sie. »Er existiert für mich nicht mehr, er und auch der Rest der Familie nicht. Aber als wir uns draußen auf der Straße unterhielten, hatte ich die Idee, dass du etwas für mich und ich vielleicht auch etwas für dich tun könnte.«

»Was könnte ich schon für jemanden wie dich tun?«, sagte ich. »Ich bin ein Nichts.«

»Nein«, sagte sie und schüttelte den Kopf. »Als Stan mich

wollte, hast du ihn nicht gelassen. Du hast dich ihm entgegengestellt, obwohl du wusstest, dass er dich windelweich prügeln konnte.«

»Die Pille«, sagte ich.

»Das war nicht alles«, sagte Sisypha. »Meine Frage ist: Willst du mein Bruder sein, Cordell?«

Sie sah mich durchdringend an. Nichts von mir vermochte diesem Blick auszuweichen.

»Was bedeutet das?«

»Dass du mich lieben und beschützen und an meinem Geburtstag anrufen wirst. Es bedeutet, dass du mich aus der Gosse ziehst, wenn ich darin lande, und dass wir nie, nie miteinander schlafen werden.«

»Ja«, sagte ich mit einem kurzen Nicken.

»Verstehst du, was ich gesagt habe?«

»Aber sicher ..., Sis.«

Sie nahm mich in den Arm, und ich fragte mich, wie all das so geschehen konnte. Gleichzeitig begriff ich, dass das, was sie mir vorschlug, auch immer mein Wunsch gewesen war. Irgendwie war mir die wahre Liebe verweigert worden. Sex hatte es gegeben, ja. Ich hatte Freunde, Geliebte und Menschen, die vorgaben, mir verbunden zu sein, eine Schwester aber, die mich als ihren Bruder wollte, hatte ich nie gehabt. Niemals hatte es eine Frau gegeben, die mich wirklich glücklich sehen wollte.

»Heißt das, dass du mich liebst?«, fragte ich.

»Liebe bedeutet nichts, Cordell. Ich werde der Baum in deinem Garten sein«, sagte sie. »Der alte Pullover, den du jeden Herbst wieder hervorholst. Ich werde immer für dich da sein, genau wie du für mich.«

Die Erschöpfung übermannte mich. Ich wollte bei Brenda Landfall, bei Sisypha Seaman bleiben, aber ich konnte nicht einmal mehr gerade stehen.

Zuletzt gab sie mir einen Kuss auf meine verletzte Hand und brachte mich zum Ausgang.

Wan fuhr mich nach Hause. Als er mich aussteigen ließ, gab er mir eine braune Papiertüte und sagte: »Das gehört Ihnen.«

Ich wankte zur Tür und die Treppen hinauf. Ich erinnere mich nicht, aufgeschlossen zu haben, muss es aber wohl getan haben. Ich erinnere mich auch nicht, ins Bett gegangen zu sein, aber da wachte ich auf, komplett angezogen.

Als ich die Augen öffnete, dachte ich an Sisypha und ihr Versprechen schwesterlicher Liebe.

Meinte sie ernst, was sie sagte? Und warum war ich wach? Es schien noch früh, und ich war erst kurz vor fünf nach Hause gekommen.

Ich fühlte mich erholt, absolut nicht verkatert oder ausgelaugt.

Mein Leben hatte sich völlig verändert.

Ich musste Johnny Fry nicht mehr töten. Ich war nicht mehr wütend auf Jo, weil sie ihn brauchte, um ihre Bedürfnisse zu befriedigen. Sie konnte mich nicht um all das bitten, was er ungefragt mit ihr machte. Sie hatte keine Wahl, was immer Cynthia sagen mochte.

Und mir, mir war heute Nacht die Liebe geschenkt worden, die ich brauchte.

Celias Liebe würde ausreichen, mich für eine Weile aufrecht zu halten – das fühlte ich. Ich wusste nicht, ob mich meine Mutter gestillt hatte oder nicht, aber ich wusste, dass ich nie von der Liebe einer Mutter hatte zehren können. Die hatte erst Celia mir gegeben.

Sie hatte Sisypha gefragt, ob ich frei sei, weil sie mich wollte. Vielleicht gehörte das mit zum Spiel – bislang hatte ein solches Spiel noch niemand mit mir gespielt.

Da klopfte es an meiner Tür.

Es schien nicht das erste Klopfen zu sein. Vielleicht war ich davon wach geworden.

Ich musste mich nicht erst anziehen, und so ging ich schnurstracks zur Tür. Ich sah Wans Tüte in einer Ecke im Flur stehen.

»Wer ist da?«

»Polizei.«

Konnten sie von meinem Kampf mit Stan Stillman erfahren haben? Hatte ich gegen irgendein Gesetz verstoßen?

Ich öffnete die Tür. Draußen standen fünf Männer, zwei in Anzügen, die anderen in Uniform.

»Cordell Carmel?«, fragte ein Mann in einem grauen Anzug.

»Ja.«

Er hielt mir seinen Dienstausweis vor die Nase. Ich nickte.

»Was gibt es, Officer?«

»Haben Sie in der letzten Nacht etwas Ungewöhnliches gehört?«, fragte der Grauhaarige. Er war groß, hatte breite Schultern und einen dicken Bauch.

»Nein, Sir. Ich bin aber auch erst gegen halb fünf nach Hause gekommen.«

»Und Sie haben nichts gehört?«

»Nein.«

Einen Moment lang herrschte Schweigen. Ich wusste, die Bullen wollten etwas von mir, das Schweigen sollte mich verunsichern. Ich wusste allerdings nicht, weswegen ich nervös werden sollte.

»Ihre Nachbarin wurde heute Morgen zwischen fünf und sechs ermordet.«

»Martine ist tot?«

»Sasha Bennett«, sagte der Beamte. Er hatte sich beim

Rasieren geschnitten und roch nach einem süßlichen Aftershave.

»Sasha? Was ist mit Sasha?«

»Haben Sie gestern Abend oder heute Nacht mit ihr gesprochen?«

»Nein.«

»Wann haben Sie das letzte Mal mit ihr geredet?«

»Vor zwei, drei Tagen«, sagte ich.

»Und worüber?«

»Es war spät. Ich bin zu ihr hochgegangen und über Nacht geblieben.«

»War sie Ihre Freundin?«

»Nein. Nein. Es war das einzige Mal. Ich dachte darüber nach, mich von meiner Freundin zu trennen, und Sasha sagte, ich könne jederzeit zu ihr kommen.«

»Waren Sie gestern auch bei ihr?«

»Nein.«

»Haben Sie gestern mit ihr gesprochen?«

Ich war ein schwarzer Mann. Die Polizisten waren weiß. Sasha Bennett war weiß. Vor ein paar Tagen hatte ich eine weiße Frau gevögelt, und jetzt war sie tot und die Polizei fühlte mir auf den Zahn.

»Nein«, sagte ich. »Seit jener Nacht habe ich nicht mehr mit ihr gesprochen.«

»Können wir hereinkommen?«

»Warum?«

»Um uns umzusehen.« Der Bulle hatte grau meliertes Haar, war zehn Jahre älter als ich und versuchte lässig zu klingen.

»Sagen Sie mir, wonach Sie suchen, und ich überlege es mir.«

»Wir könnten ohne Weiteres einen Durchsuchungsbefehl bekommen«, sagte er.

»Okay, tun Sie das«, sagte ich und griff nach der Tür, um sie zu schließen.

»Wir wollen uns nur das Fenster zur Feuertreppe ansehen«, sagte er hastig.

»Zwei Mann.«

Er hob die Hände zu einer bittenden Geste. »Kommen Sie«, sagte er, »Sie wollen die Leute doch nicht hier draußen stehen lassen.«

»Zwei Mann«, sagte ich. »Mehr will ich nicht in meiner Wohnung.«

Schließlich kamen der Mann im Anzug und ein junger Uniformierter herein. Sie marschierten zum Fenster, das auf die Feuertreppe ging. Ich hätte ihnen vorher sagen können, dass es mit Farbe verklebt war und sich nicht öffnen ließ. Der Uniformierte untersuchte es sorgfältig und sah auf die Feuertreppe hinaus, als suchte er nach etwas. Ich weiß nicht, wonach.

»Sasha Bennett ist tot, und da ist auch ein toter junger Mann«, sagte der Graue.

»Ein Weißer?«, fragte ich. »Mit großen Lippen?«

»Ja. Kennen Sie ihn?«

»Könnte ihr Bruder sein. Er war letzte Woche zu Besuch hier, aber sie sagte, er sei zurück nach Kalifornien gefahren.«

»Können Sie sich einen Grund vorstellen, warum er sie töten wollte?«

»Auf die Schnelle nicht«, sagte ich.

Plötzlich wurde mir bewusst, was da oben passiert war. Sasha war tot. Ich lief zur Toilette und kotzte aus, was vom Brot und den Schweinekoteletts der letzten Nacht noch übrig war.

Die Polizisten sahen zu, wie ich mir das Gesicht wusch.

»Wann haben Sie Sasha Bennett zuletzt gesehen?«, fragte der Graue.

»Vor zwei, drei Tagen, ich weiß es nicht genau.«

»Haben Sie gestern Abend oder heute Nacht mit ihr gesprochen?«

Ich drehte mich um und sah ihn an. Mein Magen krampfte sich zusammen, und ich musste trocken würgen. Die beiden Männer wichen ein Stück zurück.

Bald danach gingen sie.

Erst am nächsten Tag erfuhr ich, was genau passiert war. Martine hatte nachts lautes Streiten gehört und dann Pistolenschüsse. Sie wusste nicht, was sie tun sollte, ging schließlich nach oben und klopfte. Als niemand antwortete, rief sie die Polizei. Die brach die Tür auf und fand Sasha tot auf dem Sofa. Sie war aus nächster Nähe erschossen worden. Der Schütze war Enoch Bennett, ihr Bruder. Die Polizei ging davon aus, dass er Sasha getötet und anschließend sich selbst in den Kopf geschossen hatte. Sie war sich ihrer Sache ziemlich sicher, denn Sashas Tür war von innen verriegelt gewesen.

Nachdem die Polizei weg war, griff ich zum Telefon. Ich hatte keine Ahnung, was ich tun sollte. Ich wählte Jos Nummer, und sie antwortete beim ersten Klingeln.

»Ich wusste, du würdest gleich wieder anrufen«, sagte sie verspielt.

»Mein letzter Anruf ist mindestens zehn Stunden her«, sagte ich. »Tut mir leid, dass ich nicht mehr gekommen bin. Der Abend wurde etwas lang.«

»Oh, hallo, L.«, sagte Jo. »Ich hatte mit … mit August gesprochen. Sie erzählte gerade etwas, und dann sagte sie plötzlich, sie müsse auflegen, und ich …«

»Erinnerst du dich an die Frau über mir, von der ich dir erzählt habe?«, fragte ich.

»Die mit ihrem Bruder geschlafen hat?«

»Genau. Er ist zurückgekommen und hat sie letzte Nacht umgebracht. Zumindest glaube ich, dass es so war.«

»Oh mein Gott«, sagte sie, und die Art, wie sie das sagte, erinnerte mich an die Frau im Wilding Klub. Und an Sashas Mutter. Arme Sasha.

»Was ist passiert?«, fragte Jo.

»Sie ist tot und er wohl auch.«

»Das ist ja schrecklich.«

»Ja«, sagte ich. »Aber du musst mir etwas erklären, Schatz.«

»Was? Oh mein Gott. Das ist so fürchterlich – die Sache mit deiner Nachbarin, meine ich. Was willst du mich fragen, L.?«

»Wolltest du mir irgendwann von Johnny Fry und dir erzählen?«

Das Schweigen dauerte eine Minute, dann legte sie auf.

Ich lehnte mich zurück und versuchte mir vorzustellen, wie mein Leben von nun an aussehen würde. Es gab ausreichend Frauen, unter denen ich wählen konnte: Linda Chou, Monica Wells, Lucy Carmichael. Ich hatte einen neuen Beruf als Agent. Und ich musste über diese Sache mit Afrika nachdenken. Meine Gründe, eine wohltätige Organisation ins Leben zu rufen, waren egoistisch und zynisch, aber ich wusste, dass ich mich ändern konnte. Ich hatte die Kraft zu vergeben, und wenn ich Joelle vergeben konnte, warum sollte ich dann nicht auch mir vergeben?

Ich ging in den Flur, um die braune Papiertüte zu holen. Die gestohlene Pistole war darin, die Munition und ein rosa Umschlag, der nach Patschuli-Öl roch. Im Umschlag lagen eine rote Kapsel und eine weiße Karte, auf die eine Nachricht gekritzelt war.

Lieber Bruder,
Bruder – das klingt so wunderbar. So viele Jahre habe ich Man (das ist der Name meines »alten« Bruders) schreiben wollen, aber es ging nicht. Er wollte sich für das entschuldigen, was er mir angetan hat, aber so leid er mir tut, trauen kann ich ihm nicht, und eine Familie muss aus Menschen bestehen, denen man vertraut.
Meine Freundinnen sagten, ich solle zur Polizei gehen, doch das konnte ich meinem Bruder nicht antun. Aber das ist jetzt nicht mehr wichtig, denn nach all den Jahren des Suchens habe ich endlich einen neuen Bruder gefunden. Seit letzter Nacht bist du mein Bruder und ich bin deine Schwester, und wir werden uns umeinander kümmern.
Ich habe Cynthia angerufen, um mich bei ihr zu bedanken. Sie sagt, sie habe gewusst, wir würden uns verstehen. Sie ist eine ganz wunderbare Frau, und eines Tages, wenn du mich in meinem Haus in Santa Barbara besuchst, wirst du sie und ihre Freundin von Angesicht zu Angesicht kennenlernen.
Verlier dich nicht an eine umherirrende Geliebte, Cordell. Benutze diese Pistole nicht, um damit deine Probleme zu lösen. Vergib ihr. Versteh sie. Und mach ihr begreiflich, dass sie dich verletzt hat …
Ich habe alle meine Nummern und die Nummern meiner Freunde und Bekannten auf die Rückseite dieser Karte geschrieben. Ruf mich bald an. Nenn mich Schwester und vergiss nie, dass ich dich auch dann noch lieben werde, wenn alle anderen längst jede Verbindung zu dir abgebrochen haben.

Deine Schwester S.

PS: Die Kapsel in diesem Umschlag ist eine meiner Designerdrogen. Sie wird dir helfen, wenn du ein ernstes Problem hast, über das du nachdenken musst. Nimm sie aber nur, wenn du ausreichend Zeit hast, sämtliche Alternativen in Betracht zu ziehen.

Ich dachte immer noch über das Vergeben nach, als das Telefon klingelte.

»Hallo?«

»Wie lange weißt du es schon?«

»Erinnerst du dich an den Tag, als deine Tür offen stand und du mich fragtest, ob ich da gewesen sei?«

Ich wartete auf ihre Antwort, aber sie sagte nichts.

»Ich bin hereingekommen und habe dich im Wohnzimmer mit ihm gesehen. Du warst auf dem Sofa und … und auf dem Boden.«

»So lange hast du zugesehen?«, fragte sie.

»Erst war ich wie gelähmt, schockiert. Und … und dann, als ich schon wieder draußen war, hörte ich dich aufschreien, und ich dachte, es wäre etwas passiert.«

»Oh nein«, murmelte sie. »Oh nein, verdammt. Warum hast du mir denn nichts gesagt? Warum bist du nicht dazwischengegangen?«

»Ich konnte nicht denken. Ich bin zu dir hoch, weil ich auf Toilette musste. Du hattest mir gesagt, du wärst in New Jersey. Aber dann sah ich Johnny und dich, und es war nicht meine Wohnung. Aber nicht mal das dachte ich. Ich wollte nur weg. Weg.«

»Als Johnny im Museum aufkreuzte, wusstest du also Bescheid?«

»Ja.«

Sisypha, meine adoptierte Schwester, war wahrscheinlich

verrückt. Sie lebte im Schatten unserer Gesellschaft und schuf sich ihre eigenen Gesetze und Verhaltensregeln.

»Es tut mir so leid, L.«, sagte Joelle. »Ich wollte dir niemals so wehtun.«

»Ich weiß.«

»Ich habe immer darauf bestanden, dass er ein Kondom benutzt«, sagte sie. »Und er musste sich auf Geschlechtskrankheiten untersuchen lassen.«

Aber selbst wenn Sisypha verrückt war, so war sie mir doch näher, als Joelle mich je an sich herangelassen hätte. Wir, Joelle und ich, waren wie zwei Steine, die eine riesige Lawine nach einem Erdbeben zu Tal getragen hatte, wo sie zufällig nebeneinander liegen blieben – wir lagen beieinander, und das war es auch schon.

Zu Sisypha hatte mich eine Kraft, so zielgerichtet wie die Schwerkraft, getragen.

»L.?« Jo hatte weitergeredet.

»Ja?«

»Ich habe dich gefragt, was du jetzt tun willst.«

»Was soll ich tun, Jo?«

»Ich habe mich nach unserer Begegnung im Museum noch am selben Tag von John getrennt.«

»Wegen Bettye?«

Sie schwieg, und ich dachte, dass mir harte Zeiten mit Sisypha bevorstanden. Sie würde mich um Verständnis für eine Welt bitten, vor der ich unheimliche Angst hatte. Es war eine Welt voller Drogen und Gewalt. Meine Sexualität würde jeden Tag aufs Neue infrage gestellt werden …

»Wegen dir«, sagte Jo. »Weil ich mit dir zusammen sein will.«

»Warum warst du mit ihm zusammen?«, fragte ich und sagte dann: »Du sollst wissen, dass ich nicht mehr wütend deswegen bin. Mich interessiert nur, warum du es getan hast. Wir sollten einander die Wahrheit sagen.«

»Wirst du mich verlassen, L.?«

»Ich weiß es nicht«, sagte ich. »Acht Jahre lang warst du mir Familie und einziger Freund. Meine Mutter und meine Geschwister empfinden nichts für mich. Du warst mein einziger Freund. Dabei kannte ich dich die ganze Zeit über kaum, das Wichtigste in deinem Leben blieb dein Geheimnis. Nein, ich werfe dir nicht vor, es mir nicht erzählt zu haben. Ich glaube nicht, dass du mir so etwas schuldig bist, aber es zeigt, wie leer unsere Beziehung war.«

»Du musst doch auch Geheimnisse haben«, verteidigte sich Jo. »Vielleicht hattest du Geliebte?«

»Du hast recht. Natürlich«, sagte ich. »Aber so etwas … Mein einziges Geheimnis bestand darin, dass mir die Leere und Oberflächlichkeit meines Lebens nie bewusst waren. Ich habe in einem Loch gelebt, es mein Zuhause genannt und mein Geheimnis, wenn man so will, vor mir selbst verheimlicht.«

»Mit dir ist alles in Ordnung, Cordell«, sagte sie. »Der Fehler liegt bei mir.«

»Ja, ich weiß. Bei dir. Aber das spricht mich nicht frei. Einer der Gründe, warum ich nichts gesagt habe, war, dass ich ohne dich nichts und niemanden mehr hätte. Meine Tage und Nächte wären leer, ich wäre allein.«

»Warst du deswegen plötzlich so lüstern?«, fragte sie.

»Genau. Und nicht nur mit dir. Ich habe seitdem mit drei anderen Frauen geschlafen.«

»Mit wem?«

»Das ist nicht wichtig«, sagte ich. »Wichtig ist, dass ich dir die Wahrheit sage, während du mich immer noch belügst.«

Joelle antwortete mit Schweigen. Ihr ganzes Leben war von

Schweigen bestimmt. Wann immer ich ihr nahegekommen war, hatte sie sich verschlossen. Sie tat mir leid, und gleichzeitig wurde mir bewusst, dass meine Gedanken, sobald sie schwieg, zurück zu Sisypha wanderten.

Mein wertvollster Besitz war Sisyphas Wunsch, meine Schwester zu sein. Ob wir tatsächlich in Verbindung blieben oder nicht, würde sich zeigen, jedenfalls hatte sie diesen Wunsch geäußert, das allein zählte.

»Wann habe ich dich belogen?«, fragte Jo.

»Nicht direkt belogen«, sagte ich. »Du hast zwar mit Johnny Fry gebrochen, aber hast du seitdem nicht mit ihm gesprochen?«

Schweigen.

»Hast du wirklich gedacht, es wäre deine Schwester, als ich eben anrief? Und hast du nicht noch jemand anderen angerufen, bevor du mich zurückgerufen hast?«

»Bitte, L.«, flehte sie. Ich hörte, wie sie schluchzte. »Ich kann dir nicht alles auf einmal erklären.«

»Dann melde dich wieder, wenn du es kannst.«

»Leg nicht auf.«

»Lügen helfen dir nicht, Jo. Sie zerstören nur das wenige, das wir noch haben.«

»Ich werde nicht lügen.«

»Dann beantworte meine Fragen.«

»Ich ... ich kann nicht. Ich kann dir so etwas nicht sagen. Ich kann nur sagen, dass du der Mittelpunkt meines Lebens bist. Ohne dich würde ich aus der Umlaufbahn geworfen werden, zerschellen und sterben. Dass es dich in meinem Leben gibt, hält mich aufrecht.«

Jetzt war es an mir zu schweigen. Ich wusste, dass Jo sich aus dem sexuellen Durcheinander befreien wollte, in das sie sich verstrickt hatte. Ich wusste, dass ihr Leben wirklich in Gefahr war. Aber im Moment konnte ich nur an Celia denken – an ihre Milch, die mir über das Gesicht rann, und ihren verzerrten, befriedigten Blick, als ich mit der Zunge über ihre Brust fuhr.

Ich hatte immer Angst davor gehabt herauszufinden, welche Begierden in mir schlummerten. Es war einfacher, mit einer Frau wie Jo zusammen zu sein, die ihr Leben säuberlich strukturiert hatte, die zwar erschütternde Geheimnisse mit sich herumtrug, sich aber nie fragte, wie es in *mir* rumorte.

»Ich will nicht, dass du stirbst, Jo«, sagte ich. »Aber wenn du mir nicht sagen kannst, dass du von einem Mann etwas brauchst, das ich dir nicht geben kann, wie können wir dann offen miteinander reden?«

»Das weißt du nicht«, sagte sie zornig.

»Habe ich unrecht? Kannst du mir wenigstens sagen, dass du Johnny *nicht* angerufen hast? Dass du ihn *nicht* wiedersehen wirst? Dass du ihn nicht wiedersehen *musst*?«

Dieses Mal brauchte sie nur dreißig Sekunden, bis sie antwortete. Währenddessen fragte ich mich, wie es wäre, mit Celia zusammen zu sein, zu wissen, dass sie es mit vielen Männern – und wahrscheinlich auch Frauen – trieb, aber anschließend immer wieder zu mir zurückkam. War das anders als mit mir, Jo und Johnny?

»Ich kann es dir nicht sagen, aber ich kann es dir zeigen.«

»Das verstehe ich nicht«, sagte ich.

»Komm zu mir, und ich zeige dir, was ich fühle.«

»Ich habe in den nächsten Tagen eine Menge zu tun«, sagte ich.

»Mit deinen neuen Freundinnen?«, sagte sie mit einem schneidenden Ton in der Stimme, den ich, wie ich fand, nicht verdiente.

»Nein«, sagte ich. »Ich muss nur ein paar Leute treffen und ..., ach ja, ich habe meinen Übersetzerjob an den Nagel gehängt. Ich vertrete jetzt Fotografen, als Agent. Ich habe eine Klientin, die ich an eine Galerie in Midtown vermittelt habe. Da gibt es einiges zu tun.«

»Du übersetzt nicht mehr? Seit wann?«

»Seit ich dich mit Johnny gesehen habe.«

»Aber wovon willst du leben?«

»Ich komme in drei Tagen zu dir«, sagte ich. »Am Nachmittag. Wenn du vorher mit mir reden willst oder musst, ruf mich an.«

Es war fast Mittag, als ich aus dem Haus ging. Ich weiß nicht, ob sie auf mich gewartet hatten oder gerade in dem Augenblick gekommen waren, als ich gehen wollte.

»Cordell Carmel.« Der große Bulle, der in meiner Wohnung gewesen war, stand mit zwei Uniformierten vor mir. Einer der beiden war schwarz.

»Ja?«

»Wir nehmen Sie zu einem Gespräch mit auf die Wache«, sagte er freundlich.

»Wie heißen Sie?«, fragte ich den schwarzen Polizisten, der mir die Handschellen anlegte.

»Detective Jurgens«, sagte er höflich.

Als der Polizist hinter mir meine Taschen durchsuchte, war ich froh, dass ich die Pistole oben gelassen hatte.

Sie sperrten mich in einen Raum, in dem ein unangenehmer Geruch hing. Das heißt, es waren verschiedene Gerüche. Da war einmal etwas Beißendes und dann etwas Abgestandenes, das zwischen Erbrochenem und Schweiß changierte. Übertüncht wurde das Ganze von etwas Süßem wie Vanille, und letztlich war es dieses Süße, das den eigentlichen Gestank verursachte. Es stank nach dem Versuch, die Wahrheit dieses Raums zu übertünchen.

Die Zelle war nicht groß, und es gab keine Fenster. Sie hatten auch meine Füße gefesselt, und ich saß hinter einem Tisch mit einem großen schwarzen Telefon. Jurgens hatte mich über meine Rechte aufgeklärt, und jetzt war ich allein.

Angst hatte ich nicht. Ich war Gefängniszellen gewöhnt.

Ich hatte meinen Vater oft im Gefängnis besucht. Meist war er wegen Trunkenheit und Handgreiflichkeiten verhaftet worden. Er war ein brutaler Kerl, dennoch liebte meine Mutter ihn, als hätte Gott in ihm Gestalt angenommen. Wenn er zu Hause war, schaute sie ihn unablässig an. War er nicht da, saß sie in seinem Sessel, das Telefon neben sich, und wartete, dass er sich meldete. Deswegen war ich so überrascht, dass sie nie geheiratet hatten.

Er war am verträglichsten, wenn sie ihn gefesselt und hinter Gittern hatten. Dann lächelte er mich an und fragte, wie es mir gehe. Er sagte, es tue ihm leid, dass ich ihn so sehen müsse, und bat mich, ihm zu vergeben.

Einmal, als er für dreißig Tage einsaß, erklärte er mir, ich sei ein kluger Kerl, und er wolle, dass ich zur Universität gehe. Genau das sagte er: Universität, nicht College. Da war ich erst neun, und von dem Tag an strengte ich mich in der Schule an, und als ich viele Jahre später zur Uni in Berkeley zugelassen wurde, besuchte ich meinen Dad, Carson Carmel, im Soledad Prison, wo er zwölf Jahre wegen Totschlags absaß.

»Was kratzt mich deine Schule?«, fragte er, nachdem ich ihm stolz von meiner Zulassung berichtet hatte. »Hast du mir Zigaretten mitgebracht?«

All die Jahre hatte ich hart gearbeitet, um ihn stolz zu

machen, doch am Ende musste ich erkennen, dass es ihm im Grunde scheißegal war, ob ich zur Universität ging oder nicht.

Das war mein Leben, dachte ich in dem kleinen Verhörzimmer, *Jahre unbewusster Dunkelheit, erhellt nur von einem Flackern hier und da.*

Es dauerte sehr lange, bis Detective Jurgens und ein Sergeant namens Jorge Mannes kamen, um mich zu befragen. Sergeant Mannes war zierlich und ein Ausbund an Gepflegtheit. In den dreißig Minuten des Verhörs fand er sieben Flusen auf seiner dunklen Anzugjacke. Er zupfte jede einzelne herunter und beförderte sie in den Papierkorb, der hinter ihm in der Ecke stand.

»Haben Sie etwas mit Sasha Bennetts Tod zu tun?«, waren die ersten Worte, die aus Jurgens' Mund kamen.

»Nein.«

Mannes lächelte. Er hatte rotbraune Haut und einen bleistiftschmalen Schnäuzer.

»Kannten Sie ihren Bruder?«

»Letzten Freitag habe ich geholfen, ihn hoch in ihre Wohnung zu schaffen. Er war betrunken, und sie wurde allein nicht mit ihm fertig.«

»Hat er irgendwas gesagt?«

»Er redete davon, wie sehr er seine Schwester liebte«, sagte ich und dachte, dass ich meinen Vater geliebt hatte.

»Haben Sie ihn danach noch einmal gesehen?«, fragte Mannes.

»Er kam nachts hinunter zu mir in die Wohnung, so gegen zwei Uhr, glaube ich.«

»Was wollte er?«, fragte Jurgens. Es schien ihm nicht zu gefallen, wenn Mannes etwas sagte.

»Er war betrunken, mehr noch als vorher, und ganz aufgebracht.«

»Weswegen?«, fragte Mannes schnell, um nicht aus dem Gespräch gedrängt zu werden.

Ich zögerte. Ich schuldete Sasha nichts. Aber ich wollte auch nicht, dass sie wie ein schlechter Mensch dastand. Das Leben hatte ihr übel mitgespielt, wie auch mir, Jo und Sisypha. Sie traf keine Schuld.

»Reden Sie schon«, sagte Jurgens.

»Er hatte mit Sasha geschlafen. Ich nehme an, dass das schon seit ihrer Kindheit so ging, und er wusste nicht, wie er damit aufhören konnte.«

»Außer, indem er sie und sich umbrachte«, sagte Mannes mit einem wissenden Grinsen.

»Wenn wir ihr die Fotze ausschaben, finden wir dann Sie oder ihn da drin?«, fragte Jurgens.

Ich versuchte aufzuspringen, aber es war zwecklos. Ich konnte nicht mal meinen Stuhl umwerfen.

»Vielleicht alle beide«, sagte Mannes und grinste schon wieder.

Die beiden Männer standen auf. An der Tür blieb Jurgens stehen und sagte: »Bleiben Sie hier, bis wir wissen, wie's weitergeht.«

»Kann ich jemanden anrufen?«

Jurgens ging hinaus, aber Mannes trat zu mir und öffnete mir die Handschellen.

»Machen Sie sich keine Sorgen«, sagte er. »Er will nur, dass sein Bericht so aussieht, als hätte er etwas unternommen. Wenn Sie weiß wären, hätte er Sie in Ruhe gelassen.«

Und dann, als er zur Tür ging, sagte er noch: »Von dem Apparat lassen sich nur Ortsgespräche führen. Und natürlich können Sie auch gebührenfreie Nummern anrufen.«

Er schloss die Tür und ließ mich im hellen Licht des schäbigen Raums zurück.

Meine Hände fühlten sich geschwollen an, aber das lag daran, dass sie in den Handschellen ganz taub geworden waren. Ich genoss das Prickeln, als das Gefühl in sie zurückkehrte. Ich machte Fäuste, um das Prickeln zu intensivieren.

Der Schmerz war mein Freund. Er erinnerte mich daran, dass ich lebte. Er kam zu mir, wenn keine Mutter, kein Vater und kein Seelsorger kommen würde. Seinetwegen liebte ich Sisypha und seinetwegen würde ich nie mit ihr schlafen.

Der Anruf bei Jo wäre ein Ortsgespräch gewesen, aber ich benutzte die gebührenfreie Nummer meiner Telefonkarte, wählte Cynthias Nummer und gab ihren Namen ein.

»Hallo?«

»Hallo«, sagte ich und atmete dabei tief aus.

»Wie geht's dir, L.?«, fragte sie. »Brenda sagt, ihr zwei seid euch sehr nahe gekommen.«

»Ich werde von der Polizei festgehalten.«

»Weshalb?«

»Bei mir im Haus gab es einen Mord. Einen Mord mit anschließendem Selbstmord, glaube ich, aber ich war mit der Frau vor ein paar Nächten zusammen, nachdem du mir gesagt hattest, ich solle meinen Begierden folgen.«

»Ein Mann und seine Frau?«

»Bruder und Schwester.«

»Oh«, sagte sie. »Was kann ich für dich tun?«

»Sisypha hat mir ihre Nummern gegeben, aber ich habe sie nicht dabei. Könntest du sie anrufen und ihr sagen, wo ich bin?«

»Klar, Cordell. Noch was?«

»Ich habe Joelle gesagt, dass ich über sie und Johnny Fry Bescheid weiß.«

»Und?«

»Ich weiß nicht. Ich glaube, meine Entscheidung, es ihr zu sagen, war wichtiger als unser Gespräch. Sie ... sie ist wirklich am Ende. Wir sprechen uns in ein paar Tagen wieder. Das heißt, wenn ich hier wieder rauskomme.«

»Wo genau bist du?«

Ich sagte ihr, was ich wusste.

»Ich rufe Bren gleich an.«

Als ich auflegte, wurde mir bewusst, dass mich Cynthia gar nicht gefragt hatte, ob ich schuldig war. Die Tatsache, dass sie es nicht wissen wollte, hatte etwas Dingliches, Körperliches für mich, war wie ein Kompass, ein Leuchtfeuer. Für Jo gab es etwas jenseits von Liebe, das mich zurückstehen ließ. Für Cynthia gab es etwas jenseits von Unschuld – und das war ich.

Etwa eine Stunde später ging die Tür auf. Drei Männer kamen herein. Einer war Jurgens. Er wirkte eingeschüchtert. Begleitet wurde er von einem Polizeibeamten mit einer Uniform voller Abzeichen und glänzender Knöpfe und einem untersetzten Mann in einem lavendelfarbenen Anzug.

»Mr Carmel?«, fragte der untersetzte Mann.

»Ja.«

»Sind Sie in Ordnung?«

»Ich denke schon. Meine Füße sind nur ganz taub wegen der Fesseln.«

»Sie haben ihn angekettet?«, fragte der dicke Kleine den Uniformierten.

»Nehmen Sie ihm die Dinger ab, Mike«, bellte der Uniformierte Detective Jurgens an.

Zu sehen, wie der große Bulle mit seinem Bauch verhandeln musste, um an meine Fußfesseln zu kommen, war komisch, aber ich lachte nicht.

»Mein Name ist Dollar, Mr Carmel, Holland Dollar. Man hat mich beauftragt, Sie hier rauszuholen. Wollen Sie auf Schadenersatz wegen ungerechtfertigter Festnahme klagen?«

Für Jurgens und seinen Vorgesetzten muss es so gewirkt haben, als überdächte ich Dollars Frage, dabei überlegte ich nur, dass Sisypha eine ganz schön hohe Summe hingelegt haben musste, um mich so schnell freizubekommen. In absoluter Rekordzeit hatte es dieser Anwalt, der aussah wie ein Salonlöwe, bis zu mir geschafft und zwang Jurgens auf die Knie, um mich loszumachen. Ich erinnerte mich, dass ich einmal drei Tage gebraucht hatte, bloß um die Erlaubnis zu bekommen, meinen Vater im Gefängnis zu besuchen.

»Ich bin Captain Haldeman«, sagte der Uniformierte. »Ich entschuldige mich für die Unannehmlichkeiten, Mr Carmel.«

Mr Carmel.

Sasha und ihr Bruder waren tot, und die Polizei hatte mich schikaniert, um zu demonstrieren, dass sie den Fall nicht auf die leichte Schulter nahm. Ich war verhaftet und in eine Zelle gesperrt worden, aber am Ende hatte mir der Vorfall gezeigt, dass Sisypha tatsächlich da war, um mir aus der Patsche zu helfen.

Warum?

»Wollen Sie Klage erheben?«, fragte Dollar noch einmal.

»Nein, Sir. Das will ich nicht. Meine Nachbarin und ihr Bruder sind diejenigen, die es getroffen hat. Ihre Eltern werden damit fertig werden müssen. Ich bin zufrieden, wenn ich nach Hause gehen kann.«

»Unten steht ein Wagen für Sie.«

Nachdem man mir mein Eigentum ausgehändigt hatte, fand ich mich mit Holland Dollar draußen vor der Wache wieder. Er gab mir eine limonengrüne Karte.

»Wenn Sie Ärger haben, egal wann, rufen Sie an. Ich bin rund um die Uhr erreichbar.«

»Ich danke Ihnen, Mr Dollar.«

»Jederzeit«, sagte er und ging davon.

Wieder wurde ich von Wan bis vor meine Haustür gefahren. Er stieg aus und rannte um den Wagen, um mir behilflich zu sein.

»Auf Wiedersehen, Mr Cordell«, sagte er.

»Entschuldigen Sie, Wan, aber darf ich Sie etwas fragen?«

»Ja?«

»Arbeiten Sie für einen Limousinenservice?«

»Nein, Sir. Ich arbeite für Miss Landfalls Unternehmen.«

Er ließ mich verwirrt zurück. Brenda, die Pornodarstellerin, Unternehmerin und Internetkönigin, war offenbar steinreich.

Ich ging hinauf in meine Wohnung, bestellte einen Tisch fürs Abendessen und duschte. Während ich mich wusch, bekam ich eine Erektion, ohne es zu wollen. Mein Schwanz war so steif wie nur je.

Ich wollte onanieren, tat es aber nicht, weil ich davon ausging, mich bald schon in einer Frau entladen zu können. Es war die reine Freude an der Erregung. Ich dachte an Celia, Lucy und die arme Sasha. Sie alle waren bei mir unter der Dusche.

An Jo dachte ich nicht.

Als ich zu dem kleinen italienischen Restaurant kam, saß Monica bereits an meinem gewohnten Tisch draußen im Freien. Sie trug ein altmodisches Kleid, weiß, mit ein paar großen schwarzen Tupfen. Ein Kleid, wie es ein französisches Model in den Fünfzigern getragen hätte. Der lange Rock war weit geschnitten, und das Oberteil schmiegte sich um ihre Brust. Dazu trug sie weiße Pumps.

»Komme ich zu spät?«, fragte ich und setzte mich ihr gegenüber.

»Ich hatte heute um fünf schon Feierabend und bin daher zu früh«, sagte sie. »Ich habe gefragt, ob Sie eine Reservierung hätten, und sie haben mich hierhergesetzt und mir ein Glas Wein gebracht.«

Sie tippte an das Glas, und ich streckte die Hand aus und berührte ihren Zeigefinger mit meinem.

»Es tut mir leid«, sagte ich. »Hätte ich das gewusst, hätte ich den Tisch für früher reserviert.«

»Ich wollte eher da sein«, sagte sie. »Ich dachte, Sie würden's sowieso vergessen oder einfach nicht kommen.«

»Warum?«

»Ich dachte, dass Sie nur flirten wollten, mal sehen, ob das arme schwarze Mädchen aus der U-Bahn mit Ihnen ausgehen würde. Aber dann stand Ihr Name in der Reservierungsliste, und ich wusste, Sie meinten es ernst.«

Nun berührte sie auch meine Hand, und der Kellner kam und brachte uns zwei Speisekarten.

»Verdammt«, sagte Monica, »ganz schön teuer hier!«

»Das Essen ist gut, und ich bezahle«, sagte ich.

»Was ist denn das?«, sagte sie und deutete auf ein Gericht auf der Tageskarte. »Das kostet ja hundert Dollar.«

»Das ist Pasta. Spaghetti.«

»Für hundert Dollar?«

»Mit echten französischen Trüffeln«, sagte ich. »Die sind sehr teuer.«

»Schmecken die gut?«

»Warum teilen wir uns nicht eine Portion und bestellen als Hauptgericht etwas anderes?«

Monica liebte die Trüffel. Sie aß fast die ganze Portion allein. Sie sagte, sie habe immer gewusst, dass es einen Grund gebe, Französisch zu lernen, und jetzt, wo sie so etwas gutes Französisches gegessen habe, kenne sie ihn.

Nach dem Essen gingen wir in ein Kino an der Sixth. Ich weiß nicht mehr, welchen Film sie zeigten, weil wir uns zu küssen begannen, kaum dass das Licht ausging. Es waren tiefe Seelenküsse, die nach Hunger schmeckten. Ich kann nicht sagen, ob es Monicas Verlangen war oder meines, aber als ich sie küsste, gab es keine Vergangenheit und keine Zukunft mehr.

Ich fasste nach ihrer Brust, aber sie schob meine Hand weg.

»Ich will ja«, flüsterte sie und steckte die Zunge in mein Ohr, bis ich mich auf meinem Sitz krümmte. »Aber wenn du mich zu sehr erregst, hört es das ganze Kino.«

Sie legte ihre Hand auf meinen steifen Schwanz und drückte ihn.

Ich setzte mich ein wenig auf, und sie sagte: »Lehn dich zurück.«

Der Film dauerte entweder sechs Stunden oder zehn Minuten. Ihre Hand ließ die ganze Zeit nicht von meinem Schwanz ab.

Als wir wieder auf die Straße traten, hakten wir uns unter und gingen westwärts durch dunkle Straßen voller Brownstones und Apartmenthäuser. Hin und wieder blieben wir stehen, um uns zu küssen. Ich geriet jedes Mal außer Atem.

»Ich setze dich in ein Taxi, wann immer du nach Hause willst«, sagte ich, als wir die Hudson Street erreichten.

»Wohnst du in der Nähe?«

»Etwas weiter südlich.«

»Zeig mir, wo du wohnst, dann kannst du mich in ein Taxi setzen.«

Wir gingen langsam, hielten Händchen und küssten uns an jeder Ecke. Es schien ihr nichts auszumachen, in diesen unbequemen Schuhen zu laufen.

Ich wünschte, unser Spaziergang würde nie enden.

Als wir vor meiner Tür ankamen, sah sie am Haus hinauf und fragte: »Welche Wohnung ist deine?«

»Die im dritten Stock.«

»Hm. Also gut, dann besorg mir jetzt ein Taxi.«

Ich holte tief Luft und wandte mich zum Gehen. Aber sie hielt mich fest.

»Sobald du mich los bist, rufst du eine von deinen Freundinnen an, oder?«

»Nein.«

»Bist du sicher?«, fragte sie mit ernster Miene.

»Ja. Warum?«

»Weil du vielleicht ein bisschen scharf bist nach der ganzen Küsserei ...«

Ich ging in die Hocke und umschlang ihre Hüften. Sie schnappte nach Luft, als ich sie mir über die Schulter legte.

»Was machst du da, Cordell?«

Ich antwortete nicht. Stattdessen holte ich den Schlüssel heraus und schloss auf.

Auf dem Weg die Treppe hinauf sagte sie: »Lass mich runter oder ich schreie, Cordell.« Sie hob aber nicht ein einziges Mal die Stimme, auch nicht, als ich die Tür zu meiner Wohnung aufzuschließen begann.

Ich setzte sie erst ab, als wir vor meinem Sofa standen. Dann kniete ich mich vor sie hin und hob den Saum ihres Kleids.

»Cordell«, beschwerte sie sich, aber als ich ihr das Höschen zur Seite schob und mit der Zunge über ihre erigierte Klitoris fuhr, legte sie ein Bein auf meine Schulter und präsentierte mir ihre freigelegte Möse so, dass ich sie von unten bis oben lecken konnte.

»Oh Scheiße, Cordell. Verfluchter Nigger, du weißt, wie's geht. Scheiße.«

Als es ihr kam, fragte ich mich, ob Martine die Polizei rufen würde, doch es war mir egal.

»Hör auf, hör auf«, rief Monica. »Das ist zu viel. Zu viel.«

Ich wich einen halben Meter zurück und sah das rosarote Innere ihrer Möse pulsieren, wie ein hungriges Maul, das auf etwas Köstlichem kaute.

»Lass mich, Cordell«, keuchte sie.

»Nein«, sagte ich und sah ihr in die Augen.

»Warum nicht?«

»Du schmeckst zu gut, Baby. Ich brauche mehr.«

»Oh Scheiße«, sagte sie und kniff den Arsch zusammen. Die heißen Säfte liefen aus ihrer Vagina auf mein Sofa.

Ich steckte meine Zunge tief in sie hinein. Sie fasste meinen Kopf und presste ihn mit aller Kraft in ihr Fleisch. Ihre Schenkel schlossen sich um meine Ohren, und ich wurde in ihrem zweiten Orgasmus gefangen.

Als es vorbei war, sagte sie wieder, ich solle aufhören, und wieder lehnte ich ab.

»Weißt du, wie du schmeckst?«, fragte ich sie und ließ meine Zunge über ihre Klitoris schnellen.

»Oh, oh. Nein. Wie?«

»Du schmeckst wie zu Hause«, sagte ich und erregte sie

noch etwas mehr. »Du schmeckst wie meine Träume hinten in dem kleinen Zimmer, das ich mir mit meinem Bruder teilen musste. Du schmeckst wie all die Liebe, die ich jemals wollte.«

Ich glaube, ihre nächste Lustwallung hatte mehr mit meinem Reden als mit meinem Lecken zu tun. Sie glitt vom Sofa und krabbelte rückwärts von mir weg.

Ich stand auf und ließ die Hose herunter.

Mit der Ehrfurcht des ersten Kennenlernens sah sie zu meinem Schwanz auf.

Ich setzte mich aufs Sofa und sagte: »Steig auf das Ding drauf, Monica.«

»Aber, Cordell, wir sehen uns heute zum ersten Mal.«

»Steig da jetzt drauf, Mädchen.«

»Cordell ...«

»Zieh die Wäsche aus«, sagte ich, was sie eiligst tat, »und komm her und setz dich auf das Ding.«

Sie kam langsam zu mir und nahm mich zwischen die Knie, blieb aber so weit oben, dass mein Schwanz kaum bis an ihre Schamlippen reichte.

Ich legte meine Hände auf ihre weiten Hüften und drückte sie herunter. Mit einer einzigen Bewegung nahm sie meinen Schwanz in sich auf.

Sie grunzte und stöhnte und fing an, sich vor und zurück zu bewegen. »Wir sollten das nicht tun, Baby. Oh Scheiße. Du weißt, dass wir das nicht tun sollten.«

Ich summte einen tiefen Basston in ihr Ohr und sagte: »So ist es gut, Monica. Und jetzt will ich, dass du es ihm besorgst.«

Sie begann sich auf und ab zu bewegen und ließ ihren großen, wohlgeformten Arsch auf meinen Schoß klatschen.

»Küss mich«, sagte ich, und sie tat es. »Hör nicht auf, Monica. Küss mich und reite gleichzeitig auf mir.« Und sie tat auch das.

Es dauerte nicht lange, und ich stand kurz davor zu kommen. Als ich sie an den Hüften packte, damit sie schneller auf mir ritt, rief sie: »Nicht in mich rein, Baby, bitte nicht.«

Ich fickte sie schneller und fester.

»Bitte nicht«, bettelte sie.

»Ich kann, wenn ich will.«

Da sah sie mich an und ritt mich so schnell, wie ich in sie hineinstieß. Sie nickte und senkte den Kopf. In dem Moment schob ich sie zur Seite und stand auf. Sie packte meinen Schwanz, und ich spritzte quer über den Couchtisch. Ich taumelte, aber sie hielt mich fest.

»Verdammt«, sagte sie. »Hast du das für mich aufgespart?«

Ich lag bereits auf dem Rücken. Sie lag neben mir, küsste meine Brustwarze und biss dann und wann hinein.

»Danke, dass du nicht in mir gekommen bist«, sagte sie. »Ich weiß, dass du es wolltest. Ich wollte es auch, aber ich darf im Moment nicht schwanger werden. Ich muss erst dafür sorgen, dass Mozelle auf den richtigen Weg kommt.«

»Kannst du über Nacht bleiben?«, fragte ich.

»Nein, Baby. Ich würde gerne, aber ich muss nach Hause.«

»Okay«, sagte ich. Es war ungefähr Mitternacht. »Ich kann dich in ein Taxi setzen, dich mit einem Taxi nach Hause bringen oder wir laufen. Was immer du möchtest.«

»Wie hast du das gemeint, als du sagtest, ich schmecke wie zu Hause?«, fragte sie.

»Hast du als Kind manchmal nachts im Bett gelegen und über den perfekten Liebhaber nachgedacht?«, antwortete ich.

»Oh ja. Er war Sänger, steinreich, und alle kannten ihn. Wenn er zu mir kam, hatte er Blumen und Gras dabei. Und er hatte ein Schiff mit einem Glasboden, auf dem wir uns liebten und die Fische guckten zu. Wovon hast du geträumt?«

»Von dir«, sagte ich.

»Da kanntest du mich doch noch gar nicht«, sagte sie und schlug mir auf die Brust. »Da war ich ja noch nicht mal geboren.«

»Ich weiß. Aber als ich da unten vor dir gekniet habe, war mein Traum von damals wieder da.«

»Ein kleiner Junge, der sich vorstellt, wie er ein Mädchen leer trinkt?«

»Dich«, sagte ich, und sie küsste mich, und wir liebten uns noch einmal.

Arm in Arm schlenderten wir ins East Village. Wir küssten uns sicher eine Stunde lang, bevor sie hinauf in ihre Wohnung ging.

Auf dem Rückweg dachte ich darüber nach, dass ich immer noch lebte und mit Frauen schlief, während Sasha irgendwo in einem kalten Schrank lag, getötet von ihrer finsteren Leidenschaft.

Irgendwann fand ich mich im Battery Park wieder, westlich der Wall Street. Ich setzte mich auf eine Bank, sah auf den Hudson hinaus und wartete darauf, dass die Sonne hinter mir aufging. Nachtgestalten huschten durch den Park: Menschen auf dem Heimweg, Obdachlose.

Niemand belästigte mich oder sprach mich an.

Als der Morgen anbrach, wurde mir bewusst, dass ich eine verlorene Seele war, aber das war nicht so schlimm. In meiner Tasche steckten alle wichtigen Informationen über Monicas Tochter Mozelle. Sie hatte mir den Umschlag für Marie Tourneau mitgegeben.

Wenn ich nur dieses eine Kind aus einer Welt in eine andere bringen könnte, wäre meine Pflicht in diesem Leben erfüllt.

Dann könnte ich lustwandeln und ficken, bis ich starb, mich änderte oder in einen Käfig gesteckt wurde.

Zu Hause duschte ich, rasierte mich und machte mir Rühreier. Ich ging ins Bett, konnte aber nicht schlafen, und so rief ich Miss Thinnes in der Nightwood Gallery an.

»Hallo?«

»Miss Thinnes, hier ist Cordell Carmel. Ich hätte heute Nachmittag Zeit und dachte, ich könnte bei Ihnen vorbeischauen, damit wir ein paar Dinge besprechen.«

»Oh«, sagte sie. »Ja, ja, das passt mir gut. Wie wäre es mit zwei Uhr?«

»Wunderbar.«

Danach rief ich Linda Chou an und fragte sie, ob wir unsere Tanzverabredung um zwei Tage verschieben könnten. Als sie fragte, warum, erzählte ich ihr von Sasha. Sie hatte in der Zeitung davon gelesen und größtes Verständnis für meine Gefühle.

»Ich habe ein paar Nächte nicht geschlafen«, sagte ich. »Es ist nicht so, dass ich besonders erschüttert wäre, aber ich bin gleichzeitig hellwach und todmüde.«

»Rufen Sie mich übermorgen an«, sagte Linda. »Ich freue mich schon auf das Tanzen, und ich bin sicher, es bringt Sie auf andere Gedanken.«

Ich wollte zu spät zu Miss Thinnes kommen, stand aber um 14.02 Uhr vor ihrer Galerie. Ein paar Kunden sahen sich Fotos von verschiedenen Flechten an. Die Bilder sahen aus wie Karten fremder Planeten.

»Mr Carmel«, begrüßte mich Isabel Thinnes. »Wie schön, dass Sie pünktlich sind.« Sie wandte sich kurz zur Seite. »Martin, Martin.«

Ein junger weißer Mann kam aus einer Tür, die zu einem Büro oder Lagerraum führen musste. Er trug eine Brille mit dicken Gläsern und hatte ungekämmte Haare. Der schlecht sitzende Anzug war das einzige Zugeständnis an so etwas wie Formalität. Außerhalb der Kunstszene hätte er wie ein verlotterter Bohemien gewirkt.

»Ja, Isabel?«

»Könnten Sie einen Moment den Ausstellungsraum im Auge behalten? Ich muss mit Mr Carmel etwas besprechen.«

Er nickte mit dem Anflug eines Lächelns auf dem bärtigen Gesicht.

Im hinteren Teil der Galerie befand sich eine rote Tür und dahinter eine schmale Treppe mit einem ebenso roten Teppich. Die neunzehn Stufen führten in ein kleines Büro mit einem runden elfenbeinfarbenen Tisch, einem mit rotem Samt bezogenen Zweiersofa und einem Hartholzstuhl. Überall standen Bilder und Leinwände, vor dem Fenster war ein Rollo heruntergezogen.

Der Raum hatte etwas Heimeliges, das eher nach Cape Cod zu passen schien als nach Midtown Manhattan.

Isabel trug ein enges graues Kleid, das ihr bis zu den Knöcheln reichte und ihre schlanke Figur betonte. Sie war eine attraktive Frau. Ihre sechzig Jahre hatten ihr längst nicht alle Schönheit geraubt.

»Setzen Sie sich, Mr Carmel.«

Als ich auf den Stuhl zuging, sagte sie: »Nein, aufs Sofa. Da haben Sie es gemütlicher.«

Ich setzte mich dahin, wo sie mich wollte. Sie nahm eine Mappe von ihrem Tisch und gab sie mir.

Während ich durch die Seiten blätterte, sah sie mich an.

Ich musste daran denken, wie sich Celia auf mich gesetzt und Sisypha meinen Kopf in ihrem Schoß gehalten hatte.

Die Dokumente in der Mappe entsprachen ziemlich genau den Standardverträgen, die Linda Chou mir gegeben hatte. Der Preis für die Fotografien war wie besprochen, und die Spende an die Lucy Carmichael-Stiftung sollte direkt vom Käufer des jeweiligen Fotos überwiesen werden.

Ich las den Vertrag viermal und sah dann die Frau an, deren Augen immer noch auf mir ruhten. Ich nickte.

»Sieht gut aus.«

»Ich arbeite zielgerichtet«, sagte sie stolz. »Wenn ich etwas will, mache ich es.«

»Kann ich die Verträge mitnehmen, um sie Lucy zu zeigen?«

»Aber sicher.«

Ich legte die Dokumente zurück in die Mappe und lächelte.

»Sie haben ein schönes kleines Büro«, sagte ich.

»Die Galerie hat meinem Onkel gehört«, sagte sie, und dann: »Darf ich Sie etwas fragen, Cordell?«

»Was?«

»Sie …«, sagte sie und machte eine Pause. »Sie sind kein politischer Mensch, oder?«

In jedem anderen Augenblick meines Lebens hätte ich das Gefühl gehabt, dass man mich mit einer solchen Frage auf die Probe stellen wollte, um herauszufinden, was für ein Mensch ich war. Ich glaube, dass ich tatsächlich auf die Probe gestellt wurde, aber nicht von der Galeriebesitzerin, die da vor mir saß. In meiner Vorstellung war ich in das kleine Büro gebracht worden, um mir selbst ein paar Fragen zu beantworten und der Welt etwas zu beweisen – zu beweisen, dass ich für mich eintreten konnte.

»Nein«, sagte ich. »Nicht im Geringsten.«

»Und Sie sind auch nicht wirklich an Kunst interessiert?«, sagte sie, und das war mehr eine Feststellung als eine Frage.

»Ich weiß es nicht. Ich glaube nicht, dass man als Mensch ohne Bezug zu irgendeiner Art von Kunst leben kann.«

Das brachte ein Lächeln auf Isabels Züge.

»Ich meine, Sie sind nicht wie Martin«, sagte sie. »Er war auf der Kunstakademie und hat über Roy Lichtenstein promoviert. Er lebt und atmet für etwas, das er für eine transzendente Schöpfung hält.«

»Nein«, sagte ich. »Wobei es nicht daran liegt, dass ich nicht daran glaube. Der Grund ist: Diese Dinge sind mir einfach zu hoch.«

Isabel Thinnes schlug ihr linkes Bein über ihr rechtes und schmiegte ihre eleganten Finger um ihr Knie. Sie atmete tief durch die Nase ein, die dabei sinnlich erbebte. Es schien fast so, als inhalierte sie mich.

»Was hat Sie dann in die Kunstszene verschlagen?«, fragte sie.

Ich schrieb die fünftausend Dollar ab, die ich Lucy Carmichael gegeben hatte. Das war es wert, mich einfach nur auf Isabels Frage zu konzentrieren. Es war nicht wichtig, ob ich die Ausstellung bekam. Wichtig war allein, dass diese Frau in mich hineinsah, meine Motive erforschte und mit dem, was sie vorfand, nichts anzufangen wusste. Deshalb fragte sie.

»Ich ... Ich war ... Ich weiß es nicht. Vielleicht habe ich mich verlaufen, und Sie und Lucy sind Menschen, Orte, in die ich hineingestolpert bin.«

Aus Isabels Lächeln wurde ein Grinsen.

»Nicht, dass mir das alles nicht wichtig wäre«, fuhr ich fort. »Ich bin nur nicht sicher.«

»Nicht sicher in Bezug auf was?«, fragte sie.

»Ich kann eine Frau in den Armen halten und mich von ihren Küssen davontragen lassen«, sagte ich. »Dessen bin ich sicher. Lucys Bilder dagegen sind etwas Unbekanntes, etwas, wovon ich keine Ahnung habe, nicht wirklich. Aber ich will dieses Unbekannte kennenlernen, und deshalb bin ich hier. Es ist, als arbeitete ich an einem Puzzle und hätte keine Ahnung, was es einmal zeigen wird.«

»Sind Ihnen die Kinder wichtig?«, fragte sie. »Die Kunst dieser Fotos?«

»Ich will, dass sie mir wichtig sind.«

Selbst bei all dem Sex war ich nie so nackt gewesen. Isabel schien zufrieden damit, so dazusitzen und mich anzusehen. Ich war sicher, sie sah mehr, als ich ermessen konnte.

»Die Fotos sind exzellent«, versicherte sie mir, »und die Absichten ehrenwert. Und was noch wichtiger ist: Sie sind klug. Aber was ist mit Ihnen, lieber Cordell? Kann Ihnen etwas von dem, was Sie da tun, helfen?«

»Vielleicht«, sagte ich. »Ich weiß es nicht.«

Ich wollte Isabel küssen, und ich glaube, sie hätte verstanden, dass der Grund dafür der tiefe Eindruck gewesen wäre, den sie mit ihren Fragen auf mich gemacht hatte.

»Ich muss zurück in die Galerie«, sagte sie.

»Ja. Ich sollte auch gehen.«

In dieser Nacht schlief ich zwölf Stunden, und meine Träume hatten nichts mit den Erlebnissen der letzten zwölf Tage zu tun. Die Bilder, die im Schlaf vor mir heraufzogen, stammten von einer Kirmes im kalifornischen Walnut Creek, auf die mein Vater mit mir gegangen war, als ich fünf war. Er wollte, dass ich Karussell fuhr und die Tiere fütterte, aber ich war weit mehr an den öligen Zahnrädern und Wellen der großen Maschinen interessiert und dem Pferdemist, der überall herumlag.

Die Zuckerwatte war nichts, verglichen mit dem Himmel.

Die Elefanten sahen erbärmlich aus. Damals wie heute in

meinem Traum kamen sie mir wie traurige Könige vor, die von kleinen Männern trickreich unterjocht worden waren. Die kleinen Männer wollten sie leiden sehen, weil sie eifersüchtig waren auf ihre Erhabenheit.

Am nächsten Morgen stellte ich fest, dass meine Wohnung in einem schrecklichen Zustand war. Ich wollte sauber machen, aber es gab noch etwas anderes, das ich tun musste, etwas weit Wichtigeres.

Ich suchte nach Sisyphas Brief und nahm die rote Kapsel, die sie hineingelegt hatte. Ich schluckte sie, ohne zu zögern. Sisypha verlangte Vertrauen, das war mein einziger Gedanke. Ich musste über die Geschehnisse der letzten Tage nachdenken, und die Kapsel sollte mir dabei helfen.

Ich weiß nicht, was ich erwartete. Vielleicht dachte ich, dass ich in dem Moment, da die Chemikalien mir ins Blut gingen, von Allwissenheit erfüllt würde. Zunächst geschah gar nichts.

Eine halbe Stunde später wartete ich immer noch auf die Wirkung der Kapsel. Das Einzige, was ich spürte, war Hunger. Einen wahren Heißhunger. In meiner Küche gab es nichts zu essen, und ich wollte nicht ausgehen, denn Sisypha hatte geschrieben, ich müsse mich konzentrieren, während ich unter dem Einfluss ihres Designernarkotikums stünde. Bald schon hielt ich es aber nicht mehr aus und ging in Dino's Diner, wo ich zuletzt mit Sasha gewesen war.

Es war dieselbe Bedienung, die mich an genau den Tisch führte, an dem ich auch mit Sasha gesessen hatte. Das Paar, das sich wegen eines Cousins gestritten hatte, saß ebenfalls wieder am Nachbartisch. Die beiden stritten immer noch.

Ich bestellte ein Steak und Eier mit Pfannkuchen, dazu eine heiße Schokolade und Kaffee. Die Bedienung wollte schon gehen, aber ich bat noch um einen Orangensaft, ein großes Glas.

Ich saß da und dachte über Sashas Tod nach. Noch all die Jahre später war sie so wütend auf ihre Mutter gewesen, und die Wut und der Schmerz hatten sich auf ihren Bruder übertragen.

Ich fragte mich, ob ich mich mit meinem unausgegorenen Plan, Johnny Fry zu töten, in einer ähnlichen Situation befand. Ich hätte sofort zu ihnen ins Wohnzimmer marschieren und sie herausfordern sollen, das wäre das Richtige gewesen. Vielleicht wäre es zu einem Kampf gekommen, aber wenigstens wäre ich nicht davongelaufen wie ein verängstigter Schuljunge.

Es gab einen richtigen Weg des Seins, und ich hatte ihn verpasst ... Aber wenn ich ihnen entgegengetreten wäre, dann wäre ich sicher nicht in die Videothek gegangen. Und hätte Sisypha nicht gefunden.

Ich liebte Brenda Landfall, und sie liebte mich, da war ich mir sicher. Sie wusste um meine Unbeholfenheit und meine mangelnde Erfahrung, meinen Wunsch, mich zurückzuhalten. Sie brauchte jemanden, der den Geist hinter ihrer zügellosen Sexualität sah. Ich brauchte jemanden, der meinen Schmerz erkannte und sich nicht gelangweilt abwandte.

»Du warst bei ihm«, sagte der alte Mann am Nachbartisch zu der Frau. »Ich weiß, dass du mit Paul Medri nach Hampton Bays gefahren bist.«

»Das ist fast sechzig Jahre her, Roger«, sagte sie. »Warum kannst du nicht davon aufhören?«

»Du hast mich betrogen«, sagte Roger. »Du und er, ihr habt einen Narren aus mir gemacht.«

»Wenn du ein Narr warst, dann schon, bevor wir gefahren sind. Im Übrigen dachte ich, dass du eine Affäre mit Cindy MacLeash hättest.«

»Hatte ich aber nicht.«

»Dachte ich aber.«

»Ich hasse dich, Merle«, sagte Roger. »Ich hasse dich so sehr.«

Warum konnte ich die beiden so gut verstehen, als sprächen sie in ein Mikrofon?

Meine Sinne waren extrem geschärft. Oder es war eine Halluzination. Vielleicht waren Roger und Merle Ausgeburten meiner Fantasie. Vielleicht flüsterten sie miteinander, und ich legte ihnen Worte des Hasses in den Mund.

Hasste ich Jo? Nein. Hasste ich Johnny Fry? Bis vor Kurzem ja, aber jetzt nicht mehr. Ihre Liebe, oder was immer es war, hatte nichts mit mir zu tun. Ich kam nicht zwischen sie. Ich verspürte keinerlei Wunsch, an seiner Stelle zu sein.

»Bitte sehr«, sagte die Bedienung und stellte vier Teller mit Essen vor mich hin.

Ich aß gierig, schlang alles mit solcher Hemmungslosigkeit in mich hinein, dass die übrigen Gäste erstaunte Blicke zu mir herüberwarfen. Ein kleines Mädchen starrte mich hingerissen an.

War das wie mein kurzer Auftritt auf der kleinen Bühne im Wilding Klub? Sahen sie etwas Tierisches in mir? War das meine Sexualität, die sich auf andere Weise Ausdruck verschaffte?

Ich trank den Orangensaft und anschließend das Wasser, zerbiss die Eiswürfel, als die Gläser ausgetrunken waren.

Mein Herz hämmerte.

Ein Mann hinter mir fragte eine Frau, ob sie ihn liebe, und seine Stimme klang wie meine, und auch Millionen und Abermillionen andere klangen wie meine.

Die Bedienung kam an meinen Tisch und lächelte wollüstig (oder vielleicht lächelte auch ich so).

»Wie heißt du?«, fragte ich das braunhäutige Mädchen, das zweifellos aus Südamerika stammte.

»Tita«, sagte sie.

»Du bist schön, Tita.«

Sie lächelte und drehte den Kopf, ohne den Blick von mir abzuwenden.

»Ich habe einen Freund«, sagte sie.

»Trotzdem bist du schön«, antwortete ich. »Du bist der Grund, warum ich und so viele andere Männer in diesen Diner kommen. Es ist so schön, dich zu sehen, dich und dein Lächeln.«

»Das ist lieb«, sagte sie. »Kann ich Ihnen noch etwas bringen?«

»Noch eine Portion Pfannkuchen und ein Stück Speck.«

»So viel?«

»Wenn einem Mann die Liebe abhandenkommt, fängt er an zu essen, sagt man.«

»Hat Sie Ihre Freundin verlassen?«, fragte sie.

»Nein. Noch nicht. Aber die Liebe ist weg und wurde zu etwas anderem, ... zu ..., ich weiß es nicht.«

Ich sah auf den Tisch, und als ich den Kopf wieder hob, war die Bedienung verschwunden. Das alte Paar stritt immer noch, aber ich konnte nicht länger verstehen – oder erfinden –, was sie sagten.

Es war falsch gewesen, Joelle und Johnny Fry nicht entgegenzutreten, aber nur dadurch hatte ich mein Selbst gefunden. Vor diesem Hintergrund überlegte ich erneut, ob ich Johnny Fry töten sollte. Vielleicht sollte ich ihn trotz allem erschießen, auch wenn ich nicht länger wütend war. Ihn auslöschen.

Er hatte mir meine Geliebte genommen. Er besaß sie von Montag bis Freitag, während mir nur die Wochenenden blieben. Er bekam den Nektar, ich nicht mehr als ein paar Wassertropfen.

Wenn ich ihn tötete, ihn erschoss, würde Joelle die Bedeutung meines Schmerzes erfahren. Sie würde glauben, ich sei der Mörder, wäre sich dessen aber nicht sicher. Es gäbe keinen Beweis, keine Waffe. Und selbst wenn man die Pistole fände und mich vor Gericht stellte – was machte das schon? Es wäre ein klares Statement. Mein Bruder würde geschockt sein, meine konfuse Mutter sich plötzlich wieder an meinen Namen erinnern, und Johnny Fry, während er sterbend dalag, würde bedauern, dass er sie in die Möse und den Arsch gefickt, auf sie gepisst und sie von einem anderen hatte vögeln lassen, dass er sie geschlagen und hatte leiden lassen – Joelle Petty mit ihrer gefährlichen Liebe.

Vor mir standen die Pfannkuchen und der Speck. Ich hatte Tita nicht einmal kommen sehen. Mein Schwanz war knüppelhart. Er fühlte sich an wie Brads Pistole.

Meine Erektion galt Johnny. Ich wollte ihn sterben sehen, obwohl ich ihn nicht länger hasste. Es ging um Lust. Sein Tod machte mich an. Er brauchte mich: Nur wenn ich ihn umbrachte, konnte ihm vergeben werden.

Ich aß mit großem Appetit. Tita kam dreimal, um mir Wasser nachzuschenken.

Fast hätte ich ihr von der gestohlenen Pistole und meinem harten Schwanz erzählt. Aber ich sagte nichts.

Erst jetzt wurde mir bewusst, dass Sisyphas Droge in mir arbeitete. Ich dachte in Symbolen und Metaphern. Ich konzentrierte mich auf das, was am wichtigsten für mich war.

Als ich das Restaurant verließ, kam mir Tita nachgelaufen.

»Entschuldigung«, sagte sie.

»Ja?« Ich drehte mich zu ihr um und starrte sie an. Ich muss wie ein Wahnsinniger ausgesehen haben.

»Sie haben nicht gezahlt«, erklärte sie mir.

»Oh?«, sagte ich und versuchte wegzusehen. »Wie viel bin ich schuldig?«

»Sechsundzwanzig Dollar und vierzig Cent.«

Ich gab ihr zwei Zwanziger und sagte: »Stimmt so.«

»Das ist viel zu viel.«

»Es ist nicht mal annähernd genug«, erklärte ich. »Nicht für jemanden wie Sie.«

»Sind Sie okay?«, fragte sie. In ihrem Blick lag echte Besorgnis.

Ich hob die Hand und berührte ihre Wange. Sie wich nicht zurück.

»Mir geht's gut«, sagte ich. »Bestens.«

Zurück in meiner Wohnung, holte ich die Pistole und legte sie vor mir auf den Küchentisch. Ich öffnete die Schachtel mit der Munition, schüttete die Patronen auf die Tischplatte und sann abermals über Johnny Fry nach.

Er war ein weißer Mann, der meine Freundin zu seinem Spielzeug gemacht hatte. War das wichtig? Darüber hatte ich noch nicht richtig nachgedacht. Aber jetzt wollte ich es verstehen. War ich ein Opfer von Rassismus? Geilte sich Johnny Fry daran auf, dass er einem Schwarzen die Frau nahm?

Der Gedanke kam mir dumm vor.

Verdiente er es zu sterben? Oh ja, da war ich mir sicher. Und ich war derjenige, der ihn töten sollte.

Konnte ich das? Ja. Sein Tod würde mich mit Freude und Ausgelassenheit erfüllen. Ich würde lachen und auf seinem Grab tanzen.

Mit der Pistole in der Tasche nahm ich ein Taxi die Westside hinauf und ging die letzten paar Blocks bis zu Jos Apartmenthaus zu Fuß. Bei jedem Mülleimer blieb ich stehen und warf etwas hinein.

»Gehen Sie gleich hoch, Mr Carmel«, sagte Robert, der Portier, als ich das Foyer betrat.

Die Kapsel zeigte so gut wie keine Wirkung mehr. Im Aufzug, auf dem Weg nach oben, war nur ein einziger Gedanke in meinem Kopf. Ich war mir sicher, Jo und Johnny hatten auch im Lift gefickt. Er hob ihr den Rock, drückte sie gegen die Wand und steckte ihr sein langes Ding in die Möse, worauf sie sich wand und stöhnte und so tat, als wäre sie furchtbar schüchtern und wollte das alles nicht. An der Konsole am Empfangstisch schalteten die Portiers den Ton ein, um zu hören, wie sie bettelte, er solle ihn tiefer in sie reinstoßen.

Sie öffnete die Tür ohne ein Kleidungsstück am Leib. Ich dachte, dass sie mir damit zu sagen versuchte, sie wolle so ehrlich sein wie nur möglich.

Ich küsste sie sanft und erwartete keine Reaktion, doch sie überraschte mich damit, dass sie meinen Kuss mit einer zärtlichen Umarmung beantwortete, die sich gleichzeitig federweich und kräftig anfühlte.

»Komm herein, L.«, sagte sie. »Wir haben drei Stunden Zeit.«

»Warum nur drei Stunden?«, fragte ich, obwohl ich gar nicht wusste, was wir mit all der Zeit anfangen sollten.

»Dann kommt Johnny«, erklärte sie mir und erwiderte meinen verwirrten Blick mit erstaunlicher Selbstsicherheit. »Er wartet unten, bis wir fertig sind. Ich habe ihn angerufen, als du im Aufzug warst. Er wird mich in die Wanne setzen und bepissen, mich in die Möse und den Arsch ficken. Und danach mache ich alles Mögliche mit *ihm*.«

»Und was soll *ich* hier?«, fragte ich. »Schließlich scheint er der zu sein, den du brauchst.«

»Ich habe ihm gesagt, was ich mit dir tun werde«, sagte sie tonlos. »Ich habe ihm gesagt, was ich dir zeigen will. Er wurde fast wahnsinnig vor Eifersucht, heulte und sagte, er lasse es nicht zu.« Ihre letzten Worte klangen höhnisch.

»Was willst du mir zeigen?«

»Komm ins Wohnzimmer und zieh dich aus«, sagte sie.

Ich gehorchte. Ich schämte mich nicht, als ich nackt bei ihr im Wohnzimmer stand. Mein Penis war völlig schlaff. Ich war mir sicher, dass Joelle und ich nie wieder miteinander schlafen würden.

Jo sah an mir herab und lächelte.

»Nimmt dir meine Ehrlichkeit die Lust, L.?«

»Wir haben beide einiges durchgemacht, Süße«, sagte ich. »Und ich glaube, wir wissen beide, dass es vorbei ist.«

»Nur wenn du es so willst«, sagte sie.

»Was soll das heißen? Dein Liebhaber wartet unten auf der Straße.«

»Er hat mich sechs Monate lang von Montag bis Freitag gefickt, und trotzdem waren wir noch zusammen«, sagte sie.

Es war erstaunlich, dass sie mir immer noch wie dieselbe Frau vorkam, obwohl ich mir nie hätte vorstellen können, solche Dinge aus ihrem Mund zu hören.

»Ist es das, was du willst?«, fragte ich.

»Manchmal blieb er samstags bis kurz bevor du kamst«, antwortete sie. »Manchmal bin ich sonntags joggen gegangen, und er hat mich im Park gefickt, während du hier oben gewartet hast.«

»Warum erzählst du mir das, Jo? Willst du mir wehtun?«

»Bist du es nie leid zu lügen, L.?«, antwortete sie. »Willst du nie die ganze Scheiße loswerden, die du jeden Tag vierundzwanzig Stunden lang produzierst?«

Ich lächelte und setzte mich aufs Sofa.

»Ist das komisch?«, fragte sie.

»Nein, nicht komisch, Jo. Aber du hast so viel zu erzählen. All die Dinge, die du getan hast. Mit deinem Onkel. Mit Johnny Fry. Mit dem Krawattenkerl. Alles, was ich dagegensetzen kann, ist, dass ich nicht in San Francisco, sondern in Oakland aufgewachsen bin, wobei das eine Lüge ist, die nur ganz für mich allein Bedeutung hat.«

»Ich habe Videos von mir und Johnny«, sagte sie.

Das ließ mich an Sisypha denken, und der Gedanke an meine neue Schwester brachte mich zum Lächeln.

»Er hat mich gezwungen, von dir zu reden, während er mich in den Arsch gefickt hat«, sagte sie.

»Ich will deine Aufnahmen nicht sehen, Jo. Sie bedeuten mir nichts.«

»Ich habe noch etwas anderes für dich, und das wird dir etwas bedeuten«, sagte sie mit einem durchtriebenen Lächeln auf den Lippen.

»Ich nehme keine Pillen oder sonst etwas.«

»Stell die Füße auf das Sofa«, sagte sie.

Ich sah keinen Grund, ihr zu widersprechen. Mein Leben mit Jo war vorüber. Ich wusste, dass wir uns heute zum letzten Mal sahen. Ich wusste, dass ich sie in weniger als drei Stunden Johnny Fry überlassen würde. Sie setzte sich mir zu Füßen und lutschte meine Hoden. Sie fuhr mit der Zunge um sie herum und stöhnte. Ich spürte die Schwingungen bis tief in mich hinein.

Ich erinnere mich, dass das Gefühl angenehm war, aber es erregte mich nicht.

»Du hast so große, dicke Eier, L.«, sagte sie. »Ich liebe

sie. Ich wollte sie dir immer schon lutschen, aber unsere Beziehung war nicht so. Bis du mich und Johnny gesehen hast, warst du ziemlich normal.«

Fast hätte ich etwas gesagt, zog es aber vor, den Mund zu halten.

»Fühlt sich das gut an?«, fragte sie.

»Ja«, sagte ich unverbindlich.

»An dem Abend, als ich Johnny bei Brad Mettleman kennenlernte, flüsterte er mir ins Ohr, er wolle, dass ich ihm die Eier lecke«, sagte sie. »Genauso hat er es gesagt. Ich dachte, er wollte mir nur einen Schreck einjagen, und erwiderte, dann müsse er zu mir kommen. Ich sagte, ich würde dich nach Hause schicken und ihm anschließend seine Eier lecken. Ich war sicher, er käme nicht. Aber er kam. Ich sagte, er solle seine Eier herausholen, und dachte, dass ihn das endgültig zum Schweigen bringen würde. Aber er packte seinen großen, langen Schwanz aus und hielt mir die Eier wie zwei goldene Äpfel hin.«

Die ganze Zeit, während sie sprach, schnüffelte Jo an meinen Hoden, nahm sie zwischendurch in den Mund und brummte so tief, dass mein Bauch vibrierte.

»Ich saugte ziemlich kräftig daran, aber er sagte, das sei nicht genug. Da wurde mir bewusst, dass er mich in der Hand hatte. Ich saugte und leckte, bis er sagte, er werde jetzt kommen. Ich legte mich auf den Rücken, und er wichste seinen Ständer, bis auch der letzte Tropfen auf meinem Gesicht gelandet war.«

Ich hörte die Lust in ihrer Stimme und ihren Atem. Ich sah sie an, und sie lächelte.

»Ich habe ihm allerdings nicht gezeigt, wie fest er mich bereits im Griff hatte«, sagte sie. »Ich sagte ihm, er halte sich wohl für einen harten Burschen, dabei wisse er nicht mal, was das bedeute. Ich holte den Gürtel aus dem Schrank, den ich immer bei mir haben musste, wenn ich zu meinem Onkel ging. Wenn er mich bestrafen wollte, versohlte er mir den Hintern, andernfalls hätte meine Familie eine Woche lang kein Geld bekommen.

Johnny legte mich über die Rückenlehne des Sofas und schlug mich, wie es selbst Onkel Rex nicht vermocht hätte. Ich bettelte ihn an aufzuhören, meinte es aber nicht so, und er hörte auch nicht auf. Er schlug und schlug, bis ich nur noch ein Haufen Elend war.

Dann fickte er mich.«

Ich wollte mir nicht erlauben, mich von ihrer Geschichte erregen zu lassen, aber da war etwas an der Art ihres Erzählens, das ich so noch nie erlebt hatte. Was sie mir erzählte, sollte zwischen Liebenden niemals ausgesprochen werden. Sie öffnete mir ihr tiefstes Inneres. Ich konnte ihr Herz schlagen sehen, sah ihr Blut, ihre Knochen.

Ich erinnerte mich, dass sie nach der Party zwei Wochen lang behauptet hatte, krank zu sein. Einmal war ich zu ihr gefahren, aber sie hatte mich an der Tür abgefertigt und gesagt, schon der kleinste Lärm könne dazu führen, dass ihre Migräne wieder ausbreche.

Ich stellte ihn mir vor, wie er sie durch die Wohnung jagte, den Gürtel knallen ließ und sie zum Schreien brachte.

Ich stöhnte auf wie ein an Land getriebenes Walross. Mein Schwanz hatte sich bis auf Halbmast erhoben.

»Fühlst du, was ich dir sage, L.?«, fragte Jo.

Ich stöhnte wieder und versuchte mich ihr zu entziehen. Es war nicht richtig, dass es sich so gut anfühlte, Hörner aufgesetzt bekommen zu haben. Ich versuchte mich von ihr loszumachen, aber sie packte meine Hoden und sagte: »Bleib sitzen, L. Du wolltest es wissen, und jetzt zeige ich es dir.«

Sie wickelte mir etwas um den Sack. Es war nicht sehr stramm, aber doch eng genug, um nicht herunterzufallen.

»Rutsch ein Stück runter, Baby«, schnurrte sie. Sie war eine andere Frau. Ich war ein anderer Mann.

Ich rutschte, und sie steckte mir etwas Kleines in mein Rektum, etwas, das an einer Schnur hing.

»Ich will, dass du fühlst, was ich fühle und wonach ich mich verzehre«, sagte sie. »Keine Schulmädchenküsse, sondern Schreie in der Dunkelheit.«

Sie nahm meinen Schwanz in den Mund und stöhnte wie ein wildes Tier.

Ich spürte, wie mich ein Fieber ergriff, und dann bibbernde Kälte.

»Manchmal, wenn du anriefst, um gute Nacht zu sagen, legte sich Johnny hinter mich und stieß mir seinen Schwanz in die Möse. Du erklärtest mir ein Übersetzungsdetail, ich redete über eine neue Marketingaktion, und Johnny fickte mich. Manchmal habe ich dich gebeten, einen Moment zu warten, legte dich in eine Warteschleife, brüllte los und kam. Ein anderes Mal habe ich ihm seinen Schmand abgeleckt, während du mir einen französischen Text oder Satz vorgelesen hast.«

Ich wollte nicht, fing aber an, mich in ihrem Mund vor und zurück zu bewegen. Sie verzog das Gesicht und schob sich meinen Schwanz bis in den Rachen. Dann lehnte sie sich zurück, und ein langer Speichelfaden hing ihr von den Lippen.

»Ich habe mich ihm nie widersetzt. Im Gegenteil, ich habe ihn dazu gezwungen, mich zu unterwerfen und für all die Jahre büßen zu lassen, die ich geschwiegen hatte.«

Jo bewegte sich so, dass ich wusste, sie wollte mich auf dem Boden. Ich konnte es ihr nicht abschlagen, genauso wenig, wie ich meine schmerzende Erektion ignorieren konnte.

»Siehst du das hier?«, fragte sie und hielt eine schwarze Scheibe mit einem roten Knopf in der Mitte hoch.

Bevor ich antworten konnte, drückte sie den Knopf, und mir fuhr ein elektrischer Schlag in die Hoden und das Rektum.

»Fühlst du das?«, fragte sie.

Meine Glieder waren steif, und meine Rückenmuskeln verkrampften sich vom Becken bis hinauf zu den Schultern.

»Fühlst du es, L.?«, fragte sie wieder und ließ nicht locker.

Ich versuchte zu nicken. Ich weiß nicht, ob es mir gelang. Endlich ließ sie den Knopf los.

»Schau mal«, sagte sie.

Ich blickte nach unten. Meine Erektion war zwei, drei, vielleicht sogar fünf Zentimeter länger, als sie je gewesen war.

»Fühlst du es, L.?«, fragte sie wieder, drückte den Knopf und setzte mich unter Strom.

Der Schlag war diesmal etwas schwächer, vielleicht gewöhnte ich mich auch daran. Sie leckte mir mit der Zungenspitze über die Eichel und ließ die Funken in ihren Mund springen.

»Fühlst du die Energie in dir, L.? So habe ich mich all die Jahre mit meinem Onkel gefühlt, all die Jahre, in denen ich bei ihm blieb. Es war eine süße Qual. Ich hätte ihr ein Ende bereiten können, tat es aber nicht. Erst sorgte ich mich um meine Familie, und danach … danach kannte ich einfach … den Weg nach Hause nicht mehr.«

Sie kletterte auf meinen Schwanz, fickte mich und schaltete den Strom auf eine Weise ein und aus, die sich nicht vorhersagen ließ. Auch sie spürte ihn. Er floss von mir direkt in sie. Die Stöße verhinderten, dass ich kam, obwohl ich kurz davor war zu explodieren. Die Elektrizität war überall, sie pulsierte durch meinen Körper und meinen verlängerten Schaft hinauf.

Ich fühlte, dass es mir kam, und doch konnte ich nicht. Ich konnte aber auch nicht aufhören zu ficken, und die ganze Zeit über fragte mich Jo, diese Frau, die ich nie gekannt hatte, ob ich es fühlte.

»Fühlst du es, Baby? Ist es das, was du wissen wolltest?«

Länger als eine Stunde ging das so, bis sie endlich von mir stieg und meinen Schwanz massierte. Da sie beide Hände benutzte, wusste ich, dass es keine Stromschläge mehr geben würde. Etwas in mir entspannte sich, und ich hatte einen Orgasmus, der alles in den Schatten stellte, was ich je erlebt hatte. Fünf Minuten später bebte und zuckte mein Körper immer noch.

»So ist es für mich, L.«, flüsterte sie. »Deshalb kann ich mit Johnny Fry nicht Schluss machen. Das macht er mit mir, und ich brauche es. Ich muss es haben, oder ich sterbe.«

Ich wollte etwas sagen, aber die Stromstöße wirkten noch nach und lähmten meine Zunge.

Etwas später stand Jo auf, ging in ihr Schlafzimmer und zog die Tür hinter sich zu.

Nach einer Weile folgte ich ihr, aber die Tür war verschlossen. Also suchte ich meine Sachen zusammen, zog mich langsam an und hoffte, Jo würde noch einmal herauskommen, um Lebewohl zu sagen. Als ich meine Schuhe zugebunden hatte und sie sich immer noch nicht blicken ließ, verließ ich ihre Wohnung und ihr Leben.

Ich überquerte die Straße und setzte mich auf eine Bank vor der Parkmauer. Meine Hand ruhte auf der Pistole in meiner Tasche. Von Zeit zu Zeit erschauderte ich in der Erinnerung an die Stromstöße.

Ich fühlte, was sie mir gezeigt hatte, und ich wusste, es war zu viel für mich. Ich musste sie verlassen, weil ich sie nicht schlagen und ihr das antun konnte, was sie gerade mit mir gemacht hatte.

Ich hob den Blick und sah Johnny Fry auf ihr Apartmenthaus zugehen.

»Johnny«, rief ich.

Er blieb stehen und erkannte mich. Ich winkte ihn zu mir herüber.

»Hallo, Cordell«, sagte er. »Wie geht's?«

»Ich fühle mich wie eine Ratte, die gerade den Hudson durchquert hat«, sagte ich. »Ich lebe, bin aber schwach.«

Johnny setzte sich neben mich.

»Sie braucht mich, Cordell«, sagte er.

Ein Krampf schoss mir durch den Rücken, und ich krümmte mich.

»Ja«, sagte ich. »Irgendetwas braucht sie.«

»Du bist ein guter Kerl, Cordell, aber Joelle hat eine wirklich dunkle Seite. Die Frau ist ein Dämon auf Rädern. Du hast Glück, dass es jemanden wie mich gibt, der sie dir abnimmt.«

»Wenn Sie meinen«, sagte ich. »Wenn Sie meinen.«

»Willst du mir sagen, dass du sie immer noch willst, obwohl du alles über uns weißt?«, sagte er. »Manchmal war ich von Sonntagabend bis Freitagmorgen bei ihr.«

»Das hat nichts mit mir zu tun, Mr Fry.« Ich genoss seinen Versuch, mich von Jo abzubringen. Er war im Nachteil, und dagegen hatte ich nichts.

»Wie meinst du das?«, fragte er. »Denkst du immer noch daran, bei ihr zu bleiben?«

»Ich habe keine Pläne, Johnny. Sie sagte, sie wolle mir etwas zeigen, und danach kämen Sie und würden auf sie pissen und sie in den Arsch ficken.«

»Du hast kein Recht, so über sie zu reden«, spuckte er.

»Aber Sie haben das Recht, sie zu ficken, während sie mit

mir telefoniert. Sie haben das Recht, ihr in den Mund zu spritzen, während ich ihr wie ein Narr einen französischen oder spanischen Text vorlese.«

»Sie verstehen nicht, was wir empfinden«, sagte er.

Ich nahm die Pistole heraus und legte sie mir flach auf die Hand.

Johnny erstarrte.

»Ich verstehe es«, sagte ich. »Ich verstehe, was Sie denken. Ich habe mir diese Pistole besorgt, um Sie zu erschießen. Sie sollten sterben, weil Sie mir jede Bedeutung nahmen …«

Johnny packte die Pistole, drehte sie herum und richtete sie auf mich.

Er sprang auf und schrie: »Du blödes Arschloch! Du hast ja keine Ahnung. Ich sollte dir deinen verdammten Arsch gleich hier auf der Straße wegschießen. Du dummes Arschloch! Du hast ja keine Ahnung, wie es sich anfühlt, mit ihr zusammen zu sein – ihrem wahren Ich. Du hast keinen blassen Schimmer von ihr. Sie ist wie die Sonne. Sie … sie …«

Ich hob die Hände. Ich wollte lächeln, aber Johnnys Gefühle rührten mich. Er liebte sie, auch wenn Jo seine Liebe nicht erwiderte. Er war im Netz ihres Onkels verstrickt und litt unter dessen Missbrauch mehr als sie.

»Ich habe die Kugeln weggeworfen, Johnny«, sagte ich.

»Was?«

»Unterwegs habe ich sie eine nach der anderen in irgendwelche Mülleimer geworfen. Ich wusste, dass ich Sie nicht töten könnte. Ich wusste, dass ich Joelle nicht zurückbekommen würde.«

»Halt!«, rief da jemand.

Johnny fuhr herum, und die ausgestreckte Pistole fuhr mit ihm. Im gleichen Moment sahen wir die Polizisten. Sie eröffneten das Feuer und trafen Johnny Fry siebzehnmal.

Holland Dollar kam abends in die Polizeiwache. Diesmal wurde ich nur befragt.

Ich erzählte der Polizei fast die ganze Wahrheit: Meine Freundin habe mich zu sich bestellt, um mir zu sagen, dass sie eine offene Beziehung mit Fry anfangen wolle. Ich hätte dann auf Johnny gewartet, um ihm zu sagen, dass ich über alles Bescheid wisse und darüber absolut nicht glücklich sei. Darauf habe er die Pistole gezogen und mich bedroht. Ich hätte allerdings nicht angenommen, dass er schießen würde.

Ein paar Tage lang saß ich in meiner Wohnung und fragte mich, ob ich es war, der Johnny Fry getötet hatte. Ich dachte über meine Motive nach und sah tief in mein Herz. Ich kann nicht sagen, dass ich den Mann gemocht hätte – die Lehren, die er mir verpasst hatte, waren unnötig und überflüssig. Er hatte mich erniedrigt und über mein Unvermögen gelacht, doch am Ende hatte ich ihn nicht mehr töten wollen.

Meine Waffe war leer gewesen, und ich hatte nicht damit gerechnet, Johnny bei Jo anzutreffen. Wäre sie noch einmal aus ihrem Schlafzimmer gekommen, hätte ich ihr die Pistole geschenkt – als Ausdruck meiner tiefen Gefühle für sie.

Und auf der Straße hatte ich auch nicht damit gerechnet, dass plötzlich die Polizei auftauchen oder Johnny mir die Pistole aus der geöffneten Hand nehmen würde.

Vor einem ordentlichen Gericht würde man mich von jeglicher Schuld freisprechen, und auch der gesunde Menschenverstand konnte nicht anders urteilen.

Aber es gab da einen Moment, der sich nicht wegdiskutieren ließ. Als der erste Schuss Johnny Fry traf, stieß er einen überraschten Grunzlaut aus, vielleicht war es auch ein Schmerzensschrei, und in diesem kurzen Augenblick empfand ich Befriedigung. Etwas in mir frohlockte über Johnnys bevorstehenden Abgang. Ich hatte die Polizei nicht gerufen, aber ich schrie auch nicht, sie sollten aufhören. Es hätte keinen Unterschied gemacht, hätte ich versucht, Johnny zu retten, aber die Tatsache, dass ich es gar nicht erst versucht hatte, bedeutete in gewisser Weise, dass ich *geneigt* gewesen war, ihn zu töten.

So gesehen, bin ich schuldig, weil ich nichts gesagt habe, als ich die Stimme hätte erheben sollen. Gestorben wäre er sowieso, da bin ich mir sicher, aber das spricht mich nicht von meiner Schuld frei.

Mit Joelle habe ich nie wieder gesprochen. Vielleicht hasst sie mich, vielleicht auch nicht. Sie hat mehrfach angerufen, aber ich habe keine ihrer Nachrichten abgehört.

Mit Cynthia spreche ich etwa einmal pro Woche, und Sisypha hat mich in drei Monaten dreimal besucht. Sie will ernsthaft meine Schwester sein und macht mich auf ihre Weise glücklich.

Ich treffe mich mit diversen Frauen, um mit ihnen zu schlafen. Mit Linda und Monica, mit Lucy und auch mit Tita. Lucys Ausstellung war ein großer Erfolg. Ihre Stiftung hat dreihunderttausend Dollar eingenommen und konnte mit dem Geld ein Heim für afrikanische Waisenkinder finanzieren.

Monicas Tochter Mozelle ist vom Lycée Français angenommen worden.

Ich weiß, dass ich bei all diesen Dingen nicht unbedingt geglänzt habe. Das meiste habe ich falsch gemacht und bin trotzdem damit durchgekommen. Aber ich weiß, dass Erlösung immer möglich ist und manchmal selbst noch die schmerzlichsten Entscheidungen ein gutes Ende zeitigen.

Jochen Rausch

»Es wird Sie umhauen.« Spiegel Online

Jochen Rausch
Trieb

Jochen Rausch fokussiert in *Trieb* den Punkt, wo die kleinen Macken und größeren Leidenschaften zum tödlichen Exzess führen. Wo die extremen Handlungen möglich und folgerichtig erscheinen. Und oft genug die Grenzen zwischen Opfern und Tätern verschwimmen. So sind 13 Storys entstanden, die mit ihrer Wahrhaftigkeit aufwühlen und mit ihrer Direktheit faszinieren.

»Radikale, aufwühlende, absurde Geschichten, die schockierender als jeder TV-Krimi sind.« Bild am Sonntag

Lee Vance

Der Krieg um die Rohstoffe hat längst begonnen …

Lee Vance
Spur des Verrats

Ein Bombenanschlag auf die Nord-Stream-Pipeline, die russisches Öl nach Westeuropa transportieren soll. Der Börsenmarkt reagiert hysterisch. Energie-Analyst Mark Wallace versucht, seine Klienten zu beruhigen. Da erreicht ihn ein Hinweis auf den Verbleib seines Sohnes, der seit sieben Jahren verschwunden ist. Auf bizarre Weise scheinen beide Ereignisse miteinander verknüpft zu sein. Mark beginnt mit seinen Nachforschungen – und verstrickt sich dabei in einem gefährlichen Netz …